ullstein

CHRISTIN-MARIE BELOW, Jahrgang 1993, wohnt in Kassel. Hin und wieder findet man sie aber auch auf Norderney, wo sie vor Ort recherchiert. Als Tochter der Autorin Andrea Russo (Anne Barns) wuchs sie umgeben von Geschichten und Büchern auf.

Von der Autorin sind in unserem Hause außerdem erschienen:
Pension Herzschmerz
Café Meerblick
Unser Reetdachhaus am Strand

Christin-Marie Below

Das GLÜCK liegt am STRAND

Roman

Ullstein

Besuchen Sie uns im Internet:
www.ullstein.de

Wir verpflichten uns zu Nachhaltigkeit
- Papiere aus nachhaltiger Waldwirtschaft und anderen kontrollierten Quellen
- ullstein.de/nachhaltigkeit

FSC www.fsc.org
MIX
Papier | Fördert gute Waldnutzung
FSC® C021394

Originalausgabe im Ullstein Taschenbuch
1. Auflage Mai 2024

Umschlaggestaltung: Sabine Kwauka, München
Titelabbildung:: © Sabine Kwauka unter Verwendung von
shutterstock / © mimomy (Tassen);
shutterstock / © BinGoTinGo (Strand);
shutterstock / © KlavdiyaV (Paar);
shutterstock / © Improviser (Himmel);
shutterstock / © Daria Ustiugova (Möwe);
shutterstock / © Volushka (Möwen im Flug);
shutterstock / © Daria Doroshchuk (Blumen / Blätter);
shutterstock / © Susse_n (Leuchtturm)
Gesetzt aus der Albertina powered by *pepyrus*
Druck und Bindearbeiten: ScandBook, Litauen
ISBN 978-3-548-06868-8

Für Mörv

Vielen Dank für deine jahrelange Freundschaft.

Schön, dass es dich gibt!

Prolog

Die beiden Mädchen lagen mit ihrem Großvater im feinen Sand der Dünen und schauten in den Himmel.

»Siehst du etwas?«, fragte Johanna und stupste ihre Schwester leicht an.

»Nein, da ist nichts.« Liv seufzte, ließ das Fernglas sinken und reichte es Johanna. »Guck du mal.«

»Psst!«, flüsterte der Großvater und legte den Zeigefinger auf die Lippen.

Gemeinsam lauschten sie in die Stille.

Das Meer rollte in sanften Wellen ans Ufer und wieder zurück, der Wind ließ den Strandhafer rascheln.

»Kiewip«, ertönte es plötzlich.

Der Großvater lächelte. »Wisst ihr, was das für ein Vogel war?«

Johanna rieb sich an der Nase. »Den Ruf habe ich schon mal gehört.«

Der Großvater nickte.

»Ich weiß! Ein Austernfischer!«, sagte Liv.

»Sehr gut, Schatz! Wenn wir Glück haben und jetzt ganz leise sind, landet er vielleicht.«

Johannas Augen wurden groß. Schnell sah sie wieder durch das Fernglas.

Liv formte mit ihren Händen ein weiteres Fernglas und suchte damit den Horizont ab.

»Schau mal ein bisschen nach links, Johanna«, sagte der Großvater. »Ich glaube, da hinten ist etwas.«

Johanna drehte sich ein wenig. »Wow, der ist ja so was von schön!«

Der Großvater lächelte. Er genoss die Zeit mit seinen Enkelinnen auf Norderney. Jedes Jahr kamen sie auf die Insel und verbrachten die Herbstferien in dem kleinen Bungalow direkt am Meer. Die Kinder liebten die Natur genauso wie er. Das Beobachten der heimischen Vögel wurde zu einem besonderen Ritual, das nur ihnen gehörte.

»Lass mich auch mal«, forderte Liv. Kurz darauf hielt sie sich das echte Fernglas vors Gesicht.

Flink lief der kleine Vogel durch den nassen Sand, stocherte mit dem Schnabel im Boden und suchte nach Futter. »Rote Füße, roter langer Schnabel, das ist wirklich ein Austernfischer, Opa!«

»Richtig«, sagte der Großvater. »Gut beobachtet.«

»Wenn du ihn nicht gehört hättest, hätten wir ihn bestimmt verpasst!«, flüsterte Liv.

»Ja, danke, Opa!«, stimmte Johanna zu.

»Die Natur hat so viel zu bieten. Wenn man ihr nur Zeit gibt, sich zu zeigen«, sagte der Großvater.

Die beiden Mädchen nickten.

»Aber wisst ihr, was das Schönste ist?«, fragte er.

Johanna schüttelte den Kopf. »Was denn, Opa?«

»Dass wir das hier alles zusammen erleben können. Ich hab euch so lieb!«

»Wir dich auch, Opa«, sagte Liv und lehnte ihren Kopf an seine Schulter.

»Und soll ich euch sagen, wer euch auch sehr lieb hat? Oma! Sie wartet mit frisch gekochtem Milchreis auf uns und ist bestimmt schon ganz ungeduldig. Wir müssen langsam los.«

»Milchreis?«, quietschte Liv und sprang auf.

Johanna lief hinter ihr her. Schnell rannten sie den Weg zwischen den Dünen entlang.

»Komm schon, Opa«, rief Johanna. »Wir haben Hunger.«

Er lächelte, atmete tief die salzige Luft ein und eilte seinen Enkelinnen hinterher.

Kapitel 1

Mitten in der Nacht reißt mich mein Wecker aus dem Schlaf. Mein Dienst beginnt um sechs, die Straßenbahn fährt um zwanzig nach fünf, mir bleibt eine Stunde Zeit, um mich fertig zu machen. Ich drehe mich auf die andere Seite und nicke wieder ein. Zehn Minuten später ertönt das schrille Piepen der Schlummerfunktion, und ich stehe, ohne weiter zu zögern, auf. Die anstrengenden Dienste der letzten Wochen stecken mir in den Knochen. Zu groß ist die Gefahr, dass ich wieder tief einschlafe, wenn ich jetzt liegen bleibe.

In der Küche stelle ich den Wasserkocher an und gebe Kaffeepulver in den Porzellanfilter. Als ich das heiße Wasser in kreisenden Bewegungen darübergieße, steigt mir der aromatische Duft der frisch aufgebrühten Bohnen in die Nase. Ein Ritual, für das ich mir jeden Morgen Zeit nehme. Es weckt meine Lebensgeister.

Schluck für Schluck trinke ich den Kaffee in meinem Sessel und schaue dabei aus dem Fenster. Noch ist es dunkel, der Himmel ist voller Sterne. Aber es wird nicht mehr lange dauern, bis die Dämmerung hereinbricht. Heute wird die Sonne wahrscheinlich um elf nach fünf aufgehen, auf jeden Fall etwas früher als gestern. Bis in den Juli hinein wird es so andauern. Und dann wird es Tag für Tag etwas später. Ende Dezember und im Januar wird es erst gegen halb neun hell. Dann habe ich die ersten zwei Stunden meiner Arbeitszeit schon hinter mir, wenn ich wie heute Frühschicht habe.

Ich schließe die Augen und genieße einen Moment die Stille. Da ich etwas abgelegen in einer Sackgasse mitten im Grünen wohne, ist nichts zu hören, eine Wohltat für meine Ohren und ein starker Kontrast zu dem, was mich gleich in der Klinik erwartet.

Nachdem ich den Kaffee ausgetrunken habe, gehe ich ins Badezimmer, mein Lieblingsraum in der Wohnung. Neben der großen Wanne hat der Vermieter auch eine Dusche eingebaut. Ich muss nur den Hebel umlegen, und schon rieselt ein sanfter Regen auf mich herab. Wieder eine kleine Auszeit für die Seele, ein Luxus, den ich mir jeden Tag nach dem Kaffee gönne. Noch ein bisschen Zeit für mich, im Sommer unter der Dusche, im Winter in der Badewanne. Dann creme ich mich mit einer erfrischenden Körperlotion ein, die herrlich nach Orange duftet.

Noch etwas müde, aber erfrischt, gehe ich im Bademantel und mit einem Handtuchturban um den Kopf ins Schlafzimmer, um mein Handy zu holen. Da sehe ich, dass ich eine Nachricht bekommen habe. Wahrscheinlich von meiner Freundin Nina. Mit ihr bin ich heute nach der Arbeit verabredet. Fast drei Monate haben wir uns nicht gesehen. Immer kam etwas dazwischen. Viel zu viele Überstunden, eine Sommergrippe, der Vorsorgetermin, den ich schon zweimal verschoben habe, genauso wie die Steuererklärung, die ich schon längst hätte machen müssen. Heute wollen wir endlich den Bann brechen und uns wiedersehen. Es sei denn, Nina sagt diesmal ab.

Aber ich täusche mich. Die Nachricht ist von meiner Mutter, wie ich überrascht feststelle. Und sie ist gestern Abend um kurz nach zehn bei mir angekommen, als ich schon tief und fest geschlafen habe.

Liv-Schatz, lese ich. *Bist du noch wach? Dann ruf mich bitte mal an. Hab dich lieb, Mama.*

Ein flaues Gefühl in der Magengegend macht sich breit. Doch das kleine rote Herz hinter dem Text und das Wort »Schatz« hinter meinem Namen beruhigen mich sofort wieder. Es ist nichts Schlimmes passiert, sonst hätte meine Mutter geschrieben: *Ruf mich bitte an, es ist wichtig, Mama.* Als ich die letzte Nachricht dieser Art bekam, erfuhr ich kurz darauf, dass mein Großvater gestorben war, nur zwei Monate nach meiner Großmutter.

Seitdem habe ich nichts mehr von meiner Mutter gehört. Es geht ihr gut auf Teneriffa, wo sie seit zwei Jahren das Leben genießt – und die Liebe, wie sie so gerne sagt.

Es juckt mir in den Fingern, sie anzurufen, jetzt, kurz vor fünf. Ich weiß, dass sie ihr Handy nie lautlos stellt, aus Angst, etwas zu verpassen. Aber ich beschließe, eine gute Tochter zu sein, lasse sie schlafen und rufe sie später an.

Stattdessen gehe ich in die Küche, hole die vorbereiteten Overnight-Oats aus dem Kühlschrank und den Direktsaft, heute Orange, in den ich etwas Ingwer reibe. Mein Frühstück für warme Tage. In den kalten Monaten mache ich mir Porridge. Den obligatorischen Saft gibt es bei jedem Wetter.

Zehn Minuten nach fünf gehe ich leise die Treppe hinunter. Zum Glück ist die Straßenbahnhaltestelle nicht weit, ich brauche nur fünf Minuten zu Fuß. Den kleinen Puffer plane ich ein, denn es kann schon mal vorkommen, dass die Bahn ein, zwei Minuten zu früh abfährt. Außerdem will ich nicht hetzen. Die Hektik des Tages wird mich früh genug einholen.

Gerade als ich die Tür hinter mir geschlossen habe und die ersten Schritte durch den Vorgarten mache, höre ich die kratzige Stimme meiner Nachbarin, die in der Erdgeschosswohnung unten rechts wohnt.

»Schon wieder so früh unterwegs, Sie Fleißige.«

Ich bleibe stehen und drehe mich zu ihr um. »Und Sie sind schon wieder so früh auf. Guten Morgen, Frau Klischat.«

»Wenn Sie achtzig sind, ist die Nacht um fünf, spätestens um sechs vorbei, obwohl Sie nicht mehr zur Arbeit müssen.« Sie schaut auf die Uhr. »Die Straßenbahn kommt in acht Minuten, beeilen Sie sich.«

»Mach ich, schönen Tag noch, Frau Klischat.« Lächelnd gehe ich weiter. Meine Nachbarin schaut nach mir, und das meine ich durchaus positiv.

Die Sonne geht über Kassel auf. Die Straßenbahn kommt pünktlich. Wie immer sitze ich fast allein darin, erst am Bahnhof werden es ein paar Menschen mehr.

Achtzehn Minuten später bin ich da.

Jedes Mal, bevor ich die Station betrete, halte ich kurz inne und atme tief durch. Sobald ich durch die Tür gehe, beginnen der Stress und der ganz normale Wahnsinn. Es ist, als würde ich einen Schalter umlegen. Auf der Arbeit muss ich funktionieren. Alles andere wird unwichtig, wenn ich den Kittel trage. Ich darf keine Fehler machen.

Um kurz vor sechs sitze ich in meiner kobaltblauen Arbeitskleidung mit meinen Kolleginnen und Kollegen im Aufenthaltsraum. Dr. Cremer, die Ärztin der Nachtschicht, bringt uns kurz auf den neuesten Stand.

Wir erfahren, dass ein Patient, den ich seit zwei Wochen betreue, wieder eine Lungenentzündung bekommen hat und künstlich beatmet werden muss. Bei anderen Patienten haben sich die Entzündungswerte verschlechtert. Und für eine Patientin ist eine Dialyse geplant, eine andere ist leider in der Nacht verstorben.

Aber es gibt auch eine gute Nachricht. Einem älteren Herrn, den wir gestern aus dem künstlichen Koma geholt haben, geht es besser. »So gut, dass er alle auf der Station herumkommandiert«, sagt Beate, eine meiner Kolleginnen. »Er hat auch schon mit seiner Frau geschimpft, die vor Freude geweint hat.« Sie lächelt. »Er heißt Norbert, sie nennt ihn Nörgler. Wenn alles klappt, darf er ab morgen mit den Kolleginnen auf der Inneren schimpfen.«

Auch ich lächle. Jeder noch so kleine Behandlungserfolg tut gut und ist wichtig.

Eine gute halbe Stunde dauert es, bis wir alles besprochen haben, und ich weiß, wer heute auf meinem Dienstplan steht. Es ist der Mann, der wieder an einer Lungenentzündung erkrankt ist. Er ist Mitte achtzig und sehr krank, ein Langzeitpatient. Da seine Betreuung viel Zeit in Anspruch nimmt, bekomme ich neben ihm noch zwei weniger komplizierte Fälle zugeteilt: eine Krebspatientin, die nach einer Operation noch ein paar Tage zur Überwachung auf der Station bleibt. Und eine ältere Dame, die immer mal wieder bei uns landet, weil ihr Herz sehr schwach ist. Sie soll spätestens morgen auf die Geriatrie verlegt werden.

Der Arzt der Frühschicht, der die ganze Zeit mürrisch Kaffee getrunken hat, strafft die Schultern und nickt uns zu. »Auf in den Kampf.«

Ich beneide ihn nicht. Nach dem Abitur wollte ich auch Medizin studieren, aber mein Notendurchschnitt war nicht gut genug. Nach einem Jahr als Au-pair in Schottland habe ich mich dann für eine Ausbildung zur Krankenschwester entschieden. Nach zwölf Wartesemestern hätte ich mit dem Studium beginnen können. Damals war ich sechsundzwanzig, und das Letzte, was ich wollte, war, noch einmal die Schulbank zu drücken. Ich mochte meinen Beruf als Krankenschwester. Und im Prinzip gefällt er mir immer noch – eigentlich.

Mein Magen zieht sich zusammen, als ich das Zimmer meines Langzeitpatienten betrete. Hier geht es längst nicht mehr um das Leben des Mannes. Seit Tagen versucht er zu sterben und wird immer wieder daran gehindert: Reanimation, Dialyse, das volle Programm. Da er keine Patientenverfügung unterschrieben hat, stehen Wirtschaftlichkeit und Auslastung der Geräte im Vordergrund.

»Guten Morgen, Herr Kramer«, sage ich und halte kurz seine Hand. Niemand weiß, was der alte Mann noch wahrnimmt. Während ich mich um ihn kümmere, erzähle ich ihm wie jeden Tag, um wie viel Uhr heute die Sonne aufgegangen ist, dass ich gestern meine Freundin Nina im Park getroffen habe und dass meine Mutter angerufen hat. Natürlich reagiert er nicht. Nur das gleichmäßige Sauggeräusch des Beatmungsgeräts begleitet meinen Monolog. Und die vielen Pieptöne, die ich fast nicht mehr wahrnehme, es sei denn, sie ändern plötzlich ihre Tonlage. Am liebsten würde ich noch eine Weile bleiben, aber das geht leider nicht. Nebenan liegen meine beiden anderen Patientinnen, die versorgt werden müssen.

»Guten Morgen«, sage ich, als ich das Zimmer betrete.

»Ich glaube, ich bin dem Tod noch einmal von der Schippe gesprungen«, lispelt Frau Hagedorn. Ihre Wangen sind rosig. Sie sitzt leicht aufgerichtet und lächelt mich an, als ich zu ihr ans Bett trete. »Kann ich meine Zähne wiederhaben? Ohne sie fühle ich mich schrecklich. Und ich klinge entsetzlich.«

»Natürlich.« Ich schaue in den Nachttisch und reiche ihr ihre Dritten. Während sie sie einsetzt, überprüfe ich kurz ein paar Werte und sage: »Wie wär's mit einer kleinen Schönheitskur? Waschen, kämmen, eincremen?«

Sie lacht. »Sehr gerne.«

Als ich fertig bin, reicht sie mir die Hand. Ich lege meine in ihre und betrachte die alte Dame. Früher muss sie eine Schönheit gewesen sein, und sie ist es immer noch. Ihr schlohweißes Haar fällt ihr bis auf die Schultern. Ihr fein geschnittenes Gesicht ist voller Falten. Und über ihren sehr hellen blauen Augen liegt ein leichter Schleier. Aber sie hat immer noch einen wachen Blick, mit dem sie mich jetzt mustert.

»Sind Sie verheiratet?«, fragt sie.

Lächelnd schüttle ich den Kopf.

»Aber liiert?«

Wieder schüttle ich den Kopf.

Ich erwarte, dass sie mir sagt, wie schade sie das findet, aber dass ich mir keine Sorgen machen soll, weil der Richtige schon noch kommen wird. So wie es meine Oma ab und zu gemacht hat.

Aber ich irre mich. »Gut so!«, sagt sie. »Genießen Sie die Zeit, und legen Sie sich bloß nicht zu früh fest.«

»Das habe ich nicht vor.« Ich seufze. »Und auch keine Zeit dafür.« Persönliche Dinge über mich erzähle ich den Patienten normalerweise nicht. Vielleicht liegt es daran, dass mich die alte Dame an meine Großmutter erinnert, vielleicht aber auch nur an ihrer ruhigen, sehr sympathischen Ausstrahlung und ihrer überraschend melodischen Stimme, die sehr weich klingt. Ich unterhalte mich gerne mit ihr.

»Wie alt sind Sie, Ende zwanzig?«, fragt sie.

»Dreißig«, antworte ich.

»Der wichtigste Teil Ihres Lebens liegt noch vor Ihnen«, sagt sie. »Genießen Sie ihn. Wichtig ist, dass Sie am Ende, wenn Sie so alt sind wie ich, zurückblicken und nichts bereuen.«

»Das klingt nach einem erfüllten Leben«, sage ich. »Schön!«

»Ach was, die Hälfte habe ich verpasst.« Sie lächelt verschmitzt. »Lernen Sie aus den Fehlern der anderen. Leben Sie!«

Im ersten Moment weiß ich nicht, was ich sagen soll. Ihre Worte berühren mich irgendwo tief in meinem Inneren. »Werde ich«, sage ich mit fester Stimme.

Wir unterhalten uns noch ein wenig, während ich sie versorge, dann widme ich mich der anderen Patientin.

Sie hat die Augen geschlossen. Sarah Spiering, lese ich, geboren 1993. Die Frau ist so alt wie ich. Ihr Kopf ist kahl rasiert, ihr Gesicht schneeweiß.

Sie öffnet die Augen, offenbar hat sie mitbekommen, dass ich an ihrem Bett stehe. Und auch, worüber ich mit ihrer Zimmergenossin gesprochen habe.

»Sie hat recht«, sagt sie mit brüchiger Stimme. »Lebe, und bereue nichts.« Ein kleines Lächeln umspielt ihre rauen Lippen. »Hallo, Liv.«

Mir stockt der Atem. Erst jetzt wird mir bewusst, mit wem ich spreche. Ich greife nach ihrer Hand. Sie fühlt sich eiskalt an. »Guten Morgen, Sarah.« Ich habe meine alte Schulfreundin nicht erkannt, was auch daran liegt, dass sie einen anderen Nachnamen trägt, einen, den ich von jemand anderem kenne. »Spiering, du hast Toby geheiratet.« Ich lächle.

»Im September«, flüstert sie, bevor ihre Hand aus meiner gleitet. »Mir geht es nicht gut.«

»Ich bin hier, ich passe auf dich auf«, sage ich.

Aber irgendetwas stimmt nicht. Die Gesichtsfarbe, die eiskalte Hand, die Schweißperlen auf der Stirn, die ich jetzt bemerke. Sarah beginnt, schneller zu atmen, nach Luft zu ringen. Mein Blick wandert über den Monitor. Dann drücke ich den roten Notfallknopf und renne hinaus auf den Flur. Ein paar Türen weiter kommt der Arzt aus einem Zimmer.

»Schnell!«, rufe ich, »Zimmer drei. Hier!«

Er dreht sich zu mir um und rennt los.

Sarahs Augen sind geschlossen, als ich das Zimmer wieder betrete. Sie keucht hektisch.

»Sarah …«, ich streiche ihr über die feuchte Wange. »Ich bin hier«, sage ich. »Liv.«

Einen Moment später schiebt mich eine kräftige Hand zur Seite.

»Lassen Sie mich …« Die Stimme dringt wie durch Watte in mein Ohr. Der Arzt holt den Defibrillator. Dann geht alles ganz schnell.

Eine halbe Stunde später ist Sarah wieder bei Bewusstsein.

»Ein anaphylaktischer Schock«, erklärt mir der Arzt. »Der Kreislauf ist zusammengebrochen. Herzstillstand. Gut, dass Sie aufgepasst haben. Es ist gerade noch einmal gut gegangen.«

Kapitel 2

Es ist Viertel nach vier, als ich die Klinik verlasse. Die Sonne scheint. Kleine weiße Wölkchen ziehen über den hellblauen Himmel. Eine leichte Brise weht. Genau das richtige Wetter für einen Spaziergang. Um fünf Uhr bin ich mit Nina verabredet. Aber ich bin so kaputt, dass ich mich am liebsten aufs Sofa fallen lassen und erst mal eine Stunde schlafen würde. Hätte ich nicht schon zigmal abgesagt, würde ich jetzt nach Hause fahren statt in den Park. Aber wir haben es uns versprochen.

An der Haltestelle steigen mehrere Fahrgäste aus der S-Bahn. Im Gegensatz zu Sarah erkenne ich Toby sofort wieder. Er sieht aus wie früher: die dunklen zerzausten Haare, die Nickelbrille auf der Nase …

»Hey, Toby«, sage ich, aber er reagiert nicht. Mit schnellen Schritten geht er an mir vorbei. Ich steige ein und beobachte von meinem Platz aus, wie er in Richtung Klinik geht. Wahrscheinlich will er Sarah besuchen. Ich hätte nie gedacht, dass die beiden einmal heiraten würden. Damals hatten sie eine ständige On-off-Beziehung. Himmelhochjauchzend oder zu Tode betrübt schwebte Sarah entweder auf Wolke sieben oder wollte für immer ins Kloster gehen. Nach dem Abitur verloren wir uns mehr oder weniger aus den Augen. Sie zog zum Studieren nach Frankfurt, Toby ging nach Marburg. Nina und ich blieben in Kassel, sie studierte hier an der Uni Kunst, ich begann meine Ausbildung. In den ersten Monaten haben wir uns ab und zu getroffen, aber dann ist der Kontakt eingeschlafen. Es war sowieso nur eine lose Freundschaft, nie so tief wie die zu Nina. Aber wir hatten alle eine schöne Zeit zusammen. Ich bin froh, dass die beiden schließlich geheiratet haben. Und ich hoffe, dass Sarah es schafft. Denn dass sie den Allergieschock überlebt hat, heißt noch lange nicht, dass sie auch den Rest übersteht.

Ich lehne mich ans Fenster und schließe für einen Moment die Augen. Als ich merke, dass ich kurz vor dem Einschlafen bin, richte ich mich auf. Geschlafen wird zu Hause, in meinem gemütlichen Bett.

In der Kasseler Innenstadt steige ich aus und gehe zur Karlsaue.

Die Spätnachmittagssonne steht hoch am Himmel und taucht den Park in ein warmes goldenes Licht. Der Wind fährt durch die Blätter der Bäume. Es ist nicht mehr weit, gleich erreiche ich meinen Lieblingsplatz.

Die alte Holzbank steht unter einer großen Kastanie am Ufer des Teiches. Es war die richtige Entscheidung, uns hier zu treffen. Viel zu selten habe ich mich in den letzten Wochen dazu aufgerafft, spazieren zu gehen, Zeit in der Natur zu verbringen, einfach mal wieder etwas für mich zu tun. Dabei weiß ich, wie gut mir das tut. Und wie wichtig es ist!

Ich setze mich hin und atme tief durch. Die Sonne spiegelt sich auf der Wasseroberfläche, lässt sie magisch glitzern. Ein paar Graugänse stehen regungslos am Ufer. Fast scheint es, als würden sie die Stockenten beobachten, die im Wasser ihre Bahnen ziehen.

In Gedanken höre ich meinen Großvater sagen: »Wusstet ihr, dass Enten in Dialekten schnattern? Genau wie wir Menschen. Hier in Kassel klingen die Enten anders als zum Beispiel auf dem Land, wo es viel ruhiger ist.«

Für einen Moment schließe ich lächelnd die Augen und lausche dem Gespräch der gefiederten Teichbewohner. Früher haben meine Schwester Johanna und ich uns oft ausgemalt, worüber sie sich unterhalten. Über das Futter, über ihre ungezogenen Kinder, über das Wetter und über die komischen Gestalten, die auf der Bank sitzen und ihnen zuschauen.

Wie viel Zeit haben wir hier im Park mit Opa verbracht! Meistens saßen wir zusammen auf unserer Bank und beobachteten die Nilgänse, Graureiher und Haubentaucher. Ich weiß noch genau, wie entsetzt ich war, als wir zum ersten Mal einen Haubentaucher tauchen sahen. Der Vogel blieb so lange unter Wasser, dass ich mir große Sorgen machte. Ich flehte Opa an, ihm zu helfen, und war unglaublich erleichtert, als er plötzlich am anderen Ende des Teiches wieder auftauchte.

Johanna hingegen verstand meine Aufregung überhaupt nicht. Sie glaubte, dass sich die Dinge von selbst regeln würden. Daran hat sich bis heute nichts geändert. Meine kleine Schwester war schon immer die Mutigere von uns. Sie geht

Risiken ein, ohne groß darüber nachzudenken, sie macht einfach, während für mich nichts genau genug geplant werden kann. Johanna … wie es ihr wohl geht?

Ich seufze, streiche über das alte Holz der Bank und lehne mich zurück. Es ist viel los in der Aue. Ein paar Sportbegeisterte ziehen in Jogginghosen ihre Runden, viele Spaziergänger sind unterwegs. Ich schaue auf die Uhr. Es ist kurz vor fünf. Nina müsste gleich hier sein.

Erwartungsvoll blicke ich auf den Weg, den sie gleich entlanglaufen wird. Und da kommt sie auch schon um die Ecke. Ihre blonden Haare hat sie zu einem hohen Zopf gebunden, der bei jedem Schritt hin- und herwippt. »Liv!«, ruft sie. »Wie schön!«

Sie strahlt über das ganze Gesicht, als ich aufstehe und meine Arme ausbreite.

»Hey«, sage ich und drücke sie an mich. »Du siehst gut aus, habe ich was verpasst? Warst du im Urlaub?« Ihre Haut ist leicht gebräunt, was ihre strahlend blauen Augen noch mehr zum Leuchten bringt.

Nina lacht. »Schön wär's … aber der Balkon ist nicht zu unterschätzen.«

»Stimmt. Vor allem, wenn er nach Süden geht, wie bei dir. Du hast wirklich Glück mit deiner Wohnung.«

»Absolut«, sagt Nina und setzt sich zu mir auf die Bank. »Schön, dass das mit dem Treffen heute geklappt hat, ich hatte fast vergessen, wie du aussiehst.« Sie mustert mich. »So müde hatte ich dich aber nicht in Erinnerung, du arbeitest zu viel! Du siehst wirklich erschöpft aus.«

Wie immer sagt Nina unverblümt, was sie denkt. »Zum

Glück habe ich die nächsten zwei Tage frei.« Ich atme kurz durch. »Obwohl ich fast lieber arbeiten würde. Sarah ist nämlich seit heute auf unserer Station. Unsere Sarah von früher.«

»Sarah Niemeyer, oh Gott, warum? Was ist mit ihr?«

»Sie heißt jetzt Spiering«, erkläre ich und erzähle meiner Freundin, was heute passiert ist.

»Gut, dass du da warst«, sagt Nina, als ich fertig bin.

»Es war knapp, sehr knapp.« Ich drücke meinen Rücken durch. »Aber jetzt lass uns das Thema wechseln, damit ich auf andere Gedanken komme. »Was gibt's Neues? Wie geht es dir?«

Nina kommt meiner Bitte sofort nach. »Gut, eigentlich ist alles beim Alten. Die Arbeit macht mir immer noch Spaß, Roman und ich planen gerade unseren nächsten Urlaub, der nicht auf Balkonien stattfinden wird. Und, halt dich fest … Roman hat vor Kurzem seinen ersten Halbmarathon absolviert.«

»Wahnsinn, das ist toll! Ich wusste gar nicht, dass er wieder läuft.«

»Er hat es quasi für sich wiederentdeckt, ich bin so froh, dass er die Folgen des Unfalls jetzt komplett überwunden hat.«

»Das ist toll, wirklich!« Romans Motorradunfall hätte schlimmer ausgehen können, er hatte Glück im Unglück und kam mit ein paar Knochenbrüchen davon. »Und wo wollt ihr Urlaub machen?«

»In Griechenland. Kreta und Samos sind in der engeren Auswahl«, antwortet Nina.

»Samos kann ich empfehlen. Mein Vater schwört auf diese Insel. Er fliegt jedes Jahr hin.«

»Ach, echt? Das freut mich für ihn. Aber was ist mit dir?«, fragt Nina. »Wie sieht deine Urlaubsplanung aus?«

Ich seufze. »Keine Ahnung, ich überlege noch. Wenn ich mir die Überstunden nicht auszahlen lasse, könnte ich locker vier Wochen am Stück verreisen. Theoretisch.«

»Dann mach's doch!«

»Einen Monat Urlaub.« Ich seufze. »Das wär's. Aber das geht leider nicht, die Klinik macht da nicht mit. Wir sind chronisch unterbesetzt.«

»Hast du es schon mal versucht? Geh hin und sag, dass du umkippst, wenn du so weitermachst. Und dass du einen längeren Urlaub bitter nötig hast.« Sie schnalzt mit der Zunge. »Du bist einfach zu gut für diese Welt. Andere nehmen nicht so viel Rücksicht.«

»Eben!«, sage ich. »Und jetzt lass uns über etwas anderes reden. Wir sind schon wieder in der Klinik gelandet.«

»Okay!« Nina stößt mich in die Seite. »Was ist eigentlich aus dem Typen geworden, mit dem du zusammen warst? Benny hieß er doch, oder? Hat er sich nach seiner USA-Reise wieder bei dir gemeldet?«

»Hör auf«, sage ich lachend und winke ab. »Die Sache mit ihm hatte sich eigentlich schon vorher erledigt. Da gab es zu viel Diskussionspotenzial.«

»Aber das muss ja nichts Schlechtes sein.«

»Stimmt. Aber es waren keine guten Diskussionen. Unsere Ansichten zu bestimmten Themen waren einfach viel zu unterschiedlich, das hätte auf Dauer nicht funktioniert. Außerdem haben ihm meine Arbeitszeiten nicht gepasst. Es hat ihn gestört, dass ich morgens so früh weg war und ihn geweckt habe, wenn er bei mir übernachtet hat.«

Nina runzelt die Stirn. »Da sind wir wieder in der Klinik gelandet.« Sie legt ihre Hand auf meinen Arm. »Tut mir leid, das muss ich jetzt loswerden, und dann nerve ich dich nicht mehr damit, versprochen. Weißt du, ich bewundere dich dafür, wie du dich für deine Patienten einsetzt. Aber pass auf dich auf.« Sie schaut mich streng an. »Denk auch mal an dich!«

Nina hat recht, es kommt oft vor, dass ich mich nur mit großer Mühe an meinen letzten freien Tag erinnere. In den vergangenen zwei Jahren hat sich die Situation deutlich verschärft. Wir haben chronischen Personalmangel, die Arbeit wird immer mehr. Der Druck ist für alle groß.

»Ich schaffe das schon, keine Sorge! In zwei Wochen mache ich eine Fortbildung, fünf Tage, da freue ich mich schon drauf. Die Auszeit wird mir sicher guttun.«

Wieder schnalzt Nina mit der Zunge. »Eine Fortbildung ist doch keine Auszeit!«

»Du hast recht. Aber ich freue mich trotzdem darauf. Endlich geregelte Arbeitszeiten, genug Schlaf!«

Nina sieht mich mit hochgezogenen Augenbrauen an. »Und worum geht es?«

»Notfallversorgung. Fünf Tage in Berlin, ich bin wirklich gespannt!«

»Berlin? Okay, das ist ein Argument.« Nina grinst. »Weißt du noch?«

»Wie könnte ich das vergessen?« Ich lasse den Kopf an

ihre Schulter sinken. »Sweet Sixteen, das waren noch Zeiten. Und ich wusste übrigens wirklich nicht, dass es keine normalen Kekse waren, die Saskia zur Klassenfahrt mitgebracht hat.«

Nina kichert. »Saskia und die weißen Mäuse, die sie plötzlich gesehen hat. Aber das war bestimmt nur ein Bluff. Warte, ich habe etwas für dich …« Nina kramt in ihrer Tasche. Kurz darauf hält sie mir eine Blechdose unter die Nase. »Hier!«

»Du hast doch nicht etwa …« Ich sehe sie streng an.

Sie lacht. »Keine berauschende Wirkung außer dem Glücksfaktor. Probier mal!«

Nina backt für ihr Leben gern. Früher, als wir noch Nachbarinnen in einem Haus waren, wurde ich regelmäßig mit süßen Köstlichkeiten versorgt. Manchmal standen sie einfach vor der Tür, wenn ich nach einem langen Arbeitstag nach Hause kam. Ich vermisse diese Zeit sehr, es war schön, Nina immer in meiner Nähe zu wissen. Aber dann kam Roman. Nina zog mit ihm nach Göttingen und ich ein halbes Jahr später zu Lars. Im Gegensatz zu Nina habe ich mir allerdings zwei Jahre später eine neue Wohnung gesucht und bin in Kassel geblieben.

Gespannt öffne ich die Dose.

Eine Mischung aus Schokolade und Gewürzen strömt mir entgegen. Vorsichtig schiebe ich das Backpapier zur Seite. »Was ist das denn?«, frage ich lachend. »Sind das Lebkuchen?«

»Ja«, sagt Nina und grinst. »Natürlich glutenfrei.«

Ich nehme einen aus der Dose. Ein Großteil ist mit dunkler Schokolade überzogen. Einige wenige sind in ein weißes

Kleid gehüllt. Statt einer Oblate befinden sich Haferflocken auf der Unterseite. Obendrauf hat Nina kleine lilafarbene Blüten gesetzt.

Die Schokolade schmilzt zwischen meinen Fingern. Schnell beiße ich hinein. »Schmeckt lecker! Schön fruchtig!«

Nina lächelt zufrieden. »Das sind Sommerlebkuchen. In den hellen Küchlein sind Cranberrys und getrocknete Aprikosen im Teig«, erklärt sie.

»Du bist wirklich toll«, sage ich. Nina hat mich schon öfter mit ganz besonderen Kreationen überrascht. Letztes Jahr stand sie plötzlich mit einer großen Dose Zitronenspekulatius vor meiner Tür, und im Jahr davor schwor sie auf ihren Frühlingsstollen. »Danke«, sage ich noch einmal und umarme meine Freundin. »Was sind deine Pläne für die Ausbildung zur Konditorin? Die Patisserie in Paris? Hast du dich entschieden?«

»Hör auf!« Nina seufzt tief. »Ich würde ja gerne, es juckt mir immer noch in den Fingern. Aber gerade, als ich mich entscheiden wollte, habe ich einen wirklich interessanten Illustrationsauftrag von einem Kinderbuchverlag bekommen.« Sie lächelt breit. »Eine Serie über eine Monsterschule, für Kinder ab acht Jahren.«

»Wie schön! Genau das, was du immer machen wolltest.«

»Ja.« Sie nickt glücklich. »Die Covergestaltung behalte ich erst mal, dafür bekomme ich regelmäßig Aufträge.« Sie zeigt auf die Schachtel. »Die süßen Sachen bleiben mein Hobby, zumindest vorerst. Vielleicht entscheide ich mich irgendwann spontan für den Schritt in die Selbstständigkeit, jetzt, wo es Roman besser geht. Aber alles zu seiner Zeit.«

Nina hatte schon alles geplant, ihre Ausbildung zur Konditorin, die Schule in Paris. Aber dann hatte Roman diesen Unfall, und sie hat ihre Pläne auf Eis gelegt.

»Das Monsterbuch klingt gut«, sage ich. »Und du hast recht, alles zu seiner Zeit.« Ich stupse sie sanft in die Seite. »Habe ich dir schon gesagt, wie sehr ich dich bewundere? Du bist so kreativ! Du malst, du illustrierst, du entwirfst Cover, und du machst die besten Kuchen, Kekse und Pralinen der Welt.«

»Aber ich kann nicht einparken, ich suche ständig nach irgendwelchen Sachen, ich vergesse Termine, und ich fange immer zu spät an, sodass ich am Ende wahnsinnig unter Zeitdruck stehe. Ich wünschte, ich wäre ein bisschen organisierter und hätte ein bisschen mehr Struktur, so wie du.«

»Das kannst du dir gerne abschauen.« Ich lächle meine Freundin an. »Eine Mischung aus uns beiden wäre perfekt.«

Sie schüttelt heftig den Kopf. »Wer will schon perfekt sein? Das ist doch langweilig!«

»Stimmt.«

»Genau! Und jetzt?«, fragt Nina. »Wollen wir uns vielleicht noch ein bisschen die Füße vertreten? Oder irgendwo was trinken gehen?«

»Klar, gerne.« Ich stehe auf und hänge mir meine Tasche über die Schulter. »Wie wär's mit einem Spaziergang in Richtung Orangerie? Zum Café?«

Wir gehen ein Stück um den Teich herum. Am Ufer spielen ein paar Kinder. Auf einer der großen Wiesen vor uns haben sich Jugendliche niedergelassen. Sie liegen auf Decken, picknicken, hören Musik und lachen.

»Guck mal, was ist das?«, fragt Nina und zeigt auf eine Gruppe Teenager. Sie hüpfen um ein kleines Trampolin herum und versuchen, einen Ball zu fangen, der von einem Mitspieler auf das Netz in der Mitte geworfen wird und wieder zurückspringt.

»Spikeball«, sage ich. »Das macht bestimmt Spaß! Wollen wir es mal ausprobieren?«

»Nein, das sieht anstrengend aus«, sagt Nina und hängt sich an mich. »Aber was hältst du von einem Wellness-Wochenende, so richtig mit Verwöhnprogramm, du und ich, so wie früher? Nur dass wir uns nicht gegenseitig Gurkenscheiben ins Gesicht legen, sondern das von einer Kosmetikerin machen lassen.«

»Ja!« Ich nicke ein paarmal. »Gute Idee! Lass uns einen Termin suchen, nach der Fortbildung.«

Wir gehen unter dem dichten Blätterdach der Bäume hindurch, vor uns erhebt sich die Orangerie. Von der Sonne angestrahlt, entfaltet das barocke Schloss seine ganze Schönheit. Ich blinzle und seufze. Die warmen Strahlen kitzeln meine Nasenspitze.

»Das müssen wir öfter machen«, sagt Nina.

»Ja, das müssen wir!«

Wir nehmen die Steintreppe, die direkt ins Café führt. Die meisten Tische mit Blick auf den Auepark sind besetzt, aber wir haben Glück.

»Guck mal, da vorne ist noch ein schöner Platz«, sagt Nina. »Willst du dich setzen? Ich hole die Getränke.«

»Gute Idee! Bringst du mir bitte einen Cappuccino?«

»Klar«, sagt Nina und verschwindet kurz darauf.

Ich ziehe mir einen Stuhl heran, setze mich und schaue über die große Wiese vor der Karlsaue. Im Sommer finden hier Festivals und Konzerte statt. Das im letzten Jahr habe ich verpasst. Dieses Jahr wird es anders, denke ich mir.

Da klingelt mein Handy in meiner Tasche. Ich hole es heraus, schaue auf das Display, auf dem die Nummer der Klinik aufleuchtet, zögere kurz, nehme das Gespräch dann aber doch an.

»Sommerfeldt«, melde ich mich.

»Hallo, Liv, hier ist Gaby.« Sie seufzt, und ich weiß, was jetzt kommt. »Ellen ist krank.«

»Frühdienst?«

»Ja«, sagt Gaby.

»Scheiße!«

»Tut mir leid.«

»Was?«

»Dass ich dich jetzt schon wieder anrufe und frage. Aber Sandra geht nicht ran, und Jörn hat keine Zeit.«

»Okay.«

»Du übernimmst also?«

»Ja.« Wie so oft in den letzten Monaten, Jahren …

»Du bist echt die Beste!« Gaby atmet hörbar erleichtert auf.

»Gut, aber warte kurz. Wie geht es der Patientin auf Zimmer drei?«

»Welche meinst du?«

»Die postoperative Überwachung, die heute den Kreislaufzusammenbruch hatte, Sarah Spiering.«

»Weiterhin stabil«, sagt Gaby. »Aber die nette alte Dame hat es leider nicht geschafft.«

»Was meinst du?«, frage ich. »Wen meinst du? Frau Hagedorn ist von der Geriatrie abgeholt worden. Wir sprechen doch noch über Zimmer drei?«

»Ja«, antwortet Gaby. »Herzstillstand, unten auf der Geriatrie. Und laut Patientenverfügung keine Wiederbelebung. Sie hat das bei Sarah Spiering mitbekommen. Bestimmt die Aufregung.«

»Kann sein«, sage ich und lächle. »Vielleicht war ihre Zeit auch einfach gekommen. Die Patientenverfügung hat sie schon vorher gehabt. Wenn du mich fragst, hat sie alles richtig gemacht. Sie ist leise gegangen, das passt zu ihr.«

Ich beende das Telefonat und blicke auf.

Vor mir steht Nina. Ich war so vertieft in das Gespräch, dass ich sie nicht habe kommen hören.

»Du musst morgen doch arbeiten!«, schimpft sie.

Wie aus dem Nichts spüre ich plötzlich eine tiefe Traurigkeit in mir, und Tränen schießen aus meinen Augen.

»He, was ist denn los?«, fragt Nina und nimmt mich in ihre Arme.

»Ich weiß auch nicht«, sage ich, nachdem ich mich wieder etwas gefangen habe. »Es klingt wahrscheinlich irrational, wahrscheinlich ist es auch so. Aber ich bin traurig, weil ich froh bin, dass eine Patientin gestorben ist.«

Kapitel 3

Erst zu Hause merke ich, dass meine Mutter wieder angerufen hat. Sie hat mir auch eine Sprachnachricht geschickt. In der Mittagspause habe ich versucht, sie zu erreichen, aber sie hat nicht abgenommen. Dann habe ich das Handy auf lautlos gestellt und vergessen, es wieder lauter zu machen.

Ich sitze im Schneidersitz auf meinem Stuhl und höre mir die Nachricht an.

»Livy, Schatz. Arbeitest du?«, ertönt die fröhliche Stimme meiner Mutter. »Bitte ruf mich an, wenn du die Nachricht abhörst. Ich komme heute Abend um 19:40 Uhr in Kassel an. Kannst du mich abholen? Um 20:15 Uhr sollte ich mein Gepäck haben, es reicht, wenn du dann da bist. Wenn nicht, nehme ich ein Taxi. Oder hast du Spätdienst? Dann hole ich den Schlüssel von deiner Nachbarin. Hoffentlich hat sie ihn noch. Alles andere später. Hab dich lieb! Freu mich auf dich.«

Sieben Uhr, meine Mutter sitzt jetzt im Flugzeug, wenn sie wirklich eingestiegen ist. Sie schafft es auch, sich plötzlich alles anders zu überlegen, und sagt eine halbe Stunde vor der angekündigten Landung Bescheid, dass sie doch nicht kommt, wie vor drei Monaten. Ich seufze und rufe sie an.

»Hola, es el contestador automático de Tessa. Te llamaré luego. ¡Hasta pronto! Hallo, hier ist die Mailbox von Tessa Blumenthal. Ich rufe zurück! Bis bald!«

»Verdammt«, entfährt es mir. Sie hat ihr Handy ausgeschaltet oder auf Flugmodus gestellt. Ich glaube, sie kommt wirklich.

Das letzte Mal, als meine Mutter mich spontan besuchte, blieb sie drei Tage, und ich war danach noch urlaubsreifer als vorher. Das ist jetzt ungefähr ein halbes Jahr her. Und eigentlich war sie nicht meinetwegen gekommen, sondern weil sie plötzlich sentimental geworden war und unbedingt einen Weihnachtsmarkt besuchen wollte.

Es juckt mir in den Fingern, ihr zu schreiben, dass sie sich ein Taxi nehmen soll. Oder dass ich gar nicht zu Hause bin, dass ich keinen Ersatzschlüssel mehr habe und dass sie in einem Hotel schlafen soll. Das könnte sie sich leisten. Aber sie ist meine Mutter.

»Verdammt«, sage ich wieder. Ich hatte mich auf einen ruhigen Abend gefreut, auf die nächste Folge von *Scorpio*, einer Serie, die ich zufällig entdeckt habe und von der ich nicht mehr loskomme. Ich wollte sie im Bett schauen, dabei eine Schüssel Milchreis essen und früh schlafen gehen. Meine Mutter hasst Milchreis. Aber sie hat sicher Hunger nach dem Flug. Von den Fertiggerichten, die es im Flugzeug gibt, rührt sie nichts an. Das würde ich auch nicht. Ich überlege kurz, ob ich jetzt schnell in den Supermarkt um die Ecke fahre, entscheide mich dann aber anders. Wenn meine Mutter Hunger hat, halten wir unterwegs an der Pizzeria und nehmen uns etwas mit.

Ich hole dich ab, um 20:15 Uhr bin ich da. Freue mich.

Der letzte Teil stimmt nicht ganz oder nur ein bisschen. Wir haben uns ein halbes Jahr nicht gesehen, im Grunde ist es schon schön, dass sie mich besucht. Aber ich hätte den Zeitpunkt wirklich gern mitbestimmt.

Zum Glück ist meine Wohnung aufgeräumt, das Bad geputzt. Ich muss nur noch die Gästematratze aus dem Keller holen. Letztes Mal habe ich meiner Mutter mein Bett angeboten, aber sie hat abgelehnt. Sie sei siebenundfünfzig und nicht achtzig, sagte sie. Und dass sie notfalls auch auf dem Boden schlafen würde. Und dann hat sie mir von ihrem Campingurlaub mit meinem Vater erzählt, dass sie sich auf der harten Isomatte in der ersten Nacht nicht nur achtunddreißig Mückenstiche eingefangen hat, sondern auch ein Spermium, das zielsicher seinen Weg in ihren Eileiter gefunden hat. Das Ergebnis war ich, Liv, das Leben. Obwohl ich nicht geplant war, hätten sie sich sehr auf mich gefreut.

Drei Jahre später kam meine Schwester zur Welt. Geplant! Aber sie ist sehr spontan, fast sprunghaft. Und ich, der »Liebesunfall«, überlasse lieber nichts dem Zufall.

Ich stehe auf, gehe in die Küche und schaue zum Kirschbaum im Garten. Ein Spatz sitzt auf einem Ast und schaut mich an. Es ist verrückt. In den letzten Wochen habe ich so gut wie gar nicht an meine Familie gedacht. Und gestern, kaum bin ich in den Park gegangen, habe ich an meine Schwester denken müssen, und dann hat sich meine Mutter angekündigt. Als hätte ich es geahnt.

Der Regionalflughafen liegt am Rande von Kassel, zwanzig Autominuten von meiner Wohnung entfernt. Gut eineinhalb Stunden bleiben mir, wenn ich nicht hetzen will. Ich koche mir einen Kaffee, hole die Dose mit den Sommerlebkuchen aus dem Kühlschrank und setze mich damit an den Bistrotisch auf meinem Balkon. Zwei Stühle, ein kleiner Tisch, mehr passt nicht auf die Fläche. Aber die Aussicht ist wunderbar. Von hier aus sehe ich den Garten, etwas weiter den Bergpark und ganz oben das Wahrzeichen Kassels, den Herkules.

Nachdem ich zwei Lebkuchen gegessen habe, schreibe ich meiner Schwester eine Nachricht.

Hallo, Jo. Mama kommt heute Abend zu mir. Ich hoffe, es geht dir gut.

Hinter die Nachricht setzte ich ein kleines rotes Herz, bevor ich auf Senden drückte. Das Herz bedeutet so viel wie das »Ich freue mich«, das ich meiner Mutter geschickt habe. Es ist nicht so, dass wir große Probleme miteinander hätten oder, besser gesagt, nicht mehr haben. Als Kinder haben wir uns oft gestritten. Und später haben wir uns einfach nicht mehr füreinander interessiert. Das liegt wahrscheinlich daran, dass wir sehr verschieden sind. Jede von uns lebt ihr Leben und lässt der anderen ihr eigenes.

Johanna antwortet nicht, aber ich habe auch nichts anderes erwartet. Meistens dauert es Stunden, wenn nicht Tage, bis sie reagiert.

Ich sitze noch ein paar Minuten auf dem Balkon, schließe die Augen und genieße die Stille. Der ständige Lärm auf der

Station macht mir zu schaffen. Das Piepen der Geräte verfolgt mich manchmal den ganzen Tag, auch wenn ich längst zu Hause bin. Jetzt ist es das Zwitschern der Vögel, das in mein Ohr dringt. Bald wird es die Stimme meiner Mutter sein.

Um halb acht gehe ich in den Keller, um die Matratze zu holen. Dabei begegne ich meiner Nachbarin von unten, Frau Klischat. Sie stellt sich in die Tür, sodass ich keine Chance habe, an ihr vorbeizukommen. Das macht sie öfter, auch wenn wir uns in der Waschküche begegnen. Sie stellt sich in die Tür und redet. Ohne Punkt und Komma.

»Der Nachbar von drüben war bei mir und hat sich beschwert. Ich darf seiner Katze nichts mehr geben. Angeblich hat sie eine Allergie. Aber wenn das so ist, dann darf er sie nicht mehr nach draußen lassen. Sie holt sich überall ihre Leckerlis, ich bin nicht die Einzige, die sie füttert.«

Es ist müßig, mit ihr darüber zu diskutieren. Sie schmiert dem Tier Leberwurstbrote. Kein Wunder, dass es so gerne zu ihr kommt. Dass die Katze die Brote nicht verträgt, interessiert Frau Klischat nicht. Sie ist stur.

»Sie wissen, was ich davon halte«, sage ich und ziehe die Matratze hinter dem Schrank hervor.

»Oh, bekommen Sie Besuch? Soll ich helfen?«

»Das ist lieb, aber ich schaffe das schon alleine. Und ja, meine Mutter kommt.«

»Wie schön.«

Ich will an ihr vorbeigehen, aber sie steht noch in der Tür.

»Frau Klischat ...«, beginne ich, halte aber kurz inne. Ich

höre selbst, wie genervt ich klinge. Ein Zeichen, dass ich gestresst bin. Meine Nachbarin kann nichts dafür. »Vielleicht können Sie mir doch helfen«, sage ich. »Sie könnten von hinten schieben.«

Ein Lächeln huscht über ihr Gesicht. »Das mache ich gerne.«

Die Hilfe meiner Nachbarin kostet mich weitere fünf Minuten. Zwischendurch müssen wir eine Pause einlegen. Aber sie freut sich, als wir oben ankommen.

Spontan beschließe ich, zwei Fliegen mit einer Klappe zu schlagen. Meine Mutter kommt. Den freien Tag morgen habe ich sowieso nicht für mich.

»Darf ich Sie zum Dank morgen Nachmittag zum Kaffee einladen?«, frage ich.

Frau Klischat streicht mir über den Arm. »Das ist lieb, aber morgen geht leider nicht.« Sie strahlt wie ein Honigkuchenpferd. »Morgen habe ich meine erste Golfstunde. Mein Trainer holt mich ab.«

»Oh, das ist aber schön. Da freue ich mich aber!«

Sie drückt ihren Rücken durch. »Früher habe ich regelmäßig Golf gespielt. Man muss etwas tun, um fit zu bleiben. Auch im Alter.«

»Da haben Sie recht«, sage ich.

Sie hilft mir, die Matratze ins Wohnzimmer zu schieben, verabschiedet sich und schlurft aus meiner Wohnung.

Die Frau ist achtzig Jahre alt und geht morgen Golf spielen, um fit zu bleiben. Und ich schaffe es nicht einmal, regelmäßig spazieren zu gehen, obwohl ich einen Park direkt vor der Haustür und einen in der Nähe der Klinik habe.

»Das muss sich ändern«, denke ich laut, nehme den Autoschlüssel aus der Schublade und mache mich auf den Weg. Viertel vor acht. Meine Mutter ist bereits gelandet. Wahrscheinlich steigt sie gerade aus.

Ich sitze schon im Auto, als sie anruft. Ob sie wohl absagt?

»Hola, Schatz. Gut, dass ich dich noch erreiche. Ich habe eine Mitfahrgelegenheit gefunden. Rob nimmt mich mit. Ich bin spätestens in einer halben Stunde da.«

Im letzten Moment hat sie ihre Pläne doch noch geändert, aber anders als gedacht. »Gut, dann besorge ich uns was zu essen. Worauf hast du Lust? Italienisch oder asiatisch?«

»Spanisch«, antwortet meine Mutter. »Ich habe alles dabei. Du kannst schon mal den Tisch decken.«

»Mach ich. Bis gleich.«

»Bis gleich, Schatz. Ich freu mich schon!«

Ich bleibe noch einen Moment im Auto sitzen. Manchmal habe ich das Gefühl, zumindest genetisch nicht zu meiner Familie zu gehören. Mit sechzehn habe ich sogar einmal überlegt, einen Gentest machen zu lassen, als ich wieder einmal befürchtete, nicht dazuzugehören. Ich habe es aber schnell wieder verworfen, nachdem Nina mich darauf hingewiesen hat, dass ich zwar so aussehe wie meine Mutter und meine Schwester, aber den Charakter von meinem Vater habe. Doch der gehörte zu diesem Zeitpunkt schon nicht mehr zu unserer kleinen Familie. Ich war zwölf, als sich meine Eltern getrennt haben. Und ich mochte es gar nicht, dass ich meinem Vater offensichtlich mehr ähnelte als meiner Mutter und meiner Schwester.

Ich will gerade aussteigen, als mich überraschend die Antwort meiner Schwester erreicht.

Hat sie endlich mit Carlos Schluss gemacht? Das ist ja toll! Viel Spaß euch beiden. Melde dich mal, und berichte. Liebe Grüße. Küsschen!

Ich habe noch gar nicht mitbekommen, dass meine Mutter sich trennen will. Wie schade! Seit der Scheidung von meinem Vater hat sie es mit ihren neuen Partnern nie länger als drei Jahre ausgehalten. Mit Carlos sind es jetzt dreieinhalb. Eigentlich hatte ich gehofft, dass sie bei ihm bleibt.

Mache ich, antworte ich.

Am Fenster steht Frau Klischat. »Haben Sie denn keinen Besuch?«, fragt sie, als ich auf das Haus zugehe.

»Doch, aber sie wird gefahren.« Ich schließe die Tür auf. »Viel Spaß auf dem Golfplatz, falls wir uns bis dahin nicht mehr sehen.«

Oben sitze ich auf der Terrasse und warte. Als es klingelt, atme ich tief durch und öffne die Tür.

Es sind zwei Frauenstimmen, die ich jetzt höre. Die eine, etwas lautere, gehört meiner Mutter. Die andere kenne ich nicht.

Kurz darauf fällt mir meine Mutter um den Hals.

»Da bin ich«, sagt sie und dreht sich zu der Frau um, die neben ihr steht. »Und das ist Roberta. Wir haben uns im Flugzeug getroffen. Sie hat mich gefahren.«

Bei dem Namen Rob hatte ich automatisch an eine

männliche Mitfahrgelegenheit gedacht. »Hallo, ich bin Liv«, sage ich und nehme die Hand der Frau.

»Die Tochter, auf die Ihre Mutter so stolz ist«, sagt sie und greift nach meiner Hand. »Hallo.«

Für einen Moment bin ich so überrascht, dass mir die Worte fehlen. Meine Mutter ist stolz auf mich? Seit wann das denn?

Wir stehen immer noch vor der Tür. Roberta sieht nett aus, eher der natürliche Typ in Jeans und schlichtem schwarzen Hemd. Ich schätze sie auf Mitte fünfzig. »Wollen Sie reinkommen, vielleicht etwas trinken?«, frage ich schließlich.

Sie schüttelt den Kopf. »Das ist nett, aber ich bin froh, wenn ich gleich zu Hause bin.«

»Danke, Roberta«, sagt meine Mutter. »Und lass uns nächste Woche wirklich mal einen Kaffee trinken gehen, ich würde mich freuen.«

»Ich melde mich.« Sie winkt und geht.

Meine Mutter ist braun gebrannt. Ihr Haar ist raspelkurz geschnitten, mit vielen von der Sonne gebleichten Strähnen in den ohnehin schon hellblond gefärbten Haaren. Ihre blauen Augen leuchten und passen zu dem gleichfarbigen T-Shirt, zu dem meine Mutter eine schwarze Haremshose und silberne Riemchensandalen trägt. »Du siehst gut aus, Mama«, sage ich.

»Ich fühle mich auch so. Und du?« Sie schaut mich kritisch an. »Wann warst du das letzte Mal in der Sonne?«

Gerade eben, auf dem Balkon, denke ich. Da sehe ich, dass meine Mutter mit zwei riesigen Koffern und einer großen Tasche angereist ist. Das sieht nicht nach einem Kurzurlaub aus.

Sie bemerkt meinen Blick. »Ich hoffe, es ist okay, wenn ich erst mal bei dir bleibe. Morgen fange ich sofort an, nach einer Wohnung zu suchen. Ich brauche keine große, ich finde bestimmt schnell eine.« Sie seufzt, dann lächelt sie. »Ich habe nicht damit gerechnet, dass ich noch mal nach Kassel ziehe. Aber es hat ja alles auch seine guten Seiten. So haben wir endlich mal wieder mehr voneinander.«

Was soll ich darauf schon erwidern? Meine Mutter braucht meine Hilfe. »Kein Problem«, sage ich.

»Wie schön.« Sie umarmt mich. »Ich freue mich, wirklich. Und jetzt lass uns essen, ich habe einen Mordshunger.«

Eine Stunde später weiß ich, dass sie sich tatsächlich von Carlos getrennt hat.

»Es hat einfach nicht mehr gepasst«, erklärt sie. »Und die Gastronomie ist auch absolut nichts für mich. Du kannst dir nicht vorstellen, wie anstrengend die Touristen sein können …«

Ich höre zu, meine Mutter erzählt. Um zehn Uhr gähne ich ein paarmal demonstrativ, aber entweder bemerkt sie das nicht, oder sie ignoriert es schlicht. Ich unterbreche sie mitten im Satz.

»Mama, sei mir nicht böse. Aber ich bin hundemüde und habe Frühdienst. Ich muss jetzt schlafen. Lass uns morgen weiterreden.«

»Ist gut, Schatz.« Sie steht sofort auf. »Ich räume den Tisch ab.«

Eine Viertelstunde später habe ich meinen Pyjama an und wünsche meiner Mutter eine gute Nacht. Sie sitzt im Schneidersitz auf der Matratze und tippt eine Nachricht in ihr Handy.

»Ich schreibe gerade mit deiner Schwester«, sagt sie.

»Liebe Grüße. Schlaf gut, Mama.«

Sie sieht zu mir auf. »Johanna fragt, wann wir sie besuchen kommen. Das wäre doch eine schöne Idee, was meinst du?«

»Ich dachte, du willst dir eine Wohnung suchen?«

Sie überlegt einen Moment. »Stimmt. Aber du solltest fahren. Du siehst blass aus. Und Norderney hat dir doch immer so gutgetan.«

»Ja, das stimmt allerdings. Ich denke darüber nach. Gute Nacht, Mama.«

Normalerweise schlafe ich immer sofort ein, sobald ich im Bett liege. Heute gelingt mir das nicht. Die Wände sind hellhörig. Auch wenn meine Mutter sich bemüht, leise zu sein, höre ich sie in ihren Sachen herumkramen. Ich hoffe wirklich, dass sie schnell eine Wohnung findet. Auf Dauer drehe ich durch mit ihr. Wir sind einfach viel zu verschieden. Und außerdem ist meine Wohnung nicht groß genug, ich habe noch nicht mal ein Gästezimmer.

Aber nicht nur Mama hält mich wach. Immer wieder schleichen sich Frau Hagendorn und Sarah in meine Gedanken, und die Gespräche, die ich mit ihnen geführt habe.

»Lebe und bereue nichts!«, höre ich meine ehemalige Schulfreundin mit brüchiger Stimme sagen.

Am nächsten Morgen wache ich mit Tränen in den Augen auf. Ich bin müde. Weil ich zu wenig geschlafen habe, doch das ist nicht der einzige Grund. Allein die Vorstellung, mich anzuziehen, wirkt wie eine unüberwindbare Hürde. Aber ich habe keine andere Wahl. Die Menschen brauchen mich. Ich gehe leise in die Küche, um meine Mutter nicht zu wecken, und fühle mich wie gerädert. Ich stehe da, spiegle mich in der Fensterscheibe. Meine Haare sind von der unruhigen Nacht zerzaust, dunkle Schatten umranden meine Augen. Und plötzlich weiß ich nicht mehr, was ich hier wollte. Ich schaue mich um. Tränen sammeln sich in meinen Augen und laufen über meine Wangen. Ich lehne mich an die kühle Wand und atme tief ein und aus. Beruhig dich, Liv, sage ich immer wieder in meinen Gedanken. Ein paar Minuten später gelingt es mir endlich. Ich koche mir einen Kaffee und trinke sofort.

Gerade als ich die Tasse in die Spülmaschine stelle, öffnet meine Mutter die Tür. »Guten Morgen«, sagt sie gut gelaunt. »Ich habe was für dich.« Sie hält mir eine Holzschatulle hin. Sie lächelt. »Es wird dir gefallen.«

»Danke.«

»Mach auf«, sagt meine Mutter.

Ich hebe den Deckel an. In der Schachtel liegen Briefe und kleine Zettel.

»Von deiner Oma, an deinen Opa«, sagt sie. »Ich dachte, du sollst sie bekommen!«

»Von Oma? Danke, Mama.«

Ich nehme den kleinen Zettel heraus, der ganz oben drauf liegt. Darauf steht nur ein einziges Wort. *Lebe.*

Kapitel 4

Zwei Wochen später

Parkplatz P1, steht auf dem Schild. Endlich bin ich da! Langsam fahre ich auf das Gelände. Unzählige Wagen stehen in Reih und Glied nebeneinander. Ich brauche ein bisschen, bis ich einen freien Stellplatz finde, aber schließlich parke ich meinen Kleinwagen neben einem Kombi. Eine Frau und ein Mann sind gerade dabei, Gepäck aus dem Kofferraum zu wuchten. Dabei werden sie von zwei finster dreinschauenden Teenagern beobachtet. Wie es aussieht, sind sie wie ich entweder auf dem Weg nach Norderney oder nach Juist, je nachdem, auf welche Fähre oder welches Schnellboot sie gleich steigen. Ich muss schmunzeln, den Gesichtsausdrücken nach scheinen die beiden Jugendlichen keine große Lust auf die Inseln zu haben. Als Johanna und ich früher mit Oma und Opa hier ankamen, sah das ganz anders aus. Sobald wir auch nur in der Nähe der Parkplätze waren, stieg die Vorfreude ins Unermessliche. Auch als wir Teenager waren, änderte sich das nicht. In den Zeiten auf der Insel haben wir uns blendend verstanden. Dann waren andere Dinge wichtig. Ob das heute immer noch so ist?

Ich schließe die Fenster meines Wagens, nehme meine Tasche und steige aus. Ein tiefer Seufzer entfährt mir. Wie sehr habe ich das vermisst. Schon hier fühle ich mich besser, obwohl ich noch auf dem Parkplatz stehe und das Meer nicht einmal sehen kann.

Ein Blick auf meine Armbanduhr verrät mir, dass ich mich beeilen muss. Es ist fast zwanzig nach vier, um Viertel vor fünf geht die Fähre. Die nächste würde erst um halb sieben ablegen. Ich muss mich sputen. Kurz ärgere ich mich darüber, das Ticket nicht bereits online gekauft zu haben, aber ich wollte ja unbedingt alles so machen wie früher. Das habe ich jetzt davon. Schnell hole ich meinen Trolley aus dem Kofferraum und mache mich auf den Weg. Vor mir läuft die Truppe, die neben mir geparkt hat. Ich vermute, dass es eine Familie ist. Der Mann und die Frau ziehen die großen Koffer, hinter ihnen schlurfen eingehüllt in zwei übergroße Kapuzenpullis die beiden Teenies her, die Blicke auf ihre Smartphones gerichtet. Ob sie von der Welt um sich herum überhaupt etwas mitbekommen?

»Schönen Urlaub«, sage ich und lächle die beiden Erwachsenen an, als ich sie überhole.

»Danke, Ihnen auch!«, erwidert der Mann.

Schon von Weitem kann ich das Fährschiff sehen. Der Einlass hat bereits begonnen. Ich lege noch einen Zahn zu und gehe in die Hafenhalle hinein. Hoffentlich ist die Schlange am Ticketschalter nicht so lang.

Ich habe Glück, vor mir stehen lediglich zwei ältere Herren an.

»He«, begrüßt einer von ihnen die Dame, die hinter einer Plexiglasscheibe sitzt. Ob er von der Insel kommt? Die Begrüßung ist auf Norderney typisch. Und das Fischerhemd, das er trägt, passt optisch auch dazu.

»He, Enno!«, sagt sie. »Wie kann ich helfen? Du hast doch ein Ticket.«

»Ich brauche eins für den jungen Mann hier«, sagt Enno, den ich jetzt endgültig für einen Insulaner halte. Er legt seine Hand auf die Schulter seiner Begleitung. »Für den einzigen Freund, der vom Festland kommt.«

Der junge Mann ist bestimmt Mitte siebzig und hat ein tiefes sympathisches Lachen. Mit dem schütteren Haar und seinem kleinen Wohlstandsbauch erinnert er mich ein wenig an meinen Opa.

Kurz darauf verabschieden die beiden sich, und ich bin an der Reihe.

»He, einmal Norderney hin und zurück bitte.«

»He, klar, das macht dann dreiundzwanzig sechzig bitte. Die Fähre ist noch da, Sie haben Glück, in fünf Minuten geht es los.«

»Perfekt, danke!«, sage ich.

Mit dem Ticket in der Hand gehe ich raus zum Fähranleger. Ich kann direkt zum Schiff durchgehen, die meisten Leute sitzen wahrscheinlich bereits im Innenraum und genießen ihr erstes Getränk. Die Plätze an den Fenstern sind besonders begehrt und schnell belegt, aber ich möchte ohnehin lieber oben an Deck stehen und mir den Wind um die Nase wehen lassen. Ich begrüße den Mitarbeiter der Frisia, der den Einlass regelt, und stelle meinen Koffer zu den unzähligen anderen Gepäckstücken der Urlauberinnen und Urlauber. Es scheinen viele Passagiere an Bord zu sein. Über eine schmale Treppe gehe ich rauf auf das Deck. Die Plätze auf den Bänken sind, wie nicht anders erwartet, besetzt. Ich suche mir eine freie Stelle an der Reling und lehne mich dagegen. Neben mir steht eine alte Dame, die ein dunkelgrünes, fast bodenlanges Leinenkleid trägt. Auf ihrem grauen schulterlangen Haar sitzt ein Strohhut mit breiter Krempe, auf ihrer Nase eine Sonnenbrille mit großen Gläsern. Eine interessante Erscheinung!

Sie nickt mir zu und lächelt sanft. Ich lächle zurück und drehe mich in Richtung Hafen. Als das Schiff zu ruckeln beginnt, macht sich Vorfreude in mir breit. Wir legen ab. Das bestätigt auch der Kapitän, der per Lautsprecher die angepeilte Fahrtdauer von fünfundvierzig Minuten ankündigt.

Ich beobachte zwei kleine Kinder, die am Ufer stehen, aufgeregt winken und etwas rufen, was ich nicht verstehen kann. Die Dame neben mir winkt zurück und wischt sich eine Träne aus dem Augenwinkel, bevor sie unter Deck geht. Ob das an Land ihre Enkelkinder waren, überlege ich und werde ein wenig wehmütig. Ich vermisse meine Großeltern.

Und ich freue mich auf meine Schwester, die hoffentlich bald wieder einen festen Platz in meinem Leben einnehmen wird.

Langsam schiebt sich die Fähre durch das Wasser. Der Hafen wird allmählich kleiner. Die Menschen werden zu Punkten, die sich am Ufer hin und her bewegen. Ich schließe die Augen und halte meine Nasenspitze in die Sonne. Der Wind weht mir ins Gesicht, ich spüre die salzige Meeresluft auf meiner Haut, die warmen Sonnenstrahlen auf meinen Schultern. Ein kleines Glücksgefühl erfasst mich. Ich habe endlich mal Zeit nur für mich! Und gleichzeitig klopft das schlechte Gewissen an. Hoffentlich geht es Sarah gut.

Als ein Platz auf einer der Bänke hinter mir frei wird, ergreife ich die Chance, setze mich und lasse meinen Blick schweifen. Die Passagiere um mich herum sind in Gespräche vertieft, sie genießen die Aussicht, sehen zufrieden aus. Selbst die Mienen der beiden Teenager haben sanftere Züge angenommen. Einer von ihnen sitzt neben mir, blättert in einem Comic und wippt mit seinem Fuß im Takt der Musik, die aus seinen Kopfhörern dröhnt. An der Reling vor mir steht ein älteres Paar. Hand in Hand schauen sie auf die Nordsee, ohne auch nur einen Ton zu sagen. Kinder rennen lachend über das Deck. So wie Johanna und ich früher.

Wie schnell doch die Zeit vergangen ist, fast kommt es mir so vor, als wäre es erst gestern gewesen. Was Johanna wohl sagen wird, wenn ich ihr das Mitbringsel meiner Mutter zeige? Ich greife in meinen Rucksack und hole Omas Holzschatulle heraus. Vorsichtig lege ich sie auf meinen Knien ab, streiche mit den Fingerspitzen über das alte Holz. Dann hebe ich den Deckel an, hole ein vergilbtes Stück Papier heraus und falte es auseinander.

Liebster,
erinnerst du dich noch an das Gedicht, das ich dir vorlas, als wir uns das erste Mal sahen? Ich kritzelte es in meine Kladde, wollte es nie mehr vergessen. Die Kladde fand ich heute auf dem Dachboden. In ihr unser Gedicht:

Christian Morgenstern
Du bist mein Land

Du bist mein Land,
ich deine Flut,
die sehnend dich ummeeret;
Du bist der Strand,
dazu mein Blut
ohn' Ende wiederkehret.

An dich geschmiegt,
mein Spiegel wiegt
das Licht der tausend Sterne;
und leise rollt
dein Muschelgold
in meine Meergrundferne.

Bis später, in Liebe, deine Luise.

Ein Liebesgedicht! Ich falte das Papier wieder zusammen, lege es zurück in die Schatulle und lächle in mich hinein. Ich habe mich schon häufig gefragt, was das Beziehungsgeheimnis meiner Großeltern war. Sie waren für mich das Sinnbild einer funktionierenden Ehe auf Augenhöhe. Schade, dass ich sie nicht mehr danach fragen kann. Manchmal denkt man erst über offensichtlich scheinende Dinge nach, wenn es zu spät ist. Es sind die kleinen Momente, die viel mehr Aufmerksamkeit verdient haben.

»Na, Kindchen, was gucken Sie denn so ernst?«

Ich habe nicht mitbekommen, dass die alte Dame im grünen Leinenkleid den Platz des Teenagers eingenommen hat.

»Erinnerungen.«

»Erinnerungen setzen Erlebnisse voraus«, sagt sie und lächelt mich an.

Ich lasse den Satz einen Moment in mir nachwirken, bevor ich antworte. »Das stimmt.« Ich streiche über die Schatulle. »Sie hat meiner Großmutter gehört. Wir waren früher oft gemeinsam auf Norderney, meine Oma, mein Opa, meine Schwester und ich.«

»Und jetzt fahren Sie wieder hin.«

»Ja, ich besuche meine Schwester, sie lebt jetzt dort. Und Sie? Kommen Sie von der Insel?«

»Ja, ich komme von Ney, ganz recht. Ich habe meine Enkel und Urenkel auf dem Festland besucht. Wer ist denn Ihre Schwester, wenn ich fragen darf? Vielleicht kenne ich sie. Und ich bin übrigens Swantje. Auf Ney duzen wir uns.«

»Freut mich, Swantje! Ich bin Liv. Liv Sommerfeldt. Meine Schwester heißt Johanna. Vielleicht kennst du sie, sie betreibt ein kleines Café gleich neben dem Strandpieper.«

»Ach, das ist ja ein Zufall. Natürlich kenne ich deine Schwester«, sagt Swantje und lächelt. »Johanna macht einen großartigen Kaffee. Ich lege gern eine Pause bei ihr ein, wenn ich Richtung Inselende laufe.« Sie mustert mich. »Aber dich habe ich noch nie auf der Insel gesehen. Du bist nicht regelmäßig auf Ney.«

»Ich war schon lange nicht mehr dort«, erkläre ich. »Umso mehr freue ich mich jetzt auf die Insel. Und natürlich auf meine Schwester.«

Swantje nickt. »Es ist nie zu spät wiederzukommen. Johanna wird dich sicher mit offenen Armen empfangen, genau wie die Insel. In den letzten Jahren hat sich einiges verändert, aber vieles ist geblieben. Ein wenig Beständigkeit tut gut, oder nicht?«

»Ja«, sage ich und lächle. Swantje spricht mir aus der Seele. Es fühlt sich an, als hätte sie mir mitten ins Herz geschaut. Beständigkeit finde ich in meinem Beruf nur selten. Noch bevor ich etwas hinzufügen kann, spüre ich das Vibrieren des Motors unter meinen Füßen.

»Die Fähre dreht sich, wir sind gleich da.« Swantje steht auf. »Liebe Grüße an Johanna, vielleicht sehen wir uns bald bei einer Tasse Kaffee im Inselcafé.«

»Das hoffe ich!«, sage ich und sehe ihr einen Moment nach, bis sie unter Deck verschwindet. Was für ein netter, wenn auch kurzer Plausch, denke ich. Und dass es wahrscheinlich an meinem Job liegt, dass sich die alten Damen gern mit mir unterhalten. Sie haben viel Interessantes zu erzählen. Ich höre ihnen zu, auch wenn ich dafür in der Klinik leider viel zu wenig Zeit habe.

Einen kurzen Moment später bildet sich eine lange Schlange vor der Treppe. Die Leute können es nicht erwarten, zu ihren Koffern zu kommen. Unter Deck wird das nicht anders aussehen, ich kenne das Spektakel, das sich kurz vor der Ankunft wie aus dem Nichts auftut.

Da ist sie hin, die Entschleunigung, aber ich mache da nicht mit. Statt mich anzustellen, gehe ich zurück an die Reling, an der ich jetzt ganz viel Platz für mich allein habe. Erwartungsvoll richte ich meinen Blick in die Ferne. Da liegt sie vor mir. Die wunderschöne Insel Norderney.

Kapitel 5

Unfassbar, dass ich nach all den Jahren wieder hier bin. Ich stehe vor der Norderneyer Hafenhalle und atme tief durch. Das letzte Mal sah alles ganz anders aus. Sie haben vieles erneuert, modernisiert. Um mich herum tummeln sich die gestressten Urlauberinnen und Urlauber. Hektisch laufen sie durcheinander, alle versuchen sie, zu einem der ankommenden Taxis zu gelangen. Ich beobachte einen Moment das Schauspiel und schmunzle in mich hinein. Beständigkeit, oder was hat Swantje gesagt? Es gibt Dinge, die immer gleich bleiben werden, selbst wenn sich das Drumherum ändert. Dieses absurde Schauspiel ist eines davon. Ich lasse meinen Blick schweifen, versuche, meine Schwester zwischen den Fremden auszumachen. Eigentlich wollte sie mich abholen. Ob sie mich vergessen hat? Das wäre wieder mal typisch für sie!

Ich gehe ein Stück an der Hafenhalle in Richtung der Fahrradständer entlang. Von hier aus kann ich die undurchsichtige Hektik ein wenig besser überblicken. Dabei entdecke ich die Familie mit den beiden Teenagern, sie haben sich zu Fuß auf den Weg gemacht. Einige Leute, die bisher ohne Erfolg die Taxifahrer belagert haben, strömen zu den Bussen. Etwas weiter weg steht eine Frau, die suchend hin und her schaut. Sie hat leicht gebräunte Haut, rabenschwarzes langes Haar und hält ein Schild in die Luft. Sie scheint auf jemanden zu warten, bestimmt gehört sie zu einem der zahlreichen Hotels hier auf der Insel. Aber meine Schwester ist nirgendwo zu sehen. Ich schaue auf mein Handy, keine Nachricht … Mensch, Johanna, du weißt doch, dass mich Unpünktlichkeit fuchsig macht. Mit einem Seufzen lasse ich mich auf meinen Trolley sinken. Neben mir steht immer noch die Frau mit den furchtbar schönen schwarzen Haaren. Als sie sich in meine Richtung dreht, muss ich zweimal hinschauen. Ich kneife die Augen ein wenig zusammen. Steht da etwa mein Name auf dem Schild? Ich schnappe mir meinen Trolley und gehe ein Stückchen näher an sie heran. Tatsächlich! Liv. Eindeutig. Als sie mich bemerkt, lächelt sie mich an. Sie hat strahlend grüne mandelförmige Augen und ein feines Gesicht. Irgendwie kommt sie mir ein bisschen bekannt vor.

»He«, sage ich. »Ich bin Liv.«

Sie drückt mich an sich. »Ich bin Yve, wie schön, dass du da bist!«

Ich bin ein bisschen überrumpelt. »Kennen wir uns?«

Yve lacht. »Nein, aber du bist Johannas Schwester.« Sie betrachtet mich und lächelt. »Ihr seht euch wirklich sehr ähnlich.«

»Das sagen viele. Hat Johanna es nicht geschafft?«

Yve schüttelt den Kopf. »Im Inselcafé ist die Hölle los. Der Ofen ist ausgefallen, und Johanna erwartet morgen früh eine Geburtstagsgesellschaft. Sie muss alles in einem Backofen von ein paar Freundinnen backen. Und anscheinend hat sie dir auch nicht Bescheid gesagt, dass ich dich abhole.«

»Nein, hat sie nicht. Aber das hört sich echt nicht gut an. Kann der Ofen nicht repariert werden?«

Yve zuckt mit den Schultern. »So gut bin ich nicht informiert, eigentlich habe ich heute frei. Aber sie wird es dir sicher erzählen. Komm, jetzt bringe ich dich erst mal in deine Unterkunft. Johanna hat dich in der Ferienwohnung meiner Eltern einquartiert.«

»Super, danke!«, sage ich. Wir gehen ein ganzes Stück den Hafen hoch, an einem Parkplatz bleiben wir stehen.

»Darf ich vorstellen, der Inselflitzer«, sagt Yve und zeigt auf ein kleines weißes Elektroauto. Es ist mit Werbung für das Café meiner Schwester beklebt. Der Schriftzug Inselcafé auf der einen Seite, auf der anderen lauter Cupcakes und eine dampfende Tasse Kaffee inklusive der Adresse. »Johanna und ich hatten die Idee, ein Kuchentaxi auf der Insel zu etablieren. Aktuell braucht sie mich aber zur Unterstützung im Café«, erklärt Yve.

»Klingt gut!«, sage ich und lächle. Ein Kuchentaxi, das hört sich ganz nach meiner Schwester an. Ich hieve meinen Koffer auf den Rücksitz des Inselflitzers und setze mich neben Yve auf den Beifahrersitz. Dass sie den Wagen bereits gestartet hat, bekomme ich gar nicht mit. Ich realisiere es erst, als wir uns bereits im Rückwärtsgang aus der Parklücke herausbewegen. »Wahnsinn, wie leise die Elektroautos sind!«, sage ich.

»Ja, oder? Ich bin auch ganz begeistert.«

Während Yve das Auto in Richtung Deichstraße lenkt,

schaue ich aus dem Fenster. Mittlerweile haben die meisten Leute ihren Weg zur Unterkunft angetreten. Die Sonne steht hoch am Himmel und hüllt Norderney in ein glänzendes Licht. Wir fahren die Deichstraße entlang und überholen eine Gruppe von Fahrradfahrern. Fünf Männer, ungefähr in meinem Alter, würde ich schätzen. Sie bewegen sich etwas unsicher auf ihren Leihrädern. Ihre Reisetrolleys wurden mit Kabelbindern an den Gepäckträgern befestigt. Ganz scheinen sie der Sache nicht zu trauen. Immer wieder schauen sie über die Schulter nach hinten.

»Guck mal«, sagt Yve und lacht. »Die waren ganz sicher bei Charlys Fahrradverleih. Er hat schon einige Urlauber mit seinen Kabelbindern vor große Herausforderungen gestellt.«

»Ich habe auch schon Bekanntschaft mit Charly gemacht!«, sage ich. »Vor ein paar Jahren war ich mal mit einer Freundin hier, unsere Koffer waren deutlich größer, aber Charly meinte, dass das kein Problem sei.«

Yve lacht. »Charly ist echt ein Held.«

»Wir mussten alle drei Meter anhalten, weil wir das Gleichgewicht verloren haben. Schlussendlich haben wir die Räder geschoben, und selbst das war mit dem schweren Gepäck echt nicht so einfach.«

»Das kann ich mir vorstellen!«, sagt Yve. »Aber heute wirst du bis vor die Haustür gebracht. Wir sind übrigens gleich da.«

Einen kurzen Moment später parkt Yve den Wagen vor einem Einfamilienhaus in der Nordhelmstraße.

»Ich zeige dir erst mal alles, dein Gepäck können wir später holen«, sagt sie. »In dem Haus wohnen meine Eltern, du wirst ihnen sicher zwischendurch mal über den Weg laufen. Und als kleiner Tipp: Sollte meine Mutter dir Tomatenbutter anbieten, nimm sie an, sie schmeckt großartig!«

»Okay, dann werde ich natürlich nicht Nein sagen!«, sage ich und merke prompt, dass mein Magen sich meldet. Eigentlich ist es jetzt Zeit fürs Abendessen, danach kann ich fast die Uhr stellen. Aber nun folge ich der Freundin meiner Schwester erst einmal durch ein Gartentor, gleich hinter dem Haus. Wir laufen geradewegs auf einen kleinen, frei stehenden Bungalow zu, der sich im hinteren Teil des Grundstücks befindet.

»Na dann, herzlich willkommen«, sagt Yve und öffnet die Tür.

»Wow!«, entfährt es mir. »Es sieht richtig gemütlich aus!« Yve und ich stehen in einem großen Schlaf- und Wohnraum mit zwei Betten. Die Einrichtung ist in hellen, warmen Farben gehalten. Durch eine gläserne Schiebetür gelangt man direkt vom Wohnbereich auf die Terrasse, auf der zwei Liegestühle stehen.

»Schön, dass es dir gefällt. Meine Eltern haben den Bungalow erst vor Kurzem renovieren lassen.«

»Das sieht man.«

»Ach, bevor ich es vergesse«, sagt Yve und drückt mir einen Schlüsselbund in die Hand. »Der kleine hier ist für das Gartentor, der große für den Bungalow, und der alte Schlüssel mit den Schnörkeln ist für den Stall. Da stehen eine ganze Menge alte Räder drin. Sie sind nicht besonders komfortabel, aber du kannst dich gern bedienen und dir das Geld für den Verleih sparen, da lässt man mittlerweile ein kleines Vermögen.«

»Super, danke, Yve! Hat meine Schwester eventuell gesagt, wie lange sie heute beschäftigt ist?«

Yve schüttelt den Kopf. »Leider nicht, aber sie wird sich bestimmt gleich bei dir melden.«

»Ist gut«, sage ich und lächle. Kurz darauf holen wir meinen Koffer aus dem Wagen, und ich verabschiede mich von Yve. Sie ist nett. Ich bin froh, dass Johanna Freundinnen auf der Insel hat.

Mit einem Seufzer lasse ich mich auf einen der Gartenstühle fallen. Hier lässt es sich aushalten! Es ist mittlerweile halb sieben, meine Schwester hat sich immer noch nicht gemeldet. An ihr Handy geht sie auch nicht. Wenn ich nur wüsste, wo ihre Freundinnen wohnen, dann würde ich zu ihnen fahren.

Ich seufze und schaue in den blauen Himmel. Wenn ich jetzt hier sitzen bleibe, werde ich sicher müde, dann ist heute nichts mehr mit mir anzufangen. Mein Koffer liegt noch ungeöffnet auf dem Bett. Ich könnte ihn auspacken. Aber früher sind Opa, Johanna und ich nach unserer Ankunft immer zuerst ans Meer gegangen. Und genau das mache ich jetzt auch!

Mein Rucksack ist schnell gepackt. Das Strandtuch habe ich extra zum Schluss in den Koffer gelegt, und in meiner Handtasche befindet sich noch eine volle Flasche Wasser. Heute habe ich definitiv zu wenig getrunken, wie so oft. Ich bekomme es einfach nicht hin, habe selten Durst und vergesse zu trinken. Auf unzähligen Wegen wollte ich mich schon selbst austricksen. Handywecker, etliche ganz besondere Trinkgefäße, Apps, bis jetzt hat nichts geholfen. Ich trinke einen großen Schluck, um mein schlechtes Gewissen zu besänftigen, und mache mich auf den Weg.

Mit Schwung drücke ich die Schuppentür neben dem Wohnhaus von Yves Eltern auf. Der Geruch von altem Holz und Metall strömt mir in die Nase. Als ich reingehe, kracht die Tür wieder zu. Es ist dunkel, nur durch das kleine Fenster fällt etwas Licht. Aber meine Augen gewöhnen sich langsam daran. Wo haben Yves Eltern nur die ganzen Drahtesel her? Nicht so komfortabel, hat Yve gesagt. Ich wäre eher bei gerade noch fahrbereit. Wenn überhaupt. Die meisten Fahrräder sind so verrostet, dass man ihre ursprüngliche Farbe nicht mehr erkennen kann. Einigen fehlt der Sattel oder das Lenkrad. Manchen auch beides. Ich entscheide mich für ein besonders schönes Modell in Rost-Lila, das auf den ersten Blick vollständig zu sein scheint, mache die Tür auf und schiebe es raus an die frische Luft. Mit einem Taschentuch reibe ich den Staub von Sattel und Fahrgestell und inspiziere das Rad. Die Bremse funktioniert, eine Klingel ist auch vorhanden, und erstaunlicherweise scheint auch noch genügend Luft auf den Reifen zu sein. Es wird schon gehen, beschließe ich und mache mich mit einem Lächeln im Gesicht auf den Weg zum Strand.

Gut gelaunt bahne ich mir meinen Weg durch die Jadestraße und die Emsstraße, bis ich endlich auf einen befestigten Dünenweg abbiege. Mir kommen ein paar Spaziergänger entgegen. Ich blicke in lauter zufriedene Gesichter. Einige von ihnen nicken mir im Vorbeifahren zu. Das bin ich aus Kassel nicht gewohnt, da ist alles sehr anonym. Das kann ein Vorteil sein, manchmal wünsche ich mir allerdings ein bisschen mehr Nähe und Wärme. Ich kenne mich noch erstaunlich gut aus, stelle ich fest. Bis zum Strandpieper dürfte es nicht mehr weit sein, und gleich daneben liegt das Café meiner Schwester. Vielleicht ist sie ja doch da, und wenn nicht, mache ich es mir im Sand gemütlich. Ich trete ein bisschen schneller in die Pedale, lasse mir den salzigen Wind um die Ohren wehen und genieße die sanften Sonnenstrahlen. Ich war so lange nicht hier, trotzdem fühlt es sich fast ein wenig heimisch an.

Kapitel 6

Mein Rad stelle ich in einem Fahrradständer direkt vor dem Inselcafé ab. Johanna hat viel Arbeit in das kleine schmucke Lokal gesteckt. Sie hat die Holzverkleidung erneuert, die Sonnenterrasse aufgebaut und große, bodentiefe Fenster einsetzen lassen. Bisher kannte ich nur Fotos vor der Renovierung. Von außen sieht es super aus, ein Unterschied wie Tag und Nacht. Optisch passt es gut zu Surfcafé und Strandpieper. Innen sieht es aber alles andere als belebt aus. Ich linse durch ein Fenster. Es ist niemand da. Gut, dann verfolge ich meinen ursprünglichen Plan und mache es mir am Wasser gemütlich. Über den befestigten Dünenweg gehe ich runter zum Nordstrand, ziehe meine Schuhe aus und grabe meine Zehen tief in den Sand. Wie lange habe ich das nicht mehr gemacht! Es ist nicht viel los, die meisten Leute sitzen wahrscheinlich schon beim Abendessen. Nur vereinzelte Spaziergänger genießen die letzten hellen Stunden an der frischen Luft. Ein ganzes Stück gehe ich in Richtung des ablaufenden Wassers, genieße die feinen Körnchen unter meinen Fußsohlen. Kurz bevor der Sand nass wird, lege ich meine Decke auf den Boden und setze mich, den Blick auf die graue Nordsee gerichtet. Ganz langsam rollt das Meer in sanften Wellen auf das Ufer zu, nur um sich kurz darauf wieder zurückzuziehen. Morgen gehe ich auf jeden Fall schwimmen, das steht fest! Heute lasse ich den Abend gemütlich ausklingen. Ich greife in meinen Rucksack, hole meine Wasserflasche und das Kästchen meiner Oma heraus. Ich glaube, jetzt ist genau der richtige Moment für eine ihrer kleinen Botschaften.

Liebster,
heute Morgen bin ich aufgewacht und war ganz besonders glücklich. Seit so vielen Jahren bin ich es schon. Und du trägst einen großen Teil dazu bei. Aber vorhin war es etwas anderes, was mich glücklich gemacht hat. Als ich mit einer Tasse Kaffee auf die Terrasse ging, war die Amsel wieder da. Stell dir vor, unsere Amsel mit dem weißen Gefieder. Oh, Karl, ich war so glücklich. Wie lange haben wir sie jetzt nicht mehr gesehen, nachdem wir sie gerettet hatten? Ein gutes Jahr bestimmt. Aber sie lebt und war putzmunter. Fast war mir, als wollte sie uns besuchen, sich bedanken. Heute werde ich dem Tag mit einem Lächeln im Gesicht begegnen.
Bis heute Abend, deine Luise

Oma schrieb die Nachrichten meistens am Morgen, wenn Opa bereits auf der Arbeit war, und ließ sie irgendwo in der Wohnung für ihn zurück. Es war ein kleines Ritual zwischen ihnen, über die Jahre müssen unzählige Botschaften, Briefe und Bildchen zusammengekommen sein. Wahrscheinlich hätten sie etliche Kisten füllen können. Es ist so schön, wie sie sich um ihre Beziehung gekümmert haben. Ich lehne mich zurück, schließe die Augen und lausche. Das Rauschen des Meeres vermischt sich mit den entfernten Stimmen der Gäste im Surfcafé. Über mir kreischt eine Möwe. Was für eine Art es wohl ist? Vielleicht eine Silbermöwe. Ich öffne meine Augen und blinzle leicht. Der Vogel zieht seine Kreise und landet ein paar Meter vor mir im nassen Sand. Langsam richte ich mich auf, um das Tier genauer zu betrachten. Es ist ein großer Vogel. Hellgrauer Rücken, schwarze Flügelspitzen, rosafarbene Beine. Wenn er sich zur Seite dreht, kann ich ihn ganz genau bestimmen. Eine Weile sitze ich einfach nur da, beobachte die Möwe, die anmutig und aufmerksam durch das seichte Wasser stakst. Ihre Umgebung behält sie zu jeder Sekunde ganz genau im Blick. Und dann, endlich, dreht sie sich. Es ist eine Silbermöwe, wie ich es mir gedacht habe. Sie hat einen roten Punkt an der unteren Seite ihres gelben Schnabels. Davon gibt es hier viele, und sie sind sehr frech. Nicht selten stehlen sie nichts ahnenden Urlaubern ihre Fischbrötchen direkt aus den Händen. Auch ich habe schon Bekanntschaft mit den diebischen Räubern gemacht. Damals, im Urlaub, mit Oma und Opa …

Hundegebell reißt mich aus meinen Gedanken. Ich zucke zusammen und schaue nach rechts. Ein Golden Retriever rennt auf die Möwe zu.

Hinter dem Hund läuft eine Frau. »Raja, komm sofort her! Raja, Raaaaaja!«, ruft sie und wedelt mit den Händen wild in der Luft herum.

Aber Raja scheint sich nicht für ihr Frauchen zu interessieren und prescht weiter. Kurz bevor der Hund die Möwe erreicht hat, hebt sie ab und fliegt davon. Raja bleibt abrupt stehen und schaut dem Vogel nach, der bald nicht mehr als ein kleiner Punkt am Horizont ist.

Ich stehe auf und gehe auf Raja zu. »Na, das hast du dir wohl so gedacht!«, sage ich und streiche dem freundlich schauenden Vierbeiner über den Kopf. »Die Möwe war wohl etwas zu schnell für dich.« Raja wedelt mit dem Schwanz und schleckt mit ihrer nassen Zunge über meine Hand. »Wollen wir auf dein Frauchen warten?«, frage ich und schaue in Richtung der Frau, die nur noch ein paar Meter von uns entfernt ist. Sie hat braunes schulterlanges Haar, leicht gebräunte Haut und scheint ungefähr in meinem Alter zu sein.

»He, vielen Dank, das macht sie sonst nie«, sagt sie, schnauft und stemmt sich ihre Hände in die Hüften. »Komm her, du kleines Monster.« Sie leint Raja an. Der liebevolle Unterton in ihrer Stimme entgeht mir dabei nicht. Kurz darauf lässt sie sich neben mir in den Sand fallen. Raja legt sich, ohne zu murren, dazu. »Mit einer Sporteinheit am Abend habe ich wirklich nicht mehr gerechnet. Und das ausgerechnet nach dem Abendessen.«

»Die Möwe hat damit bestimmt auch nicht gerechnet«, sage ich und schmunzle.

»Ja, das arme Tier, das war bestimmt ein ziemlicher Schock. Zum Glück hat Raja sie nicht erwischt, das hätte riesigen Ärger gegeben. Raja darf hier eigentlich nicht frei laufen. Ich bin übrigens Aska.«

»Freut mich, ich bin Liv«, sage ich. Zu der Sache mit Raja sage ich nichts mehr. Die Leinenpflicht ist wichtig, es gibt einige Vogelarten, die in Bodennähe brüten.

»Machst du Urlaub auf der Insel, Liv?«

»Na ja, so halb, ich besuche meine Schwester Johanna, sie lebt hier, aber ich musste auch einfach mal raus.«

»Verstehe«, sagt Aska. »Kommst du aus der Stadt?«

»Aus Kassel«, sage ich und nicke.

»Oh, schön! Da war ich mal, um mir diese große Kunstausstellung anzuschauen. Wie heißt sie noch gleich …«

»Documenta.«

»Richtig, Documenta. Sag mal, ist deine Schwester die Johanna aus dem Inselcafé?«, fragt sie und deutet mit ihrem Kopf den Deich hoch.

»Ja, genau, kennt ihr euch?«

»Nicht wirklich. Aber ich weiß, wer sie ist. Hier auf der Insel spricht es sich schnell rum, wenn irgendwo ein neuer Laden öffnet.«

»Klar, die stille Inselpost«, sage ich und muss an zu Hause denken. In Kassel kennst du mit viel Glück die Menschen, die mit dir in einem Haus wohnen. Alles darüber hinaus ist fast undenkbar. Hier auf Norderney ist das anders. Mich wundert es ein wenig, dass Johanna mit der Nähe klarkommt, war sie früher doch so freiheitsliebend.

»Du sagst es, Geheimnisse kommen auf Ney oft schneller ans Licht, als dir lieb ist. Im Prinzip ist die Insel ein Dorf, mit einer ganzen Menge Wasser drum herum.«

»Das trifft es ganz gut. Bist du denn hier aufgewachsen?«

»Nein, eigentlich komme ich aus Berlin. Vor zehn Jahren wurde mir die Stadt zu viel, dann bin ich nach Norderney gegangen.«

»Und geblieben«, füge ich hinzu.

»Genau«, sagt Aska und lächelt. »Aktuell habe ich auch

nicht vor, das zu ändern. Berlin ist toll, man hat viele Möglichkeiten, kann sich aber auch schnell verlieren.«

»Das kann ich mir gut vorstellen. Was hat dich denn auf die Insel gezogen?«

»Eine damalige Freundin hat hier gelebt. Bei ihr bin ich erst einmal untergekommen. Dann habe ich mir Arbeit gesucht und in kleinen Schritten ein ganz neues Leben aufgebaut.«

»Das klingt toll!«, sage ich. »Was machst du denn?«

Noch bevor Aska antworten kann, höre ich eine mir gut bekannte Stimme meinen Namen rufen. Ich drehe mich in Richtung des Deiches. Johanna winkt mir zu. »Das ist dann wohl meine Schwester. Tut mir wirklich leid, ich hätte mich gern noch länger mit dir unterhalten.«

»Alles okay, wenn du Lust hast, kannst du Raja und mich die Tage ja mal auf einem Spaziergang begleiten.«

»Das hört sich super an. Warte, ich schreibe dir meine Nummer auf«, sage ich und hole einen Zettel und einen Stift aus meinem Rucksack.

»Super, bis dann, Liv! Und ich bin übrigens Entspannungstherapeutin in der Georgshöhe.«

»Das klingt toll, davon musst du mir unbedingt erzählen. Bis dann, Aska!« Zum Abschied wuschele ich Raja durch ihr weiches Fell. »Und du, lass die Möwen in Ruhe!«

»Liv!« Meine Schwester lässt mich kaum die Treppen hochsteigen, schon fällt sie mir in die Arme. Der herzliche Empfang überrascht mich.

»Hey, Schwesterherz.«

»Ich habe mir riesige Sorgen gemacht!«

»Was? Warum?«, frage ich und löse mich aus der Umarmung.

»Du gehst nicht ans Handy, und im Bungalow warst du auch nicht.

»Du hast angerufen?«, frage ich und schaue in meinen Rucksack. »Ich muss mein Handy im Bungalow vergessen haben. Aber hey, das musst du gerade sagen. Du warst heute auch nicht besonders gut zu erreichen. Am Hafen habe ich mich ein bisschen verloren gefühlt.« In dem Moment, in dem ich es ausgesprochen habe, bereue ich es auch schon. Johanna hatte einen Grund, mich nicht persönlich abholen zu können. Ich bin keine fünf mehr, und außerdem hat sie eine Freundin organisiert, die mich erwartet hat. Aber trotzdem hat es sich angefühlt, als hätte Jo mich sitzen lassen.

»Stimmt«, sagt Johanna. »Tut mir leid, aber heute ist einfach alles drunter und drüber gegangen. Der große Ofen im Café ist kaputt, ich musste alles zu Hause vorbereiten. Yve hat dich aber abgeholt, oder?«

»Ja, keine Sorge, habe ich schon gehört, alles okay. Hast du das Ofenproblem mittlerweile gelöst?«

»Nein, aber komm, ich erzähle dir alles im Café. Es wird langsam ein bisschen frisch, und du hast doch sicher Hunger, oder?«

»Und wie! Außerdem bin ich furchtbar neugierig auf dein Inselcafé«, sage ich und folge meiner Schwester zu ihrem Lokal. Seit Johanna vor drei Jahren auf die Insel gegangen ist, war ich nur ein einziges Mal hier. Zu Anfang hat sie als Angestellte in einem Restaurant gearbeitet, bis sie über einen Bekannten an das Inselcafé geraten ist.

Johanna lässt mich eintreten, schließt die Tür hinter uns und schaltet das Licht ein.

»Wow!«, entfährt es mir. »Es ist genau so, wie du es dir immer gewünscht hast.«

»Ja«, sagt Johanna. »Ich habe echt viel Liebe hier reingesteckt.«

Wir stehen im Gastraum des Cafés. An der linken Seite befindet sich ein Tresen aus aufbereitetem Treibholz. Darauf mehrere Etageren, bestückt mit kleinen Küchlein, Cupcakes und Plätzchen. Neben dem Tresen steht eine große, gläserne Kühlvitrine, in der sich verschiedene Kuchen und Torten befinden. Die Möbel sind eher einfach. Zum Sitzen gibt es helle Holzbänke, die mit dicken azurblauen Kissen bestückt wurden. Die Tische sind aus dem gleichen Holz, dekoriert mit einem Läufer in der Farbe der Sitzkissen und Strandgut, das meine Schwester mit Sicherheit selbst gesammelt hat. Schon als kleines Kind ist sie nie ohne Stoffbeutel an den Strand gegangen. Sie fand immer etwas.

»Hier vorne ist die Küche!«, sagt Johanna und zeigt auf eine Tür hinter dem Tresen.

Gemeinsam gehen wir hinein. Die Küche ist hell und gepflegt. Nirgendwo liegt auch nur ein Krümel herum. Vor dem großen Gastronomieofen bleibe ich stehen. »Ist das der Übeltäter?«

»Ja, das Ding breitet mir schon seit ein paar Wochen Kopfschmerzen. Er hat immer mal wieder rumgezickt, aber jetzt hat er endgültig den Geist aufgegeben.«

»So ein Mist! Ist denn keine Garantie mehr auf dem Teil? So alt kann er doch noch nicht sein.«

»Ich habe den Ofen gebraucht von meinen Vormietern übernommen. Da weiß man leider nie, was man bekommt.«

»Und da kann man nichts machen?«

Johanna zuckt mit den Schultern. »Morgen kommt jemand und schaut ihn sich an. Wenn man ihn nicht reparieren kann, habe ich allerdings ein großes Problem. Ein neuer Ofen würde mich locker fünf- bis zehntausend Euro kosten. Und die habe ich nicht. Mein ganzes Geld ist in die Renovierung geflossen.«

»Verstehe«, sage ich und lege meiner kleinen Schwester eine Hand auf die Schulter. »Das bekommen wir schon hin. Vielleicht kann ich dir ja auch ein bisschen helfen. Meine Backkünste sind zwar nicht die allerbesten …«

Johanna lächelt. »Danke! Aber jetzt genug davon, lass uns was essen, ich habe nämlich auch einen Bärenhunger. Wollen wir ins Surfcafé gehen? Ich mache heute keinen Finger mehr krumm.«

»Gute Idee!«

Kapitel 7

Glücklicherweise liegt das Surfcafé gleich nebenan. Ich kenne das Lokal noch von früheren Besuchen. Und wenn ich mich recht entsinne, ist das Essen verdammt gut. Wir ergattern einen freien Platz in einem Strandkorb auf der Sonnenterrasse und setzen uns. Der Laden ist gut besucht. An den umliegenden Tischen wird gegessen, getrunken und ausgelassen gelacht. Es herrscht diese ganz besondere Stimmung, die laue Sommernächte mit sich bringen. Unbeschwert und leicht. Ich lasse meinen Blick schweifen. An dem Tisch neben uns hat es sich ein Pärchen gemütlich gemacht. Sie halten Händchen, tuscheln verschwörerisch und kichern. Sie scheinen frisch verliebt zu sein. Oder haben die frische Liebe nie verfliegen lassen. Direkt vor uns, an der gegenüberliegenden Seite der Sonnenterrasse, sitzt eine große Mädelsrunde. Eine von ihnen trägt eine Schärpe mit der Aufschrift *Ich bin die Braut*. Die anderen fünf Frauen tragen kleine Krönchen auf ihren Köpfen. In ziemlich kurzen Abständen stoßen sie mit Gläsern an, die mit einer leuchtend orangen Flüssigkeit und Eiswürfeln gefüllt sind. Sie jubeln und feiern die Braut in spe. Neben ihnen sitzt ein altes Ehepaar, das von der ausgelassenen Stimmung der Frauen gar nicht so begeistert zu sein scheint. Immer wieder schauen sie genervt zu ihnen rüber. Schütteln die Köpfe, während sie die Reste ihres Essens auf den Tellern hin und her schieben.

»Das tut gut!«, sagt Johanna und lehnt sich im Strandkorb zurück. »Ich fühle mich, als hätte ich drei Tage durchgetanzt.«

»Oje, du Arme! Wie viele Leute hast du denn morgen bei der Geburtstagsgesellschaft im Café?«

»Dreißig Kuchenhungrige«, sagt Johanna. »Eigentlich ist das kein Problem, ohne den Ofen allerdings kaum zu schaffen. Ich frage mich immer noch, wie ich das hinbekommen habe. Aber abzusagen war eh keine Option.«

»Da kannst du wirklich stolz auf dich sein. Und morgen wirst du sicher dreißig rundum zufriedene Gäste haben.«

»Das hoffe ich doch!«

»Sag mal, woher wusstest du eigentlich, dass ich am Nordstrand bin?«

»Wusste ich nicht. Ich habe den Kuchen ins Café gebracht und dann das alte Fahrrad von Yves Eltern in meinem Fahrradständer entdeckt. Das Ding ist unverkennbar, du musstest hier irgendwo sein.«

»Eines der wenigen fahrbereiten aus dem Schuppen«, erkläre ich.

»He, Johanna«, eine Kellnerin mit raspelkurzem hellblonden Haar und strahlend blauen Augen steht vor uns und grinst uns über beide Ohren an. Ein wenig erinnert sie mich an meine Mutter.

»He, Ricci!«

»He«, sage ich.

»Und du bist dann wohl Johannas Schwester, das könnt ihr echt nicht verbergen, Wahnsinn! Aschblondes Haar, Sommersprossen auf der Nase, und beide habt ihr den gleichen schön geschwungenen Mund. Ich könnte fast neidisch werden.«

»Danke für das Kompliment. Die Frauen unserer Familie sehen sich alle sehr ähnlich. Früher hat Papa sich immer beschwert, von ihm haben wir äußerlich nicht so viel abbekommen«, sagt meine Schwester und sieht zu mir. »Wobei Liv die schöneren Ohren hat.«

»Was?« Ich fasse an mein Ohr und lache.

Johanna zupft an einem ihrer Ohrläppchen. »Meine sind angewachsen, deine nicht. Außerdem sind meine Ohren viel größer als deine.«

»Das ist mir noch gar nicht aufgefallen«, sage ich.

Ricci betrachtet uns einen Moment. »Also ich finde, dass ihr beide wunderschöne Ohren habt! Und? Wisst ihr schon, was ihr möchtet?«

»Klar, für mich bitte eine große Apfelschorle, ein Glas Weißwein und den Falafel-Burger mit Country Potatoes«, antwortet Johanna.

»Und für dich?«

»Ich nehme eine Maracujaschorle, ein Glas trockenen Rotwein und die Bulgur-Falafel-Bowl, bitte.«

»Kommt sofort!«

»Danke, Ricci«, sagt Johanna und lächelt.

»Kennt ihr euch gut?«, frage ich.

»Nur flüchtig. Ich habe Ricci im letzten Jahr auf einer Party hier am Strand kennengelernt. Wir haben nicht viel miteinander zu tun«, erklärt Johanna. »Aber jetzt sag mal, wie geht es eigentlich Mama?«

Das ist mal wieder typisch. Erst geht es die ganze Zeit um Johanna, jetzt um meine Mutter. Wie es mir geht, scheint meine Schwester nicht zu interessieren. Einen kurzen Moment ärgert es mich, dass ich mich darüber ärgere. Es gibt eben auch Beständigkeit, die nicht so positiv ist. »Ganz gut, glaube ich. Ich versuche, nicht daran zu denken, dass sie gerade allein in meiner Wohnung ist und Kassel unsicher macht.«

Johanna lacht. »Das kann ich verstehen. Sie tigert bestimmt auf der Fritze von einer Bar zur anderen.«

»Hör bloß auf!«, sage ich und winke ab. Schon irgendwie schräg, dass sie zurück nach Deutschland kommen will, oder? Sie schien immer so glücklich in der Sonne.«

»War sie auch«, antwortet Johanna. »Aber Mama richtet sich viel zu sehr nach ihren Männern. Das hat sie schon immer gemacht. Manchmal glaube ich, dass sie gar nicht weiß, was sie selbst wirklich möchte. Hast du sie mal gefragt?«

»Was soll ich sie gefragt haben?«

»Na, wie es ihr wirklich geht und wie die Zeit auf Teneriffa für sie war.«

Das ist jetzt nicht wirklich ihr Ernst. Sind Johannas Scheuklappen wirklich so groß? Was das angeht, ist sie Mama so unglaublich ähnlich. »Natürlich!«, sage ich. »Ich frage euch immer, wie es euch geht, falls dir das noch nicht aufgefallen ist. Dass ausgerechnet du solche Andeutungen machst …«

»Was willst du damit sagen?«, fährt Johanna mich an.

Ich atme tief ein und wieder aus. Die Situation hätte Potenzial, eine mittelschwere Katastrophe auszulösen. Aber will ich das? An unserem ersten Abend? »Ist schon gut, wir sollten mal in Ruhe über solche Dinge reden«, sage ich schließlich und fühle mich gut dabei. Denn genau das ist es, was wir schon längst hätten tun sollen.

»Wahrscheinlich hast du recht«, sagt Johanna.

Und dann ist es einen Moment still zwischen uns. Ich hatte Angst, dass unser Wiedersehen genauso verlaufen wird … Bin aber heilfroh, dass wir es doch noch abbiegen konnten.

Als Ricci mit den Getränken vor uns steht, atme ich erleichtert auf. Sie kommt genau richtig!

»Danke«, sage ich, nehme das Glas Wein in die Hand und schaue meine Schwester an.

Johanna lächelt. »Schön, dass du da bist, Liv!«

»Ja, das finde ich auch.« Ich nippe an meinem Glas. »Sag mal, abgesehen von dem Ofendrama, bist du noch glücklich auf Norderney?«

Johanna nickt. »Auf jeden Fall. Die Insel tut mir gut, ich bin meine eigene Chefin und hätte es mit dem Café nicht besser treffen können. Auch wenn es manchmal echt hart ist, ich mache so gut wie alles allein. Angestellte kann ich mir noch nicht leisten. Aber das wird schon.«

»Was ist denn mit Yve? Ich dachte, sie arbeitet bei dir.«

»Ja, sie hilft an zwei Tagen in der Woche aus, aber das ist bei Weitem nicht genug. Ich bräuchte tägliche Unterstützung. Aber wie gesagt, ich muss erst einmal schauen, dass ich wieder auf einen einigermaßen grünen Zweig komme.«

»Kann ich dir irgendwie helfen, Johanna?«, frage ich.

»Du kannst erst mal ankommen und dich entspannen. Knüpfe nicht da an, wo du in Kassel aufgehört hast. Dafür bist du doch nicht hier.«

»Nein, aber du bist meine kleine Schwester, und wenn du Hilfe brauchst, bin ich da.«

»Danke«, sagt Johanna. »Aber jetzt essen wir erst mal. Sie deutet mit dem Kopf auf Ricci, die mit einem Tablett voller Köstlichkeiten geradewegs auf uns zukommt.

»Das war unglaublich gut!« Ich trinke den letzten Schluck Rotwein und wische mir mit einer Serviette den Mund ab. »Wirklich, ich habe lange nicht mehr so gut gegessen.«

Johanna lacht. »Deine letzte Mahlzeit war ja auch schon einige Stunden her.«

»Das stimmt allerdings. Ich war richtig ausgehungert. In Kassel hat übrigens ein Restaurant aufgemacht, das dir mit Sicherheit gefallen würde. Chiringuito heißt es, da gibt es Tapas aus aller Welt. Wenn du mich mal besuchen kommst, gehen wir hin.«

»Das machen wir!«, sagt Johanna. »Aber wollen wir jetzt mal langsam aufbrechen? Ich muss morgen früh raus.«

»Klar, kein Problem. Ich gehe eben zahlen, du bist eingeladen!«, bestimme ich, nehme mein Portemonnaie, das ich bereits auf den Tisch gelegt habe, und gehe ins Surfcafé, noch bevor Johanna protestieren kann.

Mittlerweile ist es fast halb elf. Es ist dunkel, das Meer kann ich vom Deich aus nur noch schemenhaft erkennen.

»Hast du Licht am Rad?«, fragt Johanna.

»Oh, das habe ich nicht überprüft«, gebe ich zu, ziehe das Rad aus dem Fahrradständer und betrachte mit zusammengekniffenen Augen den Dynamo. »Sieht schlecht aus. Das Ding ist genauso in die Jahre gekommen wie der Rest des Fahrrades.«

»Hätte mich auch schwer gewundert«, sagt Johanna. »Dann bringe ich dich.«

»Danke!«, sage ich und schwinge mich auf mein Rad. Meine Augen brauchen einen Moment, um sich an die Dunkelheit zu gewöhnen, aber dann fahren wir los.

»Ich fahre vor«, sagt Johanna und überholt mich, um den Weg auszuleuchten. »Ich habe noch eine Lampe, die du an den Lenker klemmen kannst. Die bringe ich dir morgen mit.«

»Super, danke!«

Gemeinsam biegen wir auf den befestigten Dünenweg ab. Im Schutz der Sandberge ist es richtig finster, wir müssen ein ganzes Stück nur geradeaus fahren, das gibt mir ein bisschen Sicherheit. Johanna ist es bestimmt gewohnt, bei allen Wetterlagen über die Insel zu flitzen. Ich bin in der Regel eher in den Kasseler Straßenbahnen zu finden. In gemächlichem Tempo fahre ich hinter meiner Schwester her, als plötzlich ein lautes »Kohrk-kok Burrrrr«, ertönt.

Prompt geht Johanna in die Eisen.

Und danach ich. »Johanna!«, schimpfe ich. Das war mehr Glück als Verstand. Ich bin circa zwei Zentimeter hinter ihr zum Stehen gekommen.

»Hast du das gehört?«, fragt sie.

Kurz darauf ein heiseres »Ku-tuk Ku-tuk Ku-tuk« gefolgt von »Burrrr«.

»Das sind Fasane!«, sage ich und lache. »Vielleicht balzen sie.«

»Kann sein, aber dann sind die beiden Kandidaten hier ganz schön spät dran. Vögel können sich so gruselig anhören, oder? Stell dir mal vor, wir hätten nicht so viel von Opa gelernt. Da denkst du doch, sonst was sitzt in den Dünen und springt dich gleich an.«

»Ja«, sage ich. »Es könnten auch genauso gut ein paar fiese kleine Aliens sein.«

»Ey!«, sagt Johanna und funkelt mich böse an.

Als kleines Kind hatte sie mehrere Monate panische Angst vor einer Alien-Invasion. In der Grundschule hatte ihr ein anderes Kind furchtbare Flausen in den Kopf gesetzt. Es hat ewig gedauert, bis wir sie davon überzeugen konnten, dass es keine Außerirdischen gibt.

»Wollen wir weiter?«

»Unbedingt!«

Vor dem Gartentor bleiben wir stehen. Ich drücke meine Schwester und schaue ihr noch einen Moment nach, bis ihr Licht fast gänzlich von der Dunkelheit verschluckt wird. Vorsichtig schiebe ich das Rad zurück in den Schuppen und schließe leise die Tür. Das war ein langer Tag, ich freue mich jetzt richtig auf mein Bett. Die Sache mit dem Koffer verschiebe ich auf morgen. Auch wenn das eigentlich nicht meine Art ist. Ich erledige Aufgaben in der Regel sofort. Aber heute habe ich einfach keine Kraft mehr. Ich ziehe die Tür des Bungalows hinter mir zu und knipse das Licht an. Herrlich! Schnell ziehe ich meine Schuhe aus und schlüpfe in meinen Schlafanzug, der sich natürlich genau in der Mitte meines Gepäcks befindet. Mit einem lauten Seufzer lasse ich mich auf das cremefarbene Sofa fallen. Ich hätte echt nicht gedacht, dass ich heute so lange unterwegs sein würde. Und auch nicht, dass der Tag so anstrengend werden würde. Die Reise steckt mir doch ganz schön in den Knochen, das merke ich jetzt, nicht nur körperlich. Aber es war gut, dass Johanna und ich den Abend miteinander verbracht haben. Zwischen uns war es viel weniger distanziert, als ich erwartet habe, auch wenn es fast gekracht hätte. Mal wieder. Vielleicht schaffen wir es wirklich, uns ein wenig anzunähern. Ob Mama weiß, dass Johanna Geldprobleme hat? Ich würde ihr zu gern irgendwie helfen. Mein Blick fällt auf meinen Rucksack, den ich neben dem Couchtisch abgestellt habe. Ich greife hinein und hole Omas Holzkiste heraus.

Mein Liebster,
heute Morgen musste ich an unsere Enkelkinder denken. Selten war ich so stolz auf etwas. Liv ist so besonnen und herzensgut. Johanna, der kleine Wirbelwind, so mutig und experimentierfreudig. Ich glaube, zusammen können sie alles schaffen, was sie wollen. Sie ergänzen sich ganz wunderbar, das müssen sie nur noch herausfinden.
Bis später, ich freue mich auf dich! Luise

Lächelnd lege ich das Zettelchen zurück in die Holzkiste. Ich kann nur erahnen, wie sehr Opa sich wohl immer auf die kleinen süßen Botschaften meiner Großmutter gefreut hat, wenn er von der Arbeit kam. Der Gedanke erwärmt mein Herz. Genau wie Omas Worte. Ich frage mich, wie es passieren konnte, dass Johanna und ich so sehr auseinanderdrifteten. Wir sind doch Schwestern, nicht nur äußerlich. Aber Streit gab es schon immer. Auch, als wir Kinder waren. Richtig akzeptiert haben wir die Eigenarten der anderen nie. Vielleicht, weil wir so unterschiedlich denken. Ich konnte mich nie in den Chaoskopf meiner Schwester versetzen. Und Johanna fiel es schwer zu verstehen, warum die Dinge für mich niemals genug geordnet sein können. Das ging über das Kinderzimmer, das wir uns teilten, weit hinaus. Und in Sachen Streitkultur waren uns unsere Eltern kein gutes Vorbild. Aber ich will es ändern, gleich morgen fahre ich ins Café und schaue, wie ich Johanna unter die Arme greifen kann.

Kapitel 8

Ich strecke mich, ziehe mir meine Schlafbrille vom Kopf und blinzle. Während meiner Ausbildung zur Krankenschwester habe ich sagenhafte zwei Monate in einer WG gelebt. Meine Mitbewohner hatten ganz andere Arbeitszeiten, die Wohnung war alt und hellhörig. Damals habe ich angefangen, eine Schlafbrille zu tragen, und seitdem nicht wieder damit aufgehört. Das ist aber auch das Einzige, was mir neben der Erfahrung, mit völlig Fremden zusammenzuziehen, geblieben ist. Ich habe sehr schnell gemerkt, dass ich viel besser allein klarkomme, als ich dachte. Ich brauche meine Zeit nur für mich. Und die habe ich mir heute in Form von Schlaf genommen, so lange habe ich schon ewig nicht mehr im Bett gelegen. Draußen steht die Sonne bereits hoch am Himmel, wie spät es wohl ist? In Kassel könnte ich es jetzt bestimmt einschätzen, aber da wäre ich wahrscheinlich auch schon seit einiger Zeit auf den Beinen. Ich drehe mich auf die Seite und schaue auf mein Handy. Elf Uhr, Wahnsinn! Dann habe ich es wohl echt gebraucht. Langsam richte ich mich auf, strecke mich und schlüpfe in meine Hausschuhe. Wenn ich gestern auch noch daran gedacht hätte, einkaufen zu gehen, wäre mein Morgen perfekt. Eine große Tasse Kaffee könnte ich jetzt nämlich sehr gut gebrauchen. Ich beschließe, in den Küchenschränken nachzusehen, ob ein Vormieter vielleicht seine Kaffeevorräte zurückgelassen hat, stelle aber schnell fest, dass dies nicht der Fall ist. Das wäre ja auch zu einfach gewesen. Gut, Plan B muss her. Ich springe schnell unter die Dusche, und dann mache ich mich sofort los zum Einkaufen. Vielleicht entdecke ich unterwegs sogar eine Bäckerei oder ein Café, wo ich kurz einkehren kann.

Das lauwarme Wasser tut gut. Den Reiseschmutz abzuwaschen, ist immer ein ganz besonderes Gefühl. Eigentlich gehe ich nur zähneknirschend ungeduscht ins Bett. Eine Angewohnheit, seitdem ich im Krankenhaus arbeite. Aber das war gestern Abend echt nicht mehr drin. Ich muss an meine Schwester denken, die Arme steht bestimmt seit einigen Stunden in ihrem Laden. Gleich nach dem Einkauf fahre ich zu ihr.

Ich schlüpfe in meinen Bikini, darüber ziehe ich Jeans-Shorts und ein mausgraues T-Shirt, meine Haare lasse ich an der Luft trocknen, das dürfte bei dem Wetter ratzfatz gehen. Mit meinem Rucksack auf den Schultern mache ich mich auf den Weg zum Gartentor, als ich Yve auf der Terrasse ihrer Eltern entdecke.

»He, Liv!«, ruft sie.

»He!«, sage ich und gehe zu ihr.

»Na, wie war die erste Nacht?«

»Sehr gut, ich habe geschlafen wie ein Stein. Jetzt muss ich dringend einkaufen, ohne Kaffee am Morgen werde ich unausstehlich.«

»Verständlich! Möchtest du einen? Wir haben noch frischen in der Küche.«

»Auf jeden Fall!«, sage ich und merke, dass sich eine unangenehme Anspannung in meinem Körper löst. Sie war die ganze Zeit da, hat eher unterbewusst an mir genagt. Bin ich wirklich so süchtig nach Koffein?

»Komm ruhig mit rein.«

Ich folge Yve durch das Wohnzimmer ihrer Eltern in die Küche.

»Setz dich«, sagt sie und zeigt auf einen großen runden Esstisch aus Holz, der mitten im Raum steht. Die offene Küche lässt alles schön weit und hell wirken, obwohl das Wohnzimmer mit dunklen Holzmöbeln ausgestattet ist. Die Einrichtung erinnert mich ein bisschen an die meiner Oma.

»Mit Milch und Zucker?«, fragt Yve.

»Nur Milch, danke!«

Kurz darauf stellt sie mir eine Tasse, gefüllt mit dampfender Flüssigkeit, vor die Nase, die mir hoffentlich schnell ein wenig Leben einhauchen wird.

Ich nehme einen Schluck, sofort legt sich ein Lächeln auf meine Lippen. »Das tut unglaublich gut!«

»Oh, hallo!« Eine Frau betritt den Raum. Sie ist groß, trägt ihr rabenschwarzes Haar zu einem Long Bob geschnitten und hat strahlend grüne Augen, genau wie Yve. Das muss ihre Mutter sein.

»He«, sage ich, stehe auf und gebe ihr die Hand. »Ich bin Liv, ich wohne in Ihrem Bungalow.«

»Das habe ich mir schon gedacht. Ich bin Antke, Yves Mutter«, sagt sie und strahlt mich an. »Gefällt es dir bei uns?

Der Bungalow ist nichts Besonderes, aber es ist alles da, was man braucht. Und sollte doch mal etwas fehlen, komm einfach jederzeit zu uns.«

Ich nicke. »Danke, das mache ich. Aber es ist alles bestens, der Bungalow ist toll.«

»Das freut mich!«, sagt Antke und wendet sich ihrer Tochter zu. »Yve, Schatz, ich bin im Garten, wenn du mir gleich helfen würdest, wäre das super.«

»Klar, mache ich.«

»Danke, Schatz! Liv, ich wünsche dir eine tolle Zeit auf Ney!«

»Vielen Dank!«, sage ich, während Antke über die Terrasse in den Garten geht. »Ich will auch nicht stören, soll ich den Kaffee vielleicht mit rübernehmen?«

»Quatsch, die paar Minuten wird der Garten wohl noch warten können. Hast du für heute schon etwas geplant?«

»Ich muss dringend einkaufen, danach wollte ich zu meiner Schwester fahren und schauen, ob ich ihr ein bisschen unter die Arme greifen kann.«

»Da wird sie sich sicher freuen«, sagt Yve. »Ich würde ja öfter im Café arbeiten, aber ohne Bezahlung kann ich das leider nicht so häufig machen.«

»Das ist klar, du musst ja auch deine Miete zahlen. Was machst du denn sonst noch?«

»Ich arbeite bei meinen Eltern. Neben dem Bungalow haben sie noch zwei Ferienwohnungen, die ich betreue. Gerade jetzt im Sommer ist ganz schön viel zu tun. Apropos, hast du morgen schon etwas vor?«

»Nein, wieso?«

»Ich habe ein Ticket für eine Ausflugsfahrt zu den Seehundbänken morgen Vormittag. Hast du vielleicht Lust darauf? Ich kann leider nicht, mir ist etwas dazwischengekommen.«

»Klar, wieso nicht, was bekommst du für die Karte?«, frage ich spontan. So eine Fahrt wollte ich schon immer mal machen, bisher habe ich die Seehunde nur vom Land aus am Inselende gesehen. Oder von der Fähre, aber das sind immer nur kurze zufällige Momente.

»Nichts, schon gut, du bist eingeladen«, sagt Yve, winkt ab und reicht mir das Ticket.

»Das ist lieb von dir!«

»Yve?«, höre ich Antke rufen.

»Ich glaube, jetzt muss ich wirklich. Aber vielleicht können wir ja mal mit deiner Schwester essen gehen? Wir wollen schon seit Ewigkeiten mal wieder zu Dinos Osteria, vielleicht schlägst du es Johanna ja später vor.«

»Schöne Idee, das mache ich gern.« Ich schlürfe den letzten Schluck Kaffee aus meiner Tasse und mache mich auf den Weg zum Supermarkt, während Yve bewaffnet mit Handschuhen in den Garten geht.

Nachdem ich meine Einkäufe verstaut habe, kann ich endlich entspannt in den Tag starten. Mittlerweile ist es kurz vor zwei, Johannas Gäste dürften so langsam eintrudeln. Ich schwinge mich auf das Rostrad und mache mich auf den Weg zum Inselcafé. Am Deich angekommen, entdecke ich Aska, sie geht mit Raja an der Leine spazieren. Aber dafür habe ich jetzt leider keine Zeit. Außerdem wollte sie sich bei mir melden, ich will sie nicht bedrängen. Ich stelle mein Rad im Fahrradständer vor dem Café ab und gehe hinein. Im Speiseraum herrscht reges Treiben. Die Feierlichkeit ist in vollem Gange, alle scheinen gut gelaunt zu sein. Ich gehe hinter den Tresen und linse vorsichtig in die Küche. Johanna steht mit dem Rücken zur Tür, hantiert mit einer Spritztülle herum.

»He, Schwesterherz.«

»He! Was machst du denn hier?«, fragt Johanna und dreht sich zu mir um.

»Ich wollte mal nach dir sehen«, sage ich und deute auf die dunkelblaue Schürze, die meine Schwester um die Hüften gebunden trägt. »Sieht schick aus!«

»Danke! Hattest du gestern noch einen schönen Abend?«

»Ich bin direkt ins Bett gefallen, die Reise hat mich mehr geschafft, als ich dachte. Ich habe richtig lange geschlafen, und das hat unglaublich gutgetan. Aber jetzt bin ich voller Energie. Kann ich dir irgendwie helfen?« Ich entdecke eine weitere Schürze, die an einem Haken an der Wand hängt. Gerade, als ich sie mir umbinden möchte, sehe ich etwas, was mir mein Herz in die Hose rutschen lässt. Johanna hat doch nicht etwa … Ich gehe ein Stück näher an das dreckige Geschirr heran, das sich neben dem Waschbecken stapelt. Doch, hat sie! »Johanna, das ist doch nicht dein Ernst!«, fahre ich sie an.

»Was denn?«

»Das ist Omas antikes Geschirr!«

»Ja, es passt super in den Laden, findest du nicht auch?«

Hitze steigt mir ins Gesicht. »Nein, finde ich nicht. Ich

finde, dass es super in einen Schrank passt, wo es nicht kaputtgehen kann und nicht von Fremden benutzt wird.«

»Ach, Liv, entspann dich mal, dafür ist es doch da. Und Oma würde sich sicher freuen, dass es weiterhin zum Einsatz kommt.«

»Johanna, das Geschirr ist eines der wenigen Dinge, die uns noch von Oma und Opa bleiben!«, sage ich einen Tonfall lauter, als ich es eigentlich will.

Johanna schaut mich mit großen Augen an. »Ganz ehrlich, Liv, das kann ich jetzt echt nicht gebrauchen. Gestern Abend im Surfcafé und jetzt das. Wenn du nur auf der Insel bist, um Stress zu machen …«

»Was dann?«, frage ich, und meine Schwester zuckt mit den Schultern.

Ohne ein weiteres Wort laufe ich aus der Küche. Dabei übersehe ich eine Dame, die am Tresen steht und ihre Tasse mit frischem Kaffee befüllt. Ich remple sie aus Versehen an, die Dame erschrickt und lässt die Tasse fallen. Vor mir zerbricht eines der Erbstücke unserer Großmutter in tausend Teile. Der Moment fühlt sich endlos lang an.

Ich starre auf die Scherben. »Verzeihung«, sage ich und stürme hinaus.

Tränen schießen mir in die Augen. Gedankenlos schwinge ich mich auf mein Fahrrad und fahre los. Ich trete in die Pedale. So schnell ich kann, fahre ich zwischen den Dünen entlang. Der Fahrtwind trägt meine Tränen fort. Ich fahre immer schneller und schneller, bahne mir meinen Weg um entgegenkommende Spaziergänger, bis ich von Weitem den Ort entdecke, an dem Opa Karl, Johanna und ich früher so gern Vögel beobachtet haben. Ich stelle mein Rad ab und folge einem kleinen Pfad runter zum Meer. Am Saum der Dünen lasse ich mich in den Sand fallen und schließe meine Augen, aus denen immer noch dicke Tränen laufen.

»Mensch, Liv!«, ermahne ich mich selbst und atme tief ein und aus. In der Hoffnung, dass mich das ein bisschen beruhigt. Im Krankenhaus funktioniert es, heute gelingt es mir nur bedingt. Ich bin wütend, so wütend wie schon lange nicht mehr. Das Geschirr meiner Großeltern ist etwas ganz Besonderes für mich. Unsere Oma hat es gehütet wie einen Schatz, nur zu ganz besonderen Anlässen hat sie den Tisch damit eingedeckt. Schon als Kind habe ich die handbemalten Teller bewundert und mich fast nicht getraut, von dem feinen Porzellan zu essen. Aus Angst, dass es kaputtgehen könnte. Ganz anders als meine Schwester. Johanna und ich, wir sind so unglaublich verschieden, dass wir einander immer wieder verletzen, ohne es zu wollen. Genau das ist der Grund, aus dem wir uns schon so oft gestritten haben. Mit dem Handrücken wische ich mir meine Tränen aus dem Gesicht und schaue mich mit verquollenen Augen um. Hoffentlich hat mich niemand beobachtet. Ich lasse meinen Blick schweifen. Weit und breit ist keine Menschenseele zu sehen. Es gibt hier nur den Sandstrand, das Meer und mich. Früher habe ich in solchen Situationen Oma Luise um Rat gefragt, sie hätte auch heute sicher die richtigen Worte für mich parat gehabt. Aber das geht ja leider nicht mehr. Eine ganze Zeit liege ich einfach nur da, halte mein Gesicht in die Sonne, atme tief ein und wieder aus. Mein Puls beruhigt sich, und prompt klopft das schlechte Gewissen an. Ich hätte viel ruhiger bleiben sollen. Eigentlich passt es auch überhaupt nicht zu mir, so aus der Haut zu fahren. Einen kühlen Kopf zu bewahren, auch wenn es mal stressig wird, das kann ich. Aber Johanna ist in manchen Dingen so furchtbar unsensibel, und das macht mir viel mehr aus, als ich es mir eingestehen möchte. Ich hätte mich niemals an dem Erbe unserer Großeltern vergriffen, ohne es mit meiner Schwester abzusprechen.

»Was würde Oma jetzt sagen?«, frage ich mich erneut, hole das Holzkästchen aus meinem Rucksack und stelle es neben mir in den Sand.

Liebster,
ich weiß, in letzter Zeit zitiere ich viel zu häufig, aber heute habe ich Narziß und Goldmund *von Hermann Hesse beendet, und es gibt etwas, das in meinen Gedanken hängen geblieben ist:*

Unser Ziel ist nicht, ineinander überzugehen, sondern einander zu erkennen und einer im andern das sehen und ehren zu lernen, was er ist: des anderen Gegenstück und Ergänzung.

Während des Lesens musste ich immer wieder an Liv und Johanna denken. Besonders aber bei diesem Zitat. Und auch an dich musste ich denken, Karl, mein Gegenstück.
Deine Luise

Ich lese Omas Nachricht noch zwei weitere Male, bevor ich sie zurück in die Kiste lege. In gewisser Weise ist Johanna wirklich mein Gegenstück. Vor allen Dingen aber ist sie meine kleine Schwester, die große Probleme und Sorgen hat. Ich sollte sie unterstützen, Vergangenes loslassen und nach vorne schauen. Heute Abend, wenn ihre Gäste weg sind, werde ich noch einmal versuchen, mit ihr zu sprechen.

Kapitel 9

»He, ist alles okay bei dir?« Eine dunkle, raue Stimme reißt mich aus meinen Gedanken.

Ich schaue auf, vor mir steht ein Mann und schaut mich fragend an. Dabei fällt mir auf, dass eines seiner Augen ein wenig größer ist als das andere. Unter seinem weißen Rauschebart erkenne ich ein sanftes Lächeln. Er dürfte ungefähr Ende sechzig sein, schätze ich. Auf dem Kopf trägt er eine Seemannsmütze. Dazu ein dunkelblaues Hemd mit einem kleinen aufgestickten Anker am Kragen und eine schwarze Hose. In seinem Mundwinkel hängt eine dunkelbraune Pfeife, aus der leichter Qualm aufsteigt.

»He, ja, alles okay, danke«, flunkere ich.

»Nun, vorhin hast du mich mit deinem Rad fast über den Haufen gefahren. Du hast ganz schön bedrööft ausgesehen.«

Bedrööft, er scheint von hier zu kommen, ich glaube, das heißt so viel wie traurig. Aber der alte Seebär hat mich erwischt. Ich schaue den Fremden an, weiß nicht, was ich sagen soll.

»Darf ich?«, fragt er und zeigt neben mir auf den Sand.

Ich nicke.

Der Mann setzt sich, lächelt mich schief an und sagt: »Ich bin übrigens Tomke Olsson. Kapitän Tomke Olsson. Seemann, Großvater und waschechter Insulaner.«

»Freut mich, ich bin Liv. Einfach nur Liv!«, sage ich und muss schmunzeln. Tomke scheint liebenswert zu sein, das merke ich sofort.

Er nickt mir zu. »Einfach nur Liv ist aber ein ungewöhnlicher Name. Du kommst nicht von der Insel, oder?«

Ich schüttle den Kopf. »Ich komme aus Kassel und bin nur zu Besuch hier. Aber meine Schwester lebt auf Norderney.«

»Ha!«, macht Tomke und zieht an seiner Pfeife. »Eine Landratte also.«

»Das kann man so sagen, aber ich komme schon hierher, seit ich ein Kind bin«, erkläre ich.

»Wenn das so ist, hast du vielleicht schon mal die Geschichte von Widzel tom Brok gehört«, sagt Tomke, dabei wandert eine seiner Augenbrauen hoch, was das eine Auge noch ein wenig größer aussehen lässt und ihn ein bisschen verrückt.

»Tom Brok sagt mir nichts. Wer ist das denn?«

»Also wirklich eine Landratte …«, murmelt er. »Widzel tom Brok war der erste Inselhäuptling von Norderney. Oder besser gesagt von Ny norderoghe, so hieß unser schönes Fleckchen Erde in der Nordsee früher nämlich. Es bedeutet Norder neue Insel.«

»Oh, das ist aber spannend. Und was hat es mit dem Inselhäuptling auf sich?«

»Man erzählt sich, dass Widzel tom Brok irgendwo auf Norderney einen Schatz versteckt hat, große Reichtümer sollen das sein. Es gibt alte Schriftstücke, die darauf hindeuten, aber man weiß nicht, wo.«

»Aber dann wurde doch sicher schon danach gesucht, oder?«

»Selbstverständlich. Wenn der Schatz allerdings in den Dünen vergraben liegen sollte, wird man ihn wohl nie finden. Außerdem ist die Suche auch so eine Sache.«

»Wieso?«, hake ich nach.

»Widzel tom Broks Geist treibt noch heute sein Unwesen auf Ney. Es heißt, dass er dich straft, solltest du seinem Schatz zu nahe kommen.«

»Aha, und du glaubst, dass das wirklich stimmt?«

»Auf jeden Fall! Ich habe einen Bekannten, Ocke, er schwört, dass er Widzels Geist schon einmal gespürt hat. Solltest du ihn treffen, sprich ihn darauf an. Aus Ocke sprudelt es wie aus einem Hüppkepütt heraus, wenn es um den Inselhäuptling geht.«

»Hüppkepütt?«, frage ich.

»Springbrunnen«, antwortet Tomke.

»Verstehe, ich werde Ocke auf jeden Fall danach fragen«, sage ich und lächle. »Aber wenn Ocke den Geist gesehen hat, müsste er dann nicht wissen, wo in etwa sich der Schatz befindet?«

Tomke legt den Kopf schief. »Gut aufgepasst, aber es gibt natürlich einen Haken. Wenn der Geist dich heimgesucht hat, lässt er dich vergessen. Ocke hat große Erinnerungslücken von dem Tag.«

»Das macht die Sache natürlich noch komplizierter.«

»Du sagst es. So, Liv, ich würde gern noch mit dir

schnacken, aber ich muss nun leider weiter. Vielleicht laufen wir uns bei der Schatzsuche am Samstag über den Weg. Und vergiss nicht, solltest du einen Geist sehen, bist du ganz nah dran!« Noch einmal zieht Tomke an seiner Pfeife und pustet ein wenig Rauch aus. Dann zwinkert er mir zu, hebt seine Mütze kurz an und geht davon.

Was für eine seltsame Begegnung, denke ich und muss lachen. Das war so was von verrückt. Ich bin mir zwar nicht sicher, ob Tomke noch ganz bei Sinnen ist, aber die Ablenkung hat mir gutgetan. Ich schaue ihm noch eine ganze Weile nach. Tomke geht am Strand entlang in Richtung Inselende. Und ich mache mich jetzt auch auf den Weg. Zum Weststrand, ich möchte endlich ins Wasser.

Ich stelle mein Rad ab und bleibe einen Moment oben am Deich stehen. Der Strand ist gut besucht. Durch die vielen bunten Strandtücher sieht es aus, als wäre er bunt getupft. Besonders Familien fühlen sich hier wohl. Der Strandabschnitt ist bewacht und außerdem rauchfrei, was auch ich sehr gut finde. Wie magisch angezogen, gehe ich eine schmale Treppe hinunter, die zum Strand führt. Unten angekommen, ziehe ich meine Sandalen aus. Der Sand ist warm, die vielen kleinen Körnchen rinnen zwischen meinen Zehen hindurch. Rechts von mir stehen beigefarbene Strandkörbe, in denen Urlauber ihre Zeit in der Sonne genießen. Einige haben die Körbe mit gespannten Sonnensegeln erweitert. Es sieht ein bisschen aus, als hätten sie sich eigene kleine Festungen gebaut. Ich bahne mir meinen Weg zwischen Luftmatratzen, Sandspielzeug und Strandtüchern hindurch, bis ich eine freie Stelle finde. Ich hocke mich auf den Boden, ziehe mein Handtuch aus dem Rucksack und breite es der Sonne entgegen aus. Hier unten am Strand ist es ganz schön warm. Schnell streife ich meine Kleidung vom Körper und verstaue sie in meinem Rucksack. Eine sanfte Brise kommt auf. Fährt über meine Haut, kitzelt mich. Als sich die feinen kleinen Härchen an meinen Beinen und Armen aufstellen, schüttle ich mich kurz, dann setze ich mich auf mein Badetuch und seufze. Das tut gut! Ich lehne mich zurück und lasse meinen Blick schweifen. Am Strand kann man so wunderbar Menschen beobachten. Nicht auf diese unangenehme Art, ich finde es einfach faszinierend, wie wir alle in unserer ganz eigenen Realität leben, obwohl wir an einem Ort sind. Hier am Strand spielen gerade unendlich viele Filme, man muss nur genau hinsehen. Als Erstes fällt mir eine Frau links von mir auf. Sie ist ungefähr in meinem Alter, trägt einen großen Sonnenhut, unter dem ich lange braune Haare erkennen kann. Auf ihrer Nase sitzt eine Sonnenbrille, die fast ihr ganzes Gesicht verdeckt. Sie liest eine Zeitschrift und wippt dabei mit ihrem Zeh. Wahrscheinlich hört sie gerade Musik über kabellose Kopfhörer, die in ihren Ohren stecken. Ein paar Meter vor ihr kniet ein Mann mit einem kleinen Mädchen im Sand. Sie bauen mit Schaufeln und Eimern eine riesige Burg. Ich bin mir nicht sicher, wer dabei mehr Spaß hat. Wenn ich müsste, würde ich auf den Mann tippen. Rechts von mir sitzt ein Pärchen auf einer großen runden Stranddecke. Sie spielen ein Kartenspiel, lachen und necken sich gegenseitig. Als der Mann die letzte Karte auf das Spielfeld wirft und triumphierend seine Hände hebt, verschränkt die

Frau ihre Arme vor der Brust und wirft ihr hellblondes Haar über die Schulter. Der Mann beugt sich vor, stupst ihr mit dem Finger sanft auf die Nase und drückt ihr einen zärtlichen Kuss auf den Mund. Die beiden wirken vertraut miteinander. Kurz muss ich an meine letzte Beziehung zurückdenken. Dieses vertraute Gefühl hatte ich schon sehr lange nicht mehr …

Plötzlich höre ich lautes Kinderlachen. Ehe ich mich versehe, bekomme ich eine Ladung Sand ab, gefolgt von Wasserspritzern. Drei Kinder, die gerade aus dem Wasser kommen, rennen an mir vorbei. Sie tragen eine grüne aufblasbare Schildkröte, die größer ist als sie selbst, und schmeißen sich ein kleines Stück hinter mir unter ein Sonnensegel. Die Mutter der drei Ganoven legt jedem von ihnen ein Handtuch um die Schulter und macht sich kurz darauf an einer großen Kühltasche zu schaffen. Ich schaue an mir herunter, mein Körper ist voll mit Spritzern. Na, wenn das mal kein Zeichen ist … Ich stehe auf und gehe runter zum Spülsaum. Als meine Zehen das Wasser berühren, grabe ich sie tief in den nassen Sand. Einen Moment bleibe ich stehen, schließe die Augen und genieße. Ich gehe weiter, das Meer umspielt meine Knöchel, meine Waden, den Bauch. Eine größere Welle rollt auf mich zu. Ich hebe die Arme und quietsche kurz auf, als sie an mir hochschwappt, dann tauche ich kopfüber in das kühle Nass. Ich mache ein paar große Schwimmzüge unter Wasser, tauche auf und drehe mich auf den Rücken. Ich strecke Arme und Beine aus, lasse mich von den Wellen tragen und fühle mich leicht, fast schwerelos. Eine ganze Weile treibe ich als Seestern auf dem Wasser. Das könnte ich ewig so weitermachen, Wasser war schon immer mein Element. Als Jo und ich noch klein waren, hat Oma uns den Seestern hier auf Norderney beigebracht. In dem Sommer, in dem wir es zum ersten Mal ohne Hilfe hinbekommen hatten, hat uns Großmutter nur mit viel Mühe aus dem Wasser herausbekommen. Sie hat erzählt, dass wir eine halbe Ewigkeit einfach nur dalagen, Hand in Hand, kichernd. Dabei hat sie uns keine Sekunde aus den Augen gelassen, denn als einsamer Seestern auf dem Ozean kann man ziemlich schnell abtreiben. Genau wie ich, stelle ich fest. Ich bin ein ganzes Stück weiter nach links gezogen worden. Mit ein paar kräftigen Schwimmzügen gelange ich zurück auf die Höhe meines Strandlagers. Ich bin ein bisschen irritiert, als die aufblasbare Schildkröte der drei Jungs auf mich zugeschwommen kommt. Ganz allein. Instinktiv halte ich sie fest und schaue mich um. Keines der Kinder ist in Sicht. Ich merke, wie mein Puls sich beschleunigt. Es wird doch hoffentlich nichts passiert sein. Schnell scanne ich die Wasseroberfläche ab. Nichts. Eine ganze Weile bleibe ich noch da, schaue immer wieder, ob mir etwas auffällt. Dann paddle ich gemeinsam mit der Schildkröte in Richtung Strand. Plötzlich entdecke ich die drei Jungs. Sie stehen im knöcheltiefen Wasser und winken mir zu. Mir fällt ein Stein vom Herzen. Bei Kindern in Wassernähe wird mir automatisch mulmig zumute. Vor allem, wenn es sich um das Meer handelt, bin ich besonders aufmerksam. Die Strömungen sind oft unberechenbar, und selbst Erwachsenen fällt es häufig schwer, ihre Kräfte richtig einzuschätzen. Die meisten Badeunfälle an der Küste passieren Urlaubern. Aber es landen auch immer mal wieder

Kinder bei uns auf der Station, die in einem See, Fluss oder sogar im Schwimmbad zu lang unter Wasser waren und bleibende Schäden zurückbehalten. Deswegen behalte ich die Bande lieber im Auge.

Als ich mit den Füßen wieder den Boden berühren kann, beginnen die drei, aufgeregt hin und her zu tippeln. Sie haben alle drei braune, etwas länger gewachsene Haare, die von Wind und Salzwasser ganz zerzaust aussehen.

»Hey«, ruft einer der Jungs.

»Nessaja!«, ruft der Zweite, und dann stürmen alle drei auf mich zu.

»Du hast Nessaja gerettet, danke schön!«, sagt der dritte Junge.

»Hey, na klar, kein Problem«, sage ich und lege das Tier auf den Boden. »Nessaja ist ein sehr schöner Name.«

»Ja, oder? Wie heißt du denn?«, fragt einer der Jungs.

»Ich bin Liv. Und wie heißt ihr?«

»Ich bin Fiete, das ist Jonte und das Paul.«

»Wir sind Drillinge«, fügt Jonte hinzu.

»Genau! Wir haben Nessaja heute von unserem Taschengeld gekauft«, erklärt Paul.

»Das ist aber cool!«, sage ich. »Und Nessaja, ist sie euch weggelaufen?«, frage ich, während die drei Jungs, die Schildkröte und ich gemeinsam an Land gehen. Die Mutter der drei wartet mit in die Hüften gestemmten Händen und lächelt mich freundlich an, als wir näher kommen.

»Der Wind hat sie ins Wasser gepustet«, erklärt Fiete.

»Stimmt nicht, sie ist abgehauen!«, protestiert Paul.

»Vielleicht bindet ihr Nessaja gleich mal am Strandkorb fest, damit das nicht noch einmal passiert«, schlage ich vor.

»Gute Idee!«, sagt Jonte und flitzt zum Strandlager.

Die anderen beiden rennen hinterher, mit der großen grünen Schildkröte im Schlepptau. Ich schaue den dreien kurz nach, ihre Mutter nickt mir zu. An ihren Lippen kann ich ablesen, dass sie Danke sagt, bevor sie ihren Drillingen dabei hilft, Nessaja ausbruchsicher zu befestigen.

Ich lege mich auf mein Strandtuch und hole mein Smartphone aus dem Rucksack. Zwei Nachrichten ploppen auf dem Display auf. Die erste ist von Mama. Ein Foto von einem Stück Kuchen mit der Unterschrift:

Ich liebe Kassel.

Die zweite Nachricht ist von meiner Schwester.

Können wir reden?

Kapitel 10

Jemand klopft an die Tür meines Bungalows.

»Liv, bist du da?«, ertönt kurz darauf die Stimme meiner Schwester.

»Es ist offen, komm rein«, sage ich und binde mein feuchtes Haar zu einem Pferdeschwanz. »Ich habe gerade das Salzwasser von meiner Haut geduscht.«

Johanna strahlt mich an und hält eine braune Papiertüte in die Luft. »Hast du Hunger? Ich habe Kuchen mitgebracht.«

»Immer!«, sage ich und lächle zaghaft. Meine Schwester ist hier, um über den Streit zu reden, wirkt aber so, als hätte sie total gute Laune.

Sie setzt sich im Schneidersitz auf das Sofa. Ich mache es mir in dem Sessel bequem, der direkt danebensteht. Einen Moment schweigen wir beide. Da ist sie wieder, diese unangenehme Art von Stille, in der einem die Worte fehlen. Ich bin sicher, dass es Jo ganz genauso geht, denn sie wirkt plötzlich sehr ernst.

Die letzten Sonnenstrahlen dringen durch die Terrassentür und werfen Schatten an die Wände.

Johanna schaut auf ihre Hände, doch dann sagt sie: »Liv,

es tut mir wirklich leid, dass dich die Sache mit Omas Geschirr so verletzt hat. Ich hätte es dir erzählen sollen.«

Es überrascht mich, dass meine Schwester so einsichtig ist. »Weißt du, das Geschirr ist mir einfach sehr wichtig. Oma und Opa, wir haben ihnen so viel zu verdanken. Sie haben alles für uns getan, und jetzt sind sie nicht mehr da, noch bevor wir ihnen etwas zurückgeben konnten.«

Johanna nickt. »Das verstehe ich auch, wirklich! Aber Liv, das war kein Grund, so an die Decke zu gehen. Es passt überhaupt nicht zu dir.« Sie mustert mich. »Bedrückt oder belastet dich irgendwas?«

Ein Kloß bildet sich in meinem Hals. Ich will ihr nicht auch noch mit meinen Befindlichkeiten zur Last fallen. Gleichzeitig bin ich froh, dass sich meine Schwester endlich für mich interessiert. Entschlossen schüttle ich den Kopf. »Nein, da ist sonst nichts.«

Sie sieht mich streng an und erinnert mich in diesem Moment an meine Mutter. »Wir hatten in den letzten Jahren nicht viel voneinander, aber ich bin immer noch deine Schwester, und ich sehe, dass etwas ganz und gar nicht stimmt! Ehrlich, Liv, du hast zwar heute etwas Farbe bekommen, aber du siehst schlecht aus.«

Wie aus dem Nichts sammeln sich Tränen in meinen Augen.

»Erzähl!«, sagt Jo, rückt auf dem Sofa ein Stück weiter nach links und legt eine Hand auf mein Knie.

Da bricht alles aus mir heraus. »Es ist einfach zu viel«, sage ich und schluchze. »Ich weiß gar nicht, wann es angefangen hat, aber im Moment ist selbst die kleinste Belastung zu groß.

Alles wiegt so schwer. Die Arbeit, die Verantwortung, meine fehlenden sozialen Kontakte, der Tod von Oma und Opa, die Beziehung zu Mama und zu dir. Ich habe mich schon immer hintangestellt gefühlt. Mama und du, ihr seid euch so ähnlich, habt ein gutes Verhältnis. Und ich? Für mich hat sie sich noch nie richtig interessiert. Ich bin immer nur gut genug, wenn sie etwas will.«

»Das stimmt doch gar nicht, Liv«, sagt Johanna. »Mama hat dich genauso lieb wie mich.«

Ich ziehe eine Augenbraue hoch. »Und warum wusstest du dann zum Beispiel, dass sie sich von Carlos trennen will? Mit mir spricht sie nicht über solche Dinge.«

»Hast du Mama denn mal gefragt? Interessierst du dich für ihr Leben? Und damit meine ich nicht zu fragen, wie es ihr geht.«

Johanna bringt mich zum Nachdenken. Ich wische mir die Tränen aus dem Gesicht. »Wahrscheinlich nicht genug«, gebe ich zu. »Aber darum geht es eigentlich gar nicht.« Ich atme tief ein und wieder aus. »Wenn ich mal ganz ehrlich zu mir bin, geht es mir schon seit Wochen nicht mehr gut. Ich bin nur Profi darin, es zu unterdrücken und nicht wahrhaben zu wollen.«

»Ach, Liv!«, sagt Johanna. »Das tut mir leid, echt.«

»In letzter Zeit hat es sich angefühlt, als würde ich verzweifelt versuchen, einen Sandberg abzutragen, den jemand stetig von oben wieder auffüllt«, erkläre ich. »Und dann, vor zwei Wochen, kam jemand mit einem Bagger angefahren und hat mich unter dem ganzen Sand begraben.«

»Was ist da passiert?«

»Erinnerst du dich an meine Freundin Sarah von früher aus der Schule?«

»Klar, wie könnte ich sie vergessen. Ich habe mir immer Klamotten von ihr ausgeliehen.«

»Genau die. Vor zwei Wochen wurde sie auf meine Station gebracht.«

Johannas Augen weiten sich. »Oh nein, was ist denn passiert?«

»Sie hatte einen allergischen Schock. Keine Angst, sie hat ihn überstanden. Aber da ist noch etwas anderes, Sarah ist an Krebs erkrankt. Und ob sie den besiegen wird, weiß ich ehrlich gesagt nicht.«

Meine Schwester ist sichtlich betroffen. Sie schluckt, dann sagt sie: »Shit!«

»Ich weiß ja, dass das Leben endlich ist. Es gehört zu meinem Beruf, mich damit auseinanderzusetzen. Aber als Sarah da lag, habe ich mich auf einmal selbst sehr zerbrechlich gefühlt. Und dann war Mama plötzlich da und teilt mir mit, dass sie ein paar Wochen bei mir wohnen will, bis sie eine eigene Bleibe findet. Eigentlich hatte ich vor, eine Weiterbildung zu machen. Aber dann …«

»Dann bist du zu mir gekommen.«

»Ja, dann bin ich zu dir gekommen!«

»Wie schön!«, sagt Johanna und klopft neben sich auf die Couch.

Ich setze mich zu ihr, lege meinen Kopf an ihre Schulter und nehme ihre Hand. Eine ganze Weile sitzen wir still da, so wie früher, wenn wir gute Tage gemeinsam hatten. Und die hatten wir durchaus.

»Ich habe dich vermisst, Liv«, sagt Johanna.

»Und ich dich erst, Jo! Weißt du eigentlich, dass ich wahnsinnig stolz auf dich bin?«

»Echt?«, fragt sie. »Warum?«

»Weil du so mutig bist. Du hast schon immer gemacht, was du für dich für gut befunden hast. Ohne Angst zu haben, du achtest auf dich, das ist so wichtig!«

Johanna lacht kurz auf. »Ich dachte, dass du findest, dass ich viel zu unbedacht bin. Ich habe dich immer bewundert. Für deine Zielstrebigkeit, deine Intelligenz, deine Bodenständigkeit. Ich habe früher so oft gehört: ›Frag deine Schwester‹, oder: ›Was würde deine Schwester jetzt wohl sagen?‹ Oder: ›Wenn du nur ein bisschen ehrgeiziger wärst. So, wie Liv.‹ Und ganz ehrlich, manchmal habe ich mir das sehr zu Herzen genommen. Eine Zeit lang war ich sogar richtig eifersüchtig auf dich. Oder auf die, die du bist.«

»Wir hätten viel früher ehrlich miteinander sein müssen!«, sage ich und drücke die Hand meiner Schwester noch ein wenig fester. »Die Sache mit dem Geschirr heute war nur der Tropfen, der mein Fass zum Überlaufen gebracht hat. Es tut mir sehr leid!«

»Ja, weißt du, wenn wir jetzt ehrlich zueinander sein wollen … Das Geschirr habe ich nur im Café genutzt, weil ich komplett pleite bin. Ich hatte kein Geld mehr, um gewisse Dinge anzuschaffen.«

»Du hattest kein Geld mehr für Geschirr?«, hake ich nach.

Johanna nickt und senkt ihren Blick. »Ich bin froh, dass ich die letzte Miete meiner Wohnung zahlen konnte. Von den Lebensmitteleinkäufen für das Café ganz zu schweigen. Und dann auch noch der Ofen, darüber darf ich gar nicht nachdenken.«

»Wissen Mama und Papa denn von deiner Situation?«, frage ich.

Johanna schüttelt den Kopf. »Nein, ich wollte stark sein, meine Dinge allein in den Griff bekommen. Bei Mama habe ich es mal angedeutet, aber sie ist im Moment so beschäftigt mit sich selbst.«

»Und Papa?«

»Papa weiß auch nichts. Ich würde ihn auch nie um Hilfe bitten.«

»Das verstehe ich, ist schon interessant, oder?«

»Was meinst du?«

»Na, dass wir unseren Eltern nicht zur Last fallen wollen, obwohl sie, wenn wir es mal ganz nüchtern betrachten, nie richtig für uns gesorgt haben. Es waren Oma und Opa.«

»Aber vielleicht auch genau deswegen. Mama und Papa waren ja nie da. Sie haben immer viel gearbeitet. Wir waren es von klein auf gewohnt, unsere Probleme und Sorgen mit unseren Großeltern zu besprechen.«

Ich nicke. »Da könntest du recht haben. Und ab heute besprechen wir sie miteinander. Hast du schon Ideen, wie wir dich aus der finanziellen Notlage herausmanövrieren können?«

»Am wichtigsten ist es jetzt erst einmal, dass der Ofen wieder funktioniert. Die Geburtstagsgesellschaft hat auf einen Schlag eine ganze Menge Geld reingespült, das hilft mir schon sehr.«

»Gut! Also warten wir ab, was der Mechaniker sagt?«

»Genau!«, sagt Johanna und nickt. »Sag mal, ich weiß ja nicht, wie es dir geht, aber ich habe riesengroßen Hunger.«

»Ich auch! Aber auf etwas Herzhaftes! Den Kuchen gibt es zum Nachtisch.« Ich schiele zur Tüte. »Was ist drin?«

»Nichts Besonderes, nur zwei Zitronenmuffins.« Sie sieht in Richtung Küche. »Was hast du da, sollen wir was kochen?«

Ich grinse breit. »Hast du Lust auf Nudeln mit Kindersoße? Ich habe Spaghetti da.«

»Aber so was von.«

Nur kurze Zeit später arbeiten wir Hand in Hand. Während ich das Nudelwasser aufsetze, schmilzt Jo bereits die Butter im Topf und gibt etwas Mehl dazu.

»Hast du Zitrone da?«

»Frische«, sage ich und hole eine vom Obstteller. »Das Tomatenmark ist noch zu, es ist im Schrank über der Spüle.«

»Guten Appetit!«, sagt Johanna und lächelt mich an.

»Guten Appetit!«, ich rolle eine Portion Spaghetti mit meiner Gabel auf, puste kurz, stecke sie in den Mund und seufze. »Schmeckt nach Kindheit«, sage ich und schaue zu meiner Schwester, die genau wie früher ihre Spaghetti klein schneidet. Schon als Mädchen hat sie damit gekämpft, die Nudeln aufzurollen, es aber einfach nicht hinbekommen. Irgendwann war sie so genervt, dass sie sie klein geschnitten hat. Ab dem Tag hat sie behauptet, dass es ihr so ohnehin viel besser schmecken würde, und das hat sich anscheinend bis heute nicht geändert.

»Lecker!«, sagt sie. »Ich hatte ganz vergessen, wie gut Nudeln mit einer einfachen Tomatenmark-Mehlschwitze schmecken können.«

»Wahrscheinlich nur für uns. Weil so schöne Erinnerungen damit verbunden sind«, sage ich.

»Ja.« Sie seufzt. »Auf Norderney hat Oma sie mindestens zweimal die Woche gekocht. Oder Milchreis, den gab es auch so oft.«

»Habe ich auch eingekauft«, sage ich.

»Und sonst? Was hast du heute noch gemacht?«

Ich erzähle meiner Schwester von meinem Tag am Strand. Von den Drillingen und Nessaja.

»Das hört sich ja nach einem entspannten Strandtag an, schön, dass du dir die Zeit für dich genommen hast.« Sie lächelt mich an. »Das solltest du beibehalten. Tu was für dich, komm runter!«

»Ja«, sage ich. Und plötzlich muss ich an den verschrobenen Seemann Tomke denken. Ich erzähle Jo von der skurrilen Begegnung. »Stell dir vor, dann meinte er doch tatsächlich, dass er am Samstag wieder auf Schatzsuche geht und wir uns da ja vielleicht wiedersehen werden.«

Johanna schaut mich einen Moment stumm an. »Also die Geschichte mit dem Geist ist Humbug, das muss ich dir ja hoffentlich nicht erklären. Aber der Schatz …«

»Jetzt sag mir nicht, dass du auch daran glaubst.«

»Na ja, am Samstag findet tatsächlich eine Schatzsuche statt. Allerdings geht es nicht um den Schatz eines Häuptlings, die Stadt hat ein Event für die Insulaner vorbereitet.«

»Ach, echt? Was denn für ein Event?«

»So genau weiß ich das nicht, aber es ist wohl tatsächlich eine Schatzsuche.«

»Und was ist der Schatz?«

Jo zuckt mit den Schultern. »Keine Ahnung, ich weiß nur, dass man sich als Insulaner einen Bogen mit Infos im Conversationshaus abholen kann. Am Tag der Schatzsuche um zehn Uhr gibt es dann die Hinweise, damit sich niemand einen Vorteil erschleichen kann.«

»Das ist ja cool, willst du mitmachen?«

Jo legt den Kopf schief. »Ich habe ehrlich gesagt noch nicht darüber nachgedacht. Vielleicht hole ich mir morgen mal den Infozettel. Möchtest du mich begleiten?«

»Kommt drauf an, wann. Ich bin morgen auf einer Ausflugsfahrt zu den Seehundbänken. Yve hat ihre Karte an mich abgetreten.«

»Oh, wie schön! Die Fahrt müsste vormittags sein. Vielleicht treffen wir uns danach? Im Café? Dann kann ich dir sicher schon mehr über die Schatzsuche erzählen.«

Kapitel 11

Ganz früh am Morgen wache ich auf. Meine innere Uhr ist heute anscheinend auf Frühschicht eingestellt. Ein Blick auf mein Handy zeigt mir, dass es erst kurz vor fünf ist. Und ich bin hellwach.

»Der frühe Vogel fängt den Wurm«, höre ich in Gedanken meinen Opa sagen. Dabei sehe ich ihn vor mir, wie er Johanna und mich auffordernd anlächelt, wenn wir als Kinder morgens noch im Bett lagen. »Kommt, ihr beiden, aufstehen. Im Morgengrauen hat der Vogel größere Chancen, einen Wurm zu fangen. Der wagt sich nämlich insbesondere in den frühen Morgenstunden an die Oberfläche, wenn die Böden vom Tau noch feucht sind.«

Es ist schon eigenartig, denke ich. Vor meinem inneren Auge spielt sich eine Szene ab, in der Johanna vielleicht fünf war und ich acht. Ich sehe uns in den Betten in unserem Zimmer unter dem Dach bei meinen Großeltern liegen. Beide tragen wir unsere geringelten Frotteeschlafanzüge, meiner in Blau-Grün, Johannas in Pink-Rot. Wir waren Kinder, mein Opa müsste zu dem Zeitpunkt demnach erst knapp über sechzig gewesen sein, mit grauen Strähnen im vollen Haar, körperlich topfit. Aber in meiner Vorstellung ist er Mitte siebzig, sein graues Haar ist schütter, und er hat einzelne Strähnen über seine kahle Stelle auf seinem Schädel gekämmt.

Lächelnd stehe ich auf. Früher war ich diejenige, die lieber länger geschlafen hat. Johanna war immer sofort wach, ist aus dem Bett gesprungen und hat Krach gemacht. Sie hat irgendwas erzählt, gesungen und wie auf Knopfdruck gute Laune gehabt. Ich war der Morgenmuffel. Und genau genommen bin ich das immer noch. Allerdings habe ich mich an das beruflich bedingte frühe Aufstehen gewöhnt. Nur der Wechsel zwischen den Schichten macht mir zu schaffen. Aber der findet in den nächsten drei Wochen nicht statt. Ich gehe in die Küche, stelle den Wasserkocher an und öffne die Terrassentür, um etwas Luft in den Bungalow zu lassen. Es ist frisch draußen. Der leichte Morgentau glitzert auf dem Rasen. Darunter schlängeln sich die Regenwürmer durch die Erde, denke ich und lächle. Vögel sehe ich keine. Sie sind an anderer Stelle auf Futtersuche, irgendwo am Watt oder Wasser. Wie auf Kommando höre ich den Schrei einer Sturmmöwe, die in Richtung Nordsee fliegt.

Ich gebe das Kaffeepulver in den Filter, gieße das Wasser darüber und freue mich über den verheißungsvollen Duft, der sich dabei entfaltet. Aber anstatt die heiße Flüssigkeit in eine Tasse zu gießen, entscheide ich mich für den Thermobecher, den ich mitgebracht habe. Dann schnappe ich mir noch eine Strickjacke, binde sie mir um die Hüfte und laufe los.

Ich mache es wie die Sturmmöwe, ich gehe zum Meer.

Weit ist es nicht. Über den Waldweg gelange ich zum befestigten Dünenweg, der mich zum Meer führt. Am Deich bleibe ich einen Moment stehen. Eine Brise pustet vom Wasser in meine Richtung. Auf dem kleinen Strandspielplatz rechts vor mir bewegt sich eine Schaukel leicht im Wind. Ich gehe daran vorbei zum Meer.

Das Rauschen der Wellen klingt intensiver als gestern. Niemand sonst ist unterwegs, ich bin allein hier. Da der Sand noch kalt ist, breite ich die Strickjacke aus und setze mich darauf. Ein kleines Glücksgefühl erfasst mich, als ich die Sandalen ausziehe und meine Zehen tief in den Sand grabe. In ein paar Stunden steht die Sonne hoch am Himmel und hat die feinen Körnchen aufgewärmt. Aber jetzt fühlen sie sich feucht und kühl an. Einen Moment sitze ich einfach so da, dann setze ich mich in den Schneidersitz, drehe den Verschluss des Thermobechers ab, puste und trinke den ersten Schluck Kaffee. Ein Ritual, auf das ich nicht verzichten möchte, egal, wie stürmisch es gerade um mich herum ist – die Zeit am Morgen, nur für mich. Zu Hause in Kassel und hier auf der Insel, mit Blick zum Meer. Meine Gedanken wandern nach Hause. Was erwartet mich, wenn ich zurückkomme? Meine Mutter, die sich in meiner Wohnung einnistet, und die Arbeit … Es gibt nichts, worauf ich mich wirklich freue, im Gegenteil, die Fahrt nach Hause löst jetzt schon Stress in mir aus. Ich versuche, die Gedanken abzuschütteln. Heute ist mein erster richtiger Tag auf Norderney.

Über dem Wasser entdecke ich einen Schwarm Stare, der aussieht wie eine große, dunkle hüpfende Wolke. Ein Steinwälzer ist auch schon auf seinen kräftigen, tief orangen Beinen unterwegs. Er läuft mit den Wellen vor und zurück und wälzt dabei mit seinem Schnabel Steine und Seetang um, um darunter nach kleinen Krebstierchen und Schnecken zu suchen.

In Kassel wäre ich jetzt auf dem Weg zur Straßenbahn, die Sonne würde über der Stadt aufgehen. Hier wird sie gleich über dem Wasser auftauchen. Gespannt richte ich meinen Blick auf den Horizont, da wird mir klar, dass ich in Richtung Norden schaue.

»Die Sonne geht im Osten auf«, sage ich leise. »Im Süden nimmt sie ihren Lauf, im Westen wird sie untergehen, im Norden ist sie nie zu sehen.« Unwillkürlich schüttle ich den Kopf. Natürlich weiß ich, wo die Sonne auf Norderney aufgeht. Schon unzählige Male sind Oma und Opa ganz früh am Morgen zum Wrack an der Ostspitze mit uns aufgebrochen. Dort war der Sonnenaufgang atemberaubend schön. Jahr für Jahr haben wir auf Ney Urlaub gemacht, und jetzt sitze ich hier und warte auf etwas, das so nicht stattfinden wird. Johanna wird sich kringelig lachen, wenn ich ihr davon erzähle.

Ich stehe auf und gehe bis zum Wasser. Kalt schwappt es über meine Füße, und Gänsehaut breitet sich von meinen Knöcheln über meinem Körper aus. Aus den Augenwinkeln sehe ich einen Mann entlang des Meeressaums auf mich zujoggen. Er trägt eine kurze schwarze Laufhose, darüber ein graues ärmelloses Shirt. Und er ist barfuß.

»He«, grüßt er mich, als er an mir vorbeirennt, und dreht sich noch mal nach mir um.

»He«, rufe ich, schaue ihm nach und beobachte, wie er immer kleiner wird. Dabei achte ich nicht auf die etwas größere Welle, die auf das Ufer zurollt und bis an meine Oberschenkel spitzt. Erschrocken quietsche ich auf, springe ein paar Schritte zurück und setze mich, so wie ich bin, in meinem weinroten Pyjama aus Seide, dessen Hosenbeine nun nass sind, in den Sand. Und da geht irgendwo schräg hinter mir die Sonne auf. Der Himmel verfärbt sich in ein pastelliges Rosa. Nach und nach bahnen sich die ersten Strahlen ihren Weg bis zum Horizont.

Der Tag beginnt. Meine Schwester hat sich einen schönen Ort ausgesucht, um ihren Traum zu verwirklichen.

Ich gehe zurück in den Bungalow, ziehe schnell die nasse Kleidung aus, rubbele mich trocken, setze mich auf die Couch und denke an meine kleine Schwester. Das Gespräch gestern Abend zwischen Johanna und mir war wichtig und längst überfällig. Es ärgert mich nur, dass wir nicht schon viel früher miteinander gesprochen haben. Aber vielleicht sollte es auch einfach genau so sein. Oma hat immer gesagt, dass alles im Leben einen Sinn hat, und obwohl es mir manchmal schwerfällt, ihn zu sehen, weil er nicht offensichtlich ist, glaube ich das auch. Geschehenes kann ich ohnehin nicht ungeschehen machen, auch wenn ich das manchmal gern tun würde. Es ist, wie es ist, so würde mein Opa das sehen.

Auf dem Nachttisch steht Omas Holzkiste. Ich hole sie, klappe den Deckel auf, nehme die nächste Nachricht heraus und setze mich im Schneidersitz auf mein Bett.

Liebster,
nachdem du heute Morgen aufgestanden bist, habe ich noch eine ganze Zeit im Bett gelegen und in einem Magazin geblättert. Dabei bin ich über ein Zitat gestolpert, das mich zum Nachdenken angeregt hat. Ich habe gegrübelt, lag noch eine ganze Zeit da und bin letztlich fast zu spät aus den Federn gekrochen. Das Zitat lautet wie folgt:

> Eines Tages wirst du aufwachen und keine Zeit mehr haben für die Dinge, die du immer wolltest. Tu sie jetzt.
> Paulo Coelho

Hattest du schon einmal das Gefühl, dass dir im Leben etwas entgangen ist? Dass du mehr hättest erleben sollen oder falsche Entscheidungen getroffen hast? Ich meine, klar, ein paar Dinge möchten wahrscheinlich die meisten von uns rückgängig machen. Aber im Großen und Ganzen fühle ich mich erfüllt. Es gibt nichts, was mir so ein großes Bedürfnis ist, dass ich es nachholen möchte. Ich glaube, das können nicht viele Menschen von sich behaupten. Wobei, da gibt es doch etwas. Karl, was ist aus unserem Traum, nach Kanada zu reisen, geworden? In dem Fall hat Paulo Coelho recht, wir sollten es bald tun.

Bis später, Luise

Oma und Opa sind tatsächlich drei Wochen durch Kanada gereist. Ob sie es direkt nach dieser Nachricht geplant haben? Leider steht kein Datum auf dem Zettel, aber es könnte sehr gut sein. Wie haben die beiden davon geschwärmt, als sie zurückgekommen sind! Oma hatte einen Glanz in den Augen, den ich so nur selten bei ihr gesehen habe. Anders als bei Opa, den schon das Zwitschern eines Vogels zum Strahlen bringen konnte.

Ich lasse mich mit dem Rücken gegen die Wand sinken und schließe für einen Moment die Augen.

Tu sie jetzt!

Oma und Opa haben sich ihre Kanadareise erfüllt. Mama hat sich für mehrere Jahre auf die Kanaren verkrümelt, Jo hat sich auf Norderney ihren Traum erfüllt. Papa hat sich ein Cabriolet gekauft und tuckert damit bei der kleinsten Aussicht auf Sonnenschein durch die Gegend. Wenn er Lust hat, auch mal sehr spontan bis nach Paris, von wo er mir letztens ein Foto geschickt hat.

Und ich? Ich freue mich darüber, dass ich nach Ewigkeiten einfach mal wieder am Meer sitzen darf. Aber was will ich wirklich? Wovon träume ich? Von Kanada, von den Kanaren, Paris – von einem Café auf Norderney? Welchen Traum will ich mir erfüllen? Was sind die Dinge, die ich immer wollte?

»Ich gehöre doch nicht zu dieser Familie«, sage ich leise. Denn ich weiß nicht, was ich tun will, außer vielleicht, einfach irgendwo zu sitzen, wie eben, und die Ruhe zu genießen. Aber immerhin weiß ich, was ich jetzt gleich machen werde.

Es ist fünf vor acht, um neun beginnt die Bootsfahrt zu den Seehunden. Ich stelle den Timer auf dreißig Minuten, schließe die Augen und bleibe sitzen. Vor zwei Jahren habe ich an einem Meditations-Schnupperkurs teilgenommen, den Nina mir geschenkt hat. Zur Stressbewältigung, sie hat es damals schon gemerkt … Ein Wochenende mit Klangschalen, Räucherstäbchen und ganz viel Sitzen. Es hat mir gut gefallen und vor allem gutgetan. Eigentlich hatte ich mir danach vorgenommen, weiter dranzubleiben. Und wenn ich es schon nicht in den Kurs schaffe, dann wenigstens zu Hause. Dafür habe ich mir extra ein schönes Sitzkissen gekauft und eine kuschelige Decke. Die Decke liegt mittlerweile auf der Couch, das Kissen im Keller auf dem Regal, in dem ich auch all die anderen Dinge aufbewahre, die ich irgendwann mal angeschafft habe und nicht nutze, wie den Hula-Hoop-Reifen, die Walkingstöcke, die Gewichte und den Bauchtrainer. Wenn ich wieder zu Hause bin, miste ich aus, nehme ich mir vor, atme tief ein und wieder aus … Aber die Walkingstöcke und das Sitzkissen behalte ich. Ich atme wieder ein, aus. Meine Gedanken sind wie Wolken.

Der schrille Ton meines Timers weckt mich aus meiner Meditation. Ich bin eingeschlafen – im Sitzen.

»Hat ja gut geklappt«, sage ich laut und stehe auf. Die Seehunde warten.

Kapitel 12

Schon von Weitem sehe ich den alten Kutter, auf dem ich gleich die Welt der Seehunde entdecken werde. Es ist ein altes Schiff. Der Rumpf ist dunkelgrün und weinrot gestrichen. Ich frage mich, wozu die vielen Masten dienen, die ich in die Höhe ragen sehe, als ich die Straße zum Hafen hinunterrolle. Dort angekommen, stelle ich mein Fahrrad in einem Ständer neben den vielen anderen Fahrrädern ab und gehe auf eine Gruppe von Leuten zu, die sich am Treffpunkt versammelt hat.

»He«, sage ich. »Sind Sie auch alle hier für die Tour zu den Seehundbänken?«

Ein kleiner Junge schüttelt den Kopf. »Wir gehen ins Museum. Ins Wattenmeermuseum. Cool, oder?«

»Sehr cool sogar. Das wird bestimmt spannend«, sage ich. »Viel Spaß!«

Kurz darauf löst sich die Gruppe auf und macht sich auf den Weg zum Besucherzentrum Watt Welten.

Komisch, dass noch niemand da ist, neun Uhr, hat Yve gesagt. In zehn Minuten sollte es losgehen. So war es zumindest geplant, aber die Zeitangabe auf der Eintrittskarte, die ich mir gerade anschaue, verrät mir, dass ich eine ganze Stunde zu früh dran bin. Glückwunsch, Liv Sommerfeldt, so pünktlich warst du noch nie. Yve hat sich in der Zeit geirrt. Aber das ist meine eigene Schuld, ich hätte selbst nachschauen können, anstatt das Ticket einfach in meine Handtasche zu stecken. Aber besser zu früh als zu spät, überlege ich und lasse meinen Blick über das Hafengelände schweifen. Es ist nicht viel los. Ein paar vereinzelte Menschen laufen umher. In der Hafenhalle warten schon einige Leute auf die nächste Fähre zurück nach Norddeich. Zum Glück gehöre ich nicht dazu und habe meinen Urlaub auf Norderney noch vor mir. Ich entdecke eine Bank am Wasser und setze mich. Die gewonnene Zeit nutze ich, mache ein Foto vom Kutter und schicke es Nina. Sie schläft bestimmt noch. Meine Freundin ist in der Regel abends am kreativsten und legt dann schon mal die ein oder andere Nachtschicht ein, wenn sie ein Projekt hat. Das passiert oft, wenn sie unter Hochdruck arbeitet, weil sie mal wieder zu spät angefangen hat und der Abgabetermin immer näher rückt.

»Das ist eben so, wenn man kreativ arbeitet«, höre ich meine Freundin in Gedanken sagen, während sie mit ihren Händen den Teig für eine ihrer neuen Kreationen knetet. »Manchmal fließt es einfach nicht.«

Meine Nachricht wird sie wohl kaum wecken. Nina hat ihr Telefon auf »Nicht stören« gestellt, wenn sie schläft. Sie hat mich zwar als Favoriten gespeichert, sodass ich sie jederzeit erreichen kann, aber das gilt nur für Anrufe. Umgekehrt ist es genauso. Nina kann mich immer erreichen, außer während meiner Arbeitszeit. Es ist ein schönes Gefühl, jemanden zu haben, der immer für mich da ist, auch wenn wir uns in letzter Zeit nicht so oft gesehen haben.

Gleich bin ich auf dem Meer – Seehunde suchen, schreibe ich unter das Foto.

Ich hätte dich jetzt gerne bei mir.

Und dann sende ich noch:

Was wolltest du schon immer mal machen?

Das sind drei Nachrichten hintereinander. Normalerweise schreibe ich nur eine und schicke sie erst ab, wenn alles darinsteht, was ich sagen will. Aber heute sende ich auch noch ein kleines rotes Herzchen hinterher.

Und weil ich gerade dabei bin, schreibe ich eine Nachricht an meine Mutter und schicke sie mit einem Foto des Kutters ab. Sie ist online und somit schon wach, wie ich feststelle, als sich die beiden Häkchen blau färben. Sofort klingelt mein Telefon. Sie ruft mich an.

»Guten Morgen, Liv-Schatz«, sagt sie. »Das ist Gedankenübertragung, ich habe gerade an dich gedacht. Ich soll dich nämlich von Hertha grüßen und dir ausrichten, dass du dir wegen des Hausdienstes keine Sorgen machen musst. Sie übernimmt das für dich.« Meine Mutter klingt glücklich. Ihre Stimme ist melodisch, im Hintergrund läuft klassische Musik.

Es dauert einen Moment, bis ich begreife, von wem

meine Mutter spricht. »Mama!«, schimpfe ich. »Frau Klischat ist bestimmt schon über achtzig. Die lässt du doch nicht für mich die Straße fegen.«

»Sie ist sechsundachtzig«, sagt meine Mutter, »und immer noch topfit. Und ich würde sie ja gerne vertreten, aber ich werde in dieser Woche wohl nicht da sein. Vielleicht fahre ich für ein paar Tage weg.«

»Ach, wohin denn?«, frage ich.

»Das weiß ich noch nicht genau«, antwortet meine Mutter. »Aber ich habe Hertha angeboten, dass wir dann dafür ihren Hausdienst übernehmen, wenn sie an der Reihe ist.« Sie lacht. »Ich bin gespannt, wie es ihr heute geht. Wir haben gestern unten im Garten gesessen, deine Nachbarn und ich, und haben gegrillt. Mannomann, die sind alle ganz schön trinkfest. Von denen soll ich dich übrigens auch grüßen.«

Ich wohne in einem Fünf-Familien-Haus. Meine Nachbarn sind alle mindestens dreißig Jahre älter als ich. Nur einer von ihnen, einer der beiden Männer im Haus, ist noch berufstätig und hat genau so unregelmäßige Arbeitszeiten wie ich. Er arbeitet als Busfahrer.

»Du hast also meine Nachbarn kennengelernt«, sage ich. Wahrscheinlich ist sie nicht nur mit Frau Klischat per Du, sondern auch mit den anderen. Und was meine Mutter alles über mich erzählt hat, will ich lieber nicht wissen.

Wieder lacht sie. »Es war ein lustiger und langer Abend. Wir haben fast bis Mitternacht geredet und Spaß gehabt.«

»Das freut mich«, sage ich. Schließlich hat meine Mutter eine schwere Zeit hinter sich. Auch wenn sie diejenige war, die sich getrennt hat, war es sicherlich nicht leicht für sie.

Schließlich hat sie nicht nur Carlos zurückgelassen, sondern auch ihre neuen Freunde und die Insel.

»Deine Nachbarn sind alle sehr nett«, sagt meine Mutter. »Und sie würden sich freuen, wenn du ab und zu zu ihnen kommst. Sie scheinen oft im Garten zusammenzusitzen.«

»Das würde ich gerne. Aber meistens habe ich keine Zeit«, sage ich. »Oder ich bin zu müde.«

»Ja, ich weiß, Schatz.« Sie klingt plötzlich ernst. »Ändere etwas daran.«

»Ja …«, alle um mich herum scheinen schon länger zu sehen, dass in meinem Leben etwas in die falsche Richtung läuft. Alle, nur ich habe es nicht begriffen. Ich schaue auf den Kutter. »Die Zeit auf Norderney wird mir guttun. Und ich werde sie nutzen, mir hier mal Gedanken über alles zu machen. Es war eine gute Idee von dir, mich hierherzuzwingen.«

»Zwingen!« Sie schnalzt mit der Zunge. »Ich habe nur angeboten, für immer bei dir zu bleiben und auf dich aufzupassen.«

Jetzt lache ich. »Angeboten? Du hast mir damit gedroht.«

»Hat funktioniert! Und jetzt erzähl mal, wie ist es auf der Insel?«

»Sehr schön. Wir haben wunderbares Wetter. Die Nordsee ist warm genug zum Baden. Ich fahre gleich raus aufs Meer und schaue mir die Seehundbänke an. Mir geht es gut.«

»Das freut mich, mein Schatz. Und deine Schwester? Grüß sie doch von mir. Vielleicht komme ich demnächst für ein paar Tage auf die Insel.« Wieder lacht sie. »Ich hoffe, sie fasst das nicht als Drohung auf, so wie du.«

»Hey, du hast vom Rest deines Lebens gesprochen, nicht von ein paar Tagen«, erwidere ich.

»Schon gut.« Sie seufzt. Und dann sagt sie: »Ich bin stolz auf euch, auf euch beide.«

In diesem Moment klingelt es an meiner Haustür in Kassel.

»Oh, ich bekomme Besuch«, sagt Mama. »Zum Frühstück. Ich muss auflegen, mach's gut, Schatz, und grüß Johanna von mir.«

Sie beendet das Gespräch, ohne dass ich fragen kann, wer da zum Frühstück in meine Wohnung kommt. Wahrscheinlich ein Mann, denn wäre es eine Freundin gewesen, hätte sie anders reagiert. Dann hätte sie gesagt: »Julia kommt zum Frühstück.« Oder Kerstin oder Rob, die sich als Roberta entpuppt hat, oder wer auch immer.

Johanna kommt mir in den Sinn. Sie würde sich für meine Mutter freuen und ihr jeden Spaß der Welt wünschen, egal, mit wem – und wo.

Viel Spaß, Mama!, schicke ich nach Kassel.

»He. So sieht man sich wieder«, sagt jemand mit dunkler Stimme, und ich schaue auf. Vor mir steht ein Mann mit dunkelblondem Haar und gebräunter Haut. Er trägt ein schlichtes schwarzes Shirt und ausgewaschene Jeans. Um sein Handgelenk hat er ein dunkelbraunes geflochtenes Lederband gebunden. Ich schätze ihn auf Mitte dreißig.

»He«, ich reibe mir das Kinn und schaue ihn einen Moment nachdenklich an. »Normalerweise habe ich ein sehr gutes Personengedächtnis. Aber ehrlich gesagt habe ich keine Ahnung, wo wir uns schon mal gesehen haben.«

Er lächelt. Dabei werden seine hellen grauen Augen von vielen kleinen Lachfältchen umspielt. »Du bist die Frau, die morgens am Wasser steht, ich bin der Mann, der morgens am Wasser entlangläuft.«

»Der Jogger!«

»Ja.«

»He, Keno«, eine Frau etwa in meinem Alter kommt auf uns zu. Sie hat langes braunes Haar und trägt, wie er, ein schwarzes Shirt, aber die Jeans als Shorts. »Ist schon alles vorbereitet?« Sie schaut mich an. »He.«

»He«, sage ich.

»He, Antje! Klar, alles bereit, ich komme gleich.«

Keno und Antje also.

Sie nickt. »Und Jan?«

»Hat gerade angerufen, es wird heute bei ihm etwas später. Aber bis zur Abfahrt ist er auf jeden Fall da.«

Sie nickt wieder. »Dann mal los.«

Ich schaue ihr nach, wie sie zum Kutter geht. Und da dämmert es mir. »Macht ihr beiden die Seehundfahrt?«, frage ich.

»Ja, und noch ein Freund, Jan. Bist du eine unserer Passagierinnen?«

»Bin ich.« Ich stehe auf. Erst jetzt fällt mir auf, dass Keno sehr groß ist. Knapp einen Meter neunzig, er überragt mich auf jeden Fall um etwa zwanzig Zentimeter. »Mein Name ist Liv, und du bist Keno, wie ich gerade mitbekommen habe.«

»Liv, schöner Name.« Er blickt hinter sich auf den Kutter,

auf dem Antje herumwerkelt. »Schön, dass du gleich dabei bist. Du machst Urlaub hier? Von der Insel kannst du nicht sein, das wüsste ich.«

»Ja. Ich besuche aber auch meine Schwester. Sie betreibt das Inselcafé.«

»Johannas Schwester.« Er grinst. »Seit heute Morgen denke ich darüber nach, woher ich dich kenne. Ihr seht euch sehr ähnlich. Du bist die große Schwester?«

Ich nicke. »Drei Jahre älter.«

»Keno!«, ruft Antje. »Kommst du?«

Er seufzt, zuckt mit den Schultern und zieht eine Schnute. »Die Arbeit ruft. Ich würde dich ja schon mit aufs Schiff nehmen, aber wir lassen die Passagiere immer erst eine Viertelstunde vorher rauf, damit wir in Ruhe die letzten Vorbereitungen für die Fahrt treffen können. Also …« Er lächelt. »Bis gleich, Liv.«

»Bis gleich.« Ich schaue ihm nach. Der Mann gefällt mir, und das ist schon lange nicht mehr passiert.

Da trifft eine Nachricht von Nina auf meinem Handy ein.

Paris

Nur kurz darauf erreicht mich noch eine:

Ilulissat

Und noch eine:

Frauenvilla!

Die letzte Nachricht zaubert mir ein Lächeln auf das Gesicht.

Mit Pool, Garten und Gärtner, antworte ich. *In der Sonne.*

Der Plan, von dem wir immer mal träumen, wenn eine von uns aus irgendeinem Grund die Krise hat, zumeist beruflich oder privat bedingt. Irgendwann, wenn wir alt und weise sind, wie Nina immer so schön sagt, gründen wir eine WG, bestenfalls auf Gran Canaria oder irgendwo auf dem spanischen Festland. Vielleicht aber auch in Südfrankreich.

Vorher werde ich nach Ilulissat ins westliche Grönland reisen, wo *Fräulein Smillas Gespür für Schnee* gedreht wurde. Einer meiner Lieblingsfilme, wie konnte ich das vergessen! Aber erst einmal werde ich gleich mit dem Kutter auf die Nordsee rausfahren – bei bestem Sommerwetter.

Kapitel 13

»Herzlich willkommen an Bord der Aurora drei«, ertönt die dunkle Stimme, die ich sofort einer Person zuordnen kann, aus dem Lautsprecher. »Ich bin Keno, euer Kapitän. Gemeinsam mit meiner Kollegin Antje und meinem Kollegen Jan entführe ich euch heute in die Welt des Wattenmeeres und seiner Bewohner. Die Fahrt wird ungefähr eineinhalb Stunden dauern, mit ein bisschen Glück sind die Seehunde heute genauso präsentierfreudig wie gestern. Ich hoffe, dass ihr alle eine Jacke dabeihabt, auf See wird es frisch. Sollte etwas sein, helfen wir euch jederzeit weiter. Und jetzt genießt die Fahrt, ich übergebe an meinen Kollegen Jan.«

Kurz darauf applaudieren die Fahrgäste, wir legen ab. Mit einem kurzen Ruckeln setzt sich der alte Kutter in Bewegung. Wir fahren geradewegs auf das offene Meer, und ich stelle mir plötzlich die Frage, ob ich eine Fahrt auf einem so kleinen Schiff überhaupt vertrage, denn in meinem Magen macht sich ein mulmiges Gefühl breit. Spielt mir mein Kopf einen Streich, oder liegt es wirklich am sanften Schaukeln über die Wellen? Ich schaue mich um, eine bunte Mischung aus Erwachsenen, Kindern und Senioren befindet sich an Bord.

Wir sitzen auf Holzbänken, die hinter der Reling stehen. Erwartungsvoll schauen die kleinen und großen Passagiere zu Jan und Antje, die mit einem großen durchsichtigen Behälter voller Wasser an Deck kommen. Sie stellen ihn auf einen festgeschraubten Tisch, der sich in der Mitte des Schiffes befindet.

Neben mir sitzt ein Mädchen im Kindergartenalter mit einer Frau. Die Kleine trägt eine grüne Regenhose, dazu rote Gummistiefel. Ihr braunes Haar ist zu zwei Zöpfen geflochten, die ihr bis zur Schulter reichen. Plötzlich zupft sie an dem Ärmel meiner Jacke. »Was meinst du, was drin ist?«, fragt sie.

»Das ist eine gute Frage«, antworte ich und spiele den Ball zurück. »Hast du eine Idee?«

»Vielleicht ein Regenbogenfisch.«

»Oh, das kann natürlich sein«, sage ich. »Wie der Fisch aus dem Bilderbuch, der seine schillernden Schuppen verteilt.« Aus dem Buch hat Oma mir früher oft vorgelesen. Und als ich alt genug war, habe ich Johanna daraus vorgelesen.

Die Kleine nickt. »Mein Lieblingsbuch.«

»Ich mag es auch sehr«, sage ich. Die Liebe zur Natur haben Johanna und ich unserem Opa zu verdanken, die zur Literatur hat uns Oma vermittelt, wobei Johanna immer die größere Leseratte von uns beiden war.

»In der Buchhandlung haben wir gestern wieder ein neues Buch gekauft«, plappert die Kleine weiter. »Eins mit einem Wal.«

»Oh, das hört sich spannend an«, sage ich.

Da werden wir von Jan unterbrochen, der nun das Wort ergreift.

»Moin, liebe Seebären und Landratten. Ich bin Jan und heute dafür da, euch die Zeit zu versüßen, bis wir bei den Seehundbänken ankommen. Ihr fragt euch sicher schon, was es mit dem Becken hier auf sich hat, oder?«

»Ja!«, die Kinder sind sich einig.

»Na, dann kommt mal ein bisschen näher.«

Das lassen sie sich nicht zweimal sagen. Jan wird von den kleinen Seeräubern belagert, erklärt etwas über Einsiedlerkrebse, Krabben und Seesterne. Die Kinder hängen gebannt an seinen Lippen, er macht das gut, finde ich. Als Antje in das Wasserbecken greift und ein ziemlich großes Exemplar eines Taschenkrebses herausholt, geht das Gequietsche los.

Das kleine Mädchen kommt zurück und lässt sich mit einem Seufzer auf die Bank fallen. »Kein Regenbogenfisch. Schade, Mama, oder?«

»Das stimmt, Schatz. Aber vielleicht können wir dafür Seehunde sehen, wir müssten gleich bei den Bänken ankommen, Laura«, erwidert die Mutter.

Sofort bekommt die kleine Laura glänzende Augen und richtet ihren Blick auf die graue Nordsee.

»Haben Sie die Fahrt schon einmal mitgemacht?«, frage ich Lauras Mutter.

»Ja, wir kommen schon seit vielen Jahren nach Ney. Es ist unser zweites Mal hier an Bord. Vor drei Jahren war Laura aber gerade mal eineinhalb und erinnert sich nicht mehr.«

»Ah, verstehe«, sage ich und lächle.

»Da! Guck mal, Mama!«, ruft Laura plötzlich ganz aufgeregt. »Da sind welche, da sind Seehunde!«

»Wir haben Glück. Steuerbord, also rechts von uns, könnt ihr nun die Seehundbänke sehen«, gibt Jan nun auch durch den Lautsprecher bekannt, während der Motor des Schiffes verstummt.

Die Passagiere strömen zum Steuerbord. Und ich auch. In einigen Metern Entfernung entspannen sich circa fünfzehn Seehunde faul nebeneinander auf einer Sandzunge und halten ihre Bäuche in die Morgensonne. Sie liegen fast reglos da. Lediglich eine Flosse bewegt sich ab und an mal. Fast sieht es aus, als würden sie uns winken.

»Guck mal, das Robbenbaby!«, ruft ein kleiner Junge aufgeregt.

»Gut entdeckt!«, sagt Jan. »Ein Heuler ist dabei, und ihr fragt euch bestimmt, was das nun für Tiere sind. Robben? Oder Seehunde?«

»Beides ist richtig!«, ruft ein kleiner Junge. »Seehunde sind Robben.«

»Richtig!«, sagt nun Antje. »Robbe ist der Überbegriff für viele verschiedene Arten. In der Nordsee trifft man auf Seehunde und Kegelrobben. Ganz selten verirrt sich auch mal eine Robbe aus der Arktis zu uns.«

Das wusste ich bisher nicht. Durch Opa kenne ich mich sehr gut aus, was die Bewohner der Lüfte angeht. Seine Liebe galt den Vögeln.

Heute lerne ich, dass sich in der Nordsee auch Schweinswale tummeln und diese zu den kleinsten Walen der Welt gehören. Und auch Delfine gehören zu den Meeresbewohnern.

Ich schaue zu Laura, die mir gerade von dem Wal-Buch erzählt hat und nun mit einem strahlenden Gesicht neben ihrer Mutter steht und zuhört. Unsere Mutter war damals ständig beschäftigt und hat gefühlt den ganzen Tag gearbeitet. Und unser Vater auch. Dazu kam, dass die beiden sehr oft gestritten haben. Entweder war Friede, Freude, Eierkuchen angesagt, oder es war dicke Luft. Etwas dazwischen gab es selten. Oma war es, die uns vom Kindergarten und später von der Schule abgeholt hat. Sie war es auch, die mit Johanna und mir Hausaufgaben gemacht und gelernt hat. Es ist schon eigenartig. Opa ist seit seinem Tod viel präsenter in mir, und ich denke häufiger an ihn. Dabei haben wir mit Oma viel mehr Zeit verbracht. Sie war es, die uns in ihrer stillen Art das Gefühl von Sicherheit und Geborgenheit gegeben hat. Und sie war es auch, die mir zum achtzehnten Geburtstag *Fräulein Smillas Gespür für Schnee* als Buch geschenkt hat. Es hat mir so gut gefallen, dass ich mir auch den Film angesehen habe, gemeinsam mit Nina.

Ilulissat. Von der Nordsee könnten wir über den Nord-Atlantik durch die Labradorsee bis in die Diskobucht schippern. Wie lang wir da wohl unterwegs wären?

Ich schaue zu Keno. Er steht am Steuer, beobachtet aufmerksam die Nordsee. Doch als würde er es spüren, dreht er sich plötzlich zur Seite und sieht mich an. Unsere Blicke treffen sich, er nickt mir zu und wackelt mit seiner Hand hin und her. Ich muss lachen, was will er mir damit sagen?

Erst als wir wieder am Hafen ankommen, fällt mir auf, dass meine Übelkeit wie von selbst verschwunden ist. Wieder an

Land, verabschiede ich mich von Laura und ihrer Mutter, nehme mir vor, mir bei Gelegenheit einen spannenden Roman in der Buchhandlung hier zu kaufen, setze mich auf die Bank von vorhin – und warte. Ich bin neugierig darauf, was Keno mit der skurrilen Handbewegung auszudrücken versucht hat. Als er vom Kutter geht und mich sieht, macht sich ein Lächeln auf seinen Lippen breit. Er fährt sich mit der Hand durch sein Haar und kommt auf mich zu.

»Na, wie hat es dir gefallen?«, fragt er.

»Sehr gut!«, sage ich. »Und die Kinder hatten riesigen Spaß, Jan und Antje haben das großartig gemacht.«

»Ja, die beiden können gut mit den Kids, das stimmt. Freut mich, dass es dir gefallen hat.«

»Wie lange macht ihr das denn schon?«

»Oh, das ist eine gute Frage. Vor mir hat mein Vater die Fahrten angeboten, ich bin schon dabei, seit ich ein kleiner Junge war.«

»Das klingt schön.«

»Wie man's nimmt. Es hat Vor- und Nachteile, wenn man in die Fußstapfen seines Vaters tritt. Aber sag mal …« Er fährt sich wieder durchs Haar. »Deine zweieinhalb Wochen auf der Insel sind doch sicher noch nicht verplant.«

»Nein.« Ich muss lachen. »Das würde zwar zu mir passen, aber ausnahmsweise habe ich mal nichts organisiert. Wieso?«

»Gut. Wann gehen wir essen?«

»Ich habe immer Zeit«, sage ich und merke, wie mir plötzlich heiß wird und sich eine leichte Röte auf meinen Wangen ausbreitet.

»Super«, sagt Keno, holt einen Zettel und einen Stift aus seiner Hosentasche, kritzelt etwas darauf und hält ihn mir hin. »Ich muss jetzt leider los, aber ich würde mich sehr freuen, wenn du dich meldest. Also, bis dann.«

»Bis dann«, sage ich, stehe auf und schaue ihm nach, während er davongeht. Erst dann sehe ich auf den kleinen Zettel. Darauf steht seine Handynummer. Und darunter hat Keno geschrieben:

Für die Frau, die am Meer steht. Vom Mann, der am Meer läuft.

Lächelnd stecke ich ihn ein, gehe zurück zu meinem Fahrrad und mache mich auf den Weg zum Café meiner Schwester.

»He, Liv«, begrüßt Jo mich. Sie steht hinter dem Tresen und werkelt an der Siebträgermaschine herum. »Wie war es auf dem Wasser? Bist du seekrank geworden?«

»He«, sage ich. »Nein, zum Glück nicht, wir hatten keinen starken Seegang. Aber witzig, dass du fragst, als wir losgefahren sind, hatte ich plötzlich einen ganz schön flauen Magen. Obwohl ich die Überfahrten mit der Fähre eigentlich gut vertrage.«

Johanna lacht. »Auf einem kleinen Schiff fühlt sich das Meer ganz anders an. Und du hast auch noch keine Überfahrt bei rauer See erlebt.«

»Oh doch, früher mit Oma und Opa. Erinnerst du dich noch? In dem einen Jahr waren die Wellen so hoch, dass sie das obere Deck komplett gesperrt haben.«

»Stimmt! Opa ist ganz anders geworden.«

»Ja, Oma auch, aber sie hat sich nichts anmerken lassen.«

Johanna grinst. »Schön, dass das heute nicht der Fall war. Habt ihr denn Seehunde gesehen?«

Ich nicke. »Eine ganze Gruppe.«

Sie mustert mich. »Du strahlst, die Sonne und das Wasser tun dir gut.«

»Ja.« Ich seufze.

»Was?«

Mit meiner Schwester habe ich nie über Männer gesprochen. Und sie auch nicht mit mir. Dafür hatten und haben wir unsere Freundinnen.

»Keno hat mich zum Essen eingeladen«, sage ich nun.

Sie pfeift leise durch ihre Zähne. »Wow!«

»Was heißt das, ›wow‹?«, frage ich.

»Nun.« Sie grinst breit. »Der begehrteste Junggeselle der Insel lädt meine Schwester, die gerade mal zwei Tage auf Ney ist, zum Essen ein. Das ist großartig!«

»Er hat mir seine Nummer gegeben.« Ich weiß selbst, dass ich wie ein Honigkuchenpferd strahle. Aber im nächsten Moment ändert sich das. Ich wische mit der Hand durch die Luft. »Ich denke, das lasse ich lieber.«

Johanna reißt die Augen auf. »Was? Warum das denn?«

»Ich wohne in Kassel«, sage ich.

Meine kleine Schwester sieht mich an, als wäre ich ein Auto. Und dann lacht sie laut los. »Da lädt ein Mann dich zum Essen ein, und du willst nicht hingehen, weil …«, sie legt eine kleine bedeutungsvolle Pause ein, »weil er als Heiratskandidat nicht infrage kommt.«

»Quatsch!«, sage ich.

Meine Schwester lacht wieder. »Oh doch, Liv. Er lädt dich

ein, aber du denkst darüber nach, dass es aufgrund der Entfernung keinen Sinn macht, weil du sofort über eine ernsthafte Beziehung nachdenkst.«

Ich lasse die Ausführung meiner Schwester einen Moment in mir wirken. Dann sage ich: »Stimmt.«

Sie grinst. »Hab Spaß. Und wenn aus Spaß Ernst oder irgendein anderes Kind wird, kannst du dir immer noch Gedanken darüber machen, wie es mit euch weitergehen soll. Aber … erst einmal rufst du ihn an und verabredest dich mit ihm. Ehrlich, Liv. Der Kerl ist charmant, er sieht gut aus, ist aufregend … Greif zu!« Sie atmet tief durch. »Und jetzt trinken wir erst einmal einen Kaffee.«

»Tee für mich«, sage ich. Johanna ist echt unmöglich. Vielleicht ist eine ernsthafte Beziehung ja auch das, woran ich interessiert bin. Lose Beziehungen waren noch nie etwas für mich, aber woher soll meine Schwester das auch wissen …

»Bekommst du. Aber schreib erst eine Nachricht an Keno.«

»Erpressung? Unfassbar, du bist wie Mama!«, erwidere ich, greife aber trotzdem zu meinem Handy, speichere seine Nummer ab und schreibe eine Nachricht.

Hier bin ich, die Frau, die morgens am Meer steht und abends vielleicht bald mit dir essen geht. Liv.

Ich drücke auf Senden und stecke mein Handy wieder ein.

»Du verrätst mir nicht, was du geschrieben hast?«, fragt meine Schwester.

»Dass er als Heiratskandidat nicht infrage kommt und ich mich deswegen nicht mit ihm treffe«, feixe ich.

Sie überlegt einen Moment. »Das wäre so schräg, dass es fast schon wieder gut wäre. Aber dann wäre ich gern dabei, wenn er die Nachricht liest.«

»Ich habe ihm den Ball zugespielt. Er hat jetzt meine Nummer und soll mir mitteilen, wann und wo.«

Johanna rollt mit den Augen. »Das nächste Mal lässt du mich für dich schreiben. ›Morgen, sieben Uhr im Surfcafé.‹« Sie grinst. »Und weil es für dich wäre, würde ich noch ›Bitte pünktlich‹ hinzufügen.«

Ich schnipse mit meinem Zeigefinger gegen Johannas nackten Arm.

»Autsch!«, sagt sie.

»Hast du verdient«, erwidere ich.

Da fragt Johanna: »War Antje eigentlich auch auf dem Schiff?«

Am Tonfall ihrer Stimme erkenne ich, dass sie das nicht ohne Grund fragt. »Ja. Wieso?«

»Sie ist seine Ex.«

»Seit wann?«

Sie überlegt einen Moment. »Soviel ich weiß, haben sie sich im Winter getrennt. Viele Beziehungen scheitern, wenn die Saison vorbei ist. Auf einmal ist Ruhe auf der Insel, die glücklichen Paare rücken ein Stück näher zusammen. Da, wo es kriselt, wird die plötzliche Nähe zur Herausforderung.«

»Wie lang waren sie zusammen?«

Johanna zuckt mit den Schultern. »Keine Ahnung. Aber ein paar Jahre schon.« Sie grinst. »Jetzt spinnen wir beide rum. Triff dich erst mal mit ihm. Und wenn er dir gefällt, spinnen wir weiter.«

»Abgemacht«, sage ich.

Mit zwei dampfenden Tassen setzen wir uns an einen der Tische im Gastraum. Ich rieche an der heißen Flüssigkeit. »Hmm!«, mache ich. »Sanddorn, oder?«

»Ja, mein Lieblingstee, er schmeckt auch im Sommer«, sagt Johanna.

Ich nicke. »Sag mal, warst du eigentlich im Conversationshaus wegen der Schatzsuche?«

»Klar, ich habe auch etwas mitgebracht«, sagt Johanna und zieht ein gefaltetes Blatt Papier aus ihrer Hosentasche. »Klingt vielversprechend, finde ich.«

Liebe Insulanerinnen, liebe Insulaner,

es ist Zeit, unsere geliebte Insel auf eine ganz neue Weise zu erkunden. Wir laden euch herzlich zu einer unvergesslichen Schatzsuche ein, die die Geheimnisse und Schönheiten unserer geliebten Insel enthüllen wird. Es winkt ein lebensverändernder Preis. Kommt mit, begleitet uns auf ein aufregendes Abenteuer, und findet raus, wie gut ihr die Insel wirklich kennt.

Wann: Samstag, 03. August, 11 Uhr
Wo: Vor dem Conversationshaus
Wer: Alle Menschen mit erstem Wohnsitz auf Norderney
Preisverleihung: Mittwoch, 07. August, 20 Uhr

Der Preis winkt demjenigen, der den Schatz findet! Seid gespannt auf eine Reise über die Insel voller Rätsel, spannender Momente und schöner Orte. Aber Vorsicht! Denkt nicht, dass wir es euch einfach machen. Ihr werdet euch von Hinweis zu Hinweis arbeiten. Dabei kann es sein, dass ihr auch mal ein bisschen tiefer blicken müsst. Wir raten euch also, entsprechend ausgestattet zu sein.

Wer begeht mit uns den Pfad und wird zum Schatzmeister Norderneys?

Euer Bürgermeister Jan Frerichs

PS: Alle Teilnehmerinnen und Teilnehmer sollten sich ihre Zeit bis Dienstag freihalten. Erst dann kann der Schatz gefunden werden.

Ich nippe an meinem Tee, falte den Zettel wieder zusammen und schiebe ihn meiner Schwester zu. »Ich hoffe, du hast Schaufeln, da machen wir mit, das erklärt sich von selbst, oder?«

»Meinst du echt?«

»Klar, auf jeden Fall! Das Ding gewinnen wir.«

Johanna lacht. »So optimistisch würde ich nicht sein. Ich bin noch nicht so lange auf Norderney. Der Bürgermeister schreibt doch, dass man sich verdammt gut auskennen muss, um die Rätsel zu lösen.«

»Jo, wir kommen schon seit unserer Kindheit her. Außerdem ist es eventuell gar nicht so schlecht, die Insel auch aus einer anderen Perspektive zu kennen. Vielleicht hat sich bei den Leuten, die nie etwas anderes gesehen haben, eine Art Betriebsblindheit eingestellt. Weißt du, was ich meine?«

Johanna zuckt mit den Schultern. »Wahrscheinlich sollten wir es wirklich versuchen.«

»Und wie wir das sollten«, sage ich.

Noch bevor ich meine Schwester weiter bearbeiten kann, klopft es an der Tür zum Café.

»He!«, ein Mann mittleren Alters, gekleidet in einem blauen Overall, schaut herein.

»He, kann ich helfen? Wir haben noch geschlossen«, sagt Johanna.

»Ich bin Matze, ich komme, um mir den Ofen anzuschauen«, sagt er. »Darf ich?«

Plötzlich wird meine kleine Schwester kreidebleich. »Klar, ähm, komm rein, ich zeige ihn dir«, stammelt sie und verschwindet mit dem Handwerker in der Küche.

Kapitel 14

Während meine Schwester mit dem Handwerker in der Küche ist, checke ich mein Handy auf Nachrichten. Vielleicht hat Keno sich ja schon gemeldet, überlege ich und lächle augenblicklich, als ich das kleine Symbol einer eingegangenen Nachricht auf meinem Sperrbildschirm entdecke. Aber es ist nicht Keno, sondern Aska, die mir geschrieben hat.

Hey Liv, hier ist Aska. Sorry, dass ich mich jetzt erst melde, aber meine letzten beiden Tage waren ganz schön heftig. Eine gestresste Entspannungstherapeutin, das kann man auch keinem erzählen … Na ja, wie auch immer. Hast du Lust auf einen Spaziergang am späten Nachmittag? Ich würde mich freuen, und Raja mit Sicherheit auch.

Ich schaue auf die Uhr, es ist gleich sechzehn Uhr. Ich tippe meine Antwort und sende sie ab.

Klar, gerne, siebzehn Uhr, da, wo wir uns das letzte Mal getroffen haben?

So hätte Jo das gemacht. Auf Askas Antwort muss ich glücklicherweise nicht lang warten.

Gerne! Ich freue mich.

Als Johanna und Matze die Küche verlassen, versuche ich, den Gesichtsausdruck meiner Schwester zu deuten. Sie hat ein Pokerface aufgesetzt, was nicht unbedingt ein gutes Zeichen ist. Sie verabschiedet Matze an der Tür, setzt sich zurück zu mir an den Tisch und seufzt. Dann stützt sie ihren Kopf auf ihren Händen ab. »Liv?«

»Ja?«

»Ich brauche einen neuen Ofen. Und das ist wirklich, wirklich schlecht.«

»Shit! Echt?«

»Ja, die Reparatur wäre genauso teuer wie eine Neuanschaffung.«

»Okay, das macht keinen Sinn.«

»Nein, aber was mache ich denn jetzt? Wo soll ich das ganze Geld nur hernehmen?«

»Ich kann es dir leihen«, sage ich spontan. »Zumindest einen Teil, ich habe das Geld noch, das Opa uns hinterlassen hat. Und außerdem spare ich jeden Monat ein bisschen was.«

Ein Lächeln breitet sich auf ihrem Gesicht aus, doch gleichzeitig sieht sie traurig aus. »Das ist wahnsinnig lieb von dir. Aber ich weiß echt nicht, wann ich dir das Geld zurückgeben kann. Und außerdem hat Opa uns das Geld gegeben, damit wir uns einen Traum erfüllen. Es kommt mir nicht richtig vor, dass dein Anteil für meinen draufgehen soll.«

»Verstehe ich, aber wie gesagt, ich spare jeden Monat etwas.«

Johanna schüttelt den Kopf. »Ich muss es allein schaffen, sonst macht die ganze Selbstständigkeit doch keinen Sinn.«

»Was ist mit einem Kredit? Würde das für dich infrage kommen?«

Johanna schnalzt mit der Zunge. »Na, was meinst du, wie ich die Sanierungsarbeiten finanziert habe? Meine Sachbearbeiterin von der Bank lacht mich aus, wenn ich nach einem neuen Kredit frage.«

»Schwierig. Mama? Papa?«

Johanna schüttelt den Kopf. »Ich glaube, ich habe mich mit dem Café übernommen.«

»Du bist in der Aufbauphase, Jo. Mit so einem Hammer direkt zum Start konnte doch niemand rechnen. Jetzt müssen wir schauen, wie wir das Ding zum Laufen kriegen.«

Jo lacht kurz auf. »Fällt dir etwas auf?«

»Was meinst du?«

»Na, wir haben eindeutig die Rollen getauscht.«

Meine kleine Schwester hat recht. Sonst ist sie diejenige mit dem unerschütterlichen Optimismus, aber Jo braucht das jetzt, also bin ich da. In Notsituationen funktioniere ich. »Stimmt! Und ich habe auch schon eine Idee. Was ist denn jetzt mit der Schatzsuche?«

»Man weiß nicht, was der Preis ist. Lebensverändernd … Das könnte alles bedeuten.«

»Ja, schon, aber können wir das nicht herausfinden? Und dass es eine große Summe Geld ist, liegt schon nahe, oder? Und wenn nicht, kann man es bestimmt zu Geld machen.«

Jo zuckt mit den Schultern. »Ich wüsste nicht, wie. Aber du hast recht, es ist auf jeden Fall einen Versuch wert.«

»Dann lass uns teilnehmen, ich helfe dir!«

Jo nickt. »Gut, so machen wir das. Aber jetzt muss ich mir erst mal Gedanken machen, wie ich das Café in den nächsten Tagen ohne Ofen am Laufen halte. Ich habe von Anfang an mit den frisch gebackenen Kuchen geworben. Aber das kann ich so auf keinen Fall leisten. Und meine Freundinnen möchte ich auch nicht schon belagern.«

»Am besten backst du Sachen, die ohne Probleme ein paar Tage frisch bleiben. Und vielleicht gibt es statt einer großen Auswahl eine kleinere. Plätzchen lassen sich auch gut vorbereiten.«

»Ja, das wäre wahrscheinlich gar nicht verkehrt«, sagt meine Schwester, danach ist sie für einen Moment ganz still. »Kann ich morgen zu dir kommen? Du hast doch einen Backofen im Bungalow, oder? Wenn Yves Eltern sich nicht querstellen, habe ich dann wenigstens zwei Öfen an einem Ort, die ich nutzen kann.«

»Ja, bei mir ist einer. Natürlich kannst du kommen! Und beim Backen schmieden wir einen Plan für die Schatzsuche am Samstag.«

»Danke, Liv!«

»Wofür?«

»Dass du für mich da bist.«

Ich entdecke Aska und Raja bereits, als ich oben am Deich stehe. Aska wirft immer wieder einen Stock ins Wasser, den Raja schwanzwedelnd aus den Wellen fischt und zurück zu ihrem Frauchen bringt. Ein Spiel, das nie langweilig wird. Ich gehe die Treppen runter zum Strand. Als Raja aus dem Wasser kommt, sieht sie mich als Erstes. Mit dem Stock in ihrem Maul rennt sie auf mich zu, bleibt wenige Zentimeter vor mir stehen und schüttelt sich ausgiebig das Wasser aus dem Fell.

»Ach, Raja!«, entfährt es mir, und dann muss ich lachen.

»He«, Aska steht vor mir und hebt entschuldigend ihre Hände. »Tut mir wirklich leid, Raja weiß eigentlich genau, dass sie das nicht darf.«

»Alles gut«, sage ich. »Jetzt dufte ich eben nach nassem Hund.« Raja ist nicht so gut erzogen, wie Aska denkt. Sie wird bestimmt nach Strich und Faden verwöhnt.

Aska drückt mich. »Schön, dass es so spontan geklappt hat.«

»Ja, das finde ich auch. Ich war bis eben noch bei meiner Schwester oben im Café. Es hat also ziemlich gut gepasst.«

»Das freut mich! Wollen wir Richtung Hundestrand an der Weissen Düne gehen? Da ist es schöner für Raja.«

»Klar, können wir machen«, sage ich und wuschle der goldfarbenen Hündin durch ihr nasses Fell.

»Und, konntest du dich schon ein bisschen erholen?«, fragt Aska.

»Ja«, sage ich.

»Und was hast du bisher unternommen?«

»Na ja, so lange bin ich ja noch nicht hier. Ich war am Strand, habe ausgiebig gebadet, die Natur genossen … Und eine Ausflugsfahrt zu den Seehundbänken kann ich auch schon von meiner Liste streichen.«

»Du hast eine Liste?«, fragt Aska.

Ich lache. »Nein, für Norderney nicht. Aber wenn ich mir ein neues Reiseziel aussuche, lege ich vorher tatsächlich eine Liste an. Früher waren es sogar PowerPoint-Präsentationen, aber das wurde selbst mir irgendwann zu viel.«

»Ist jetzt nicht dein Ernst.«

»Doch, wenn mehrere Ziele zur Auswahl stehen, kann ich so besser abwägen …«

»Nimm es mir nicht übel, aber das ist echt ein bisschen verrückt«, sagt Aska und lacht.

»Schon okay, ich weiß, dass ich da etwas speziell bin. Ich plane eben gern.«

»Ganz offensichtlich. Was für Listen spielen denn sonst noch so eine Rolle in deinem Leben?«

»Na ja, ich habe eine Vorratsliste für Lebensmittel, eine Reiseliste, eine Liste mit Büchern, die ich gern lesen möchte, und mein ganz persönlicher Favorit: eine Aufstellung aller Bücher in meinem Regal, inklusive Stellplatz und Info, ob es gerade verliehen ist.«

Aska zieht eine Augenbraue hoch. »Etwas speziell?«, fragt sie, und dann lachen wir beide.

»Und du?«, frage ich. »Was hast du in den letzten Tagen unternommen? Du erwähntest, dass du eine gestresste Entspannungstherapeutin bist.«

»In erster Linie ist das der Arbeit geschuldet. Die Insel ist gerade ziemlich voll, wir haben viele Gäste im Hotel. Ich habe die Fortbildung zur Entspannungstherapeutin erst vor einem Jahr gemacht. Eigentlich bin ich gelernte Kosmetikerin. Das neue Angebot wird gut angenommen, kostet mich aber auch viel Energie«, erklärt sie.

»Oh, das kann ich mir gut vorstellen«, sage ich. »Hoffentlich pendelt sich das bald ein wenig ein. Was genau machst du als Entspannungstherapeutin denn so?«

Aska nickt. »Das hoffe ich auch. Im Prinzip helfe ich meinen Kundinnen und Kunden dabei herauszufinden, was ihre Stressoren im Leben sind. Ich zeige ihnen Techniken, um mehr Entspannung im Leben zu finden, und schenke ihnen natürlich auch ein paar ruhige Momente. Das kann in Form von einfachen Massagen, aber auch zum Beispiel von Klangmassagen, Aromatherapien, gemeinsamer Meditation und Traumreisen passieren.«

»Das hört sich wirklich interessant an!«, sage ich. Vielleicht sollte ich mich in Kassel auch mal nach einer Entspannungstherapeutin umschauen.

»Ist es, aber manchmal auch sehr anstrengend. Ich gebe viel Energie in jede einzelne Behandlung.«

Mittlerweile haben wir den belebten Teil des Strandes hinter uns gelassen. Ich bleibe kurz stehen, ziehe meine Sandalen aus und seufze, als ich den warmen Sand unter meinen Fußsohlen spüre. »Wollen wir vielleicht mal eine kurze Pause machen?«

»Klar, warum nicht.«

Wir setzen uns am Saum der Dünen in den Sand. Raja liegt neben uns. Mittlerweile ist sie angeleint. An einer langen quietschgrünen Schleppleine. Einen Moment sitzen wir einfach da und genießen die Stille.

Es fühlt sich nicht so an, als hätte ich Aska gerade erst

kennengelernt. Es ist seltsam vertraut, obwohl wir uns eigentlich völlig fremd sein müssten.

»Sag mal, Aska, hast du schon etwas von der Schatzsuche gehört, die am Samstag stattfinden soll?«

Aska winkt ab. »Hör bloß auf, die ganze Insel ist in Aufruhr.«

»Echt? Ist das so ein großes Ding?«

»Auf jeden Fall. Na ja, mitbekommen hat es zumindest jeder, so etwas gab es auf Norderney noch nie. Wer letztendlich mitmacht, weiß ich natürlich nicht. Aber mein Bruder ist auch schon Feuer und Flamme.«

»Dein Bruder ist auch auf der Insel?«

»Ja, mein Halbbruder, er ist hier geboren, ich habe durchaus auch einen familiären Bezug zu Norderney.«

»Ach, das ist ja spannend!«

»Es geht«, sagt Aska und lächelt zaghaft.

Ich merke, dass ich da nicht weiter nachhaken sollte, und respektiere das kleine Signal. »Hast du eine Idee, was der Preis der Schatzsuche sein könnte?«

»Keine Ahnung, wir haben auch schon gerätselt. Geld würde naheliegen. Aber vielleicht ist es auch eine Immobilie oder etwas ganz anderes, womit niemand rechnet. Lebensverändernd soll es sein.«

»Ja, das kann alles bedeuten.«

Aska nickt. »Oder nichts. Aber wieso interessiert dich das so? Soweit ich weiß, darfst du eh nicht teilnehmen.«

»Ich bin einfach neugierig«, sage ich. Auch wenn ich mich mit Aska sehr wohlfühle, würde ich ihr niemals von den Problemen meiner Schwester erzählen.

Ich zucke zusammen, als Raja plötzlich bellt.

»Ist ja gut«, sagt Aska und steht auf. »Gehen wir noch ein Stück?«

Wir laufen einige Hundert Meter durch den Sand. Immer am Wasser entlang, vorbei an der Weissen Düne, bis wir am Hundestrand ankommen.

»Dann lauf schön!«, sagt Aska. Wie auf Kommando prescht Raja los und zieht die Schleppleine hinter sich her. Auf Norderney herrscht das ganze Jahr über Leinenpflicht. Auch am Hundestrand. Raja findet schnell Freunde, mit denen sie durch das knöcheltiefe Wasser tollt. Ein kleiner Mops, der von seinem Herrchen und Frauchen liebevoll Möp genannt wird, hat es ihr besonders angetan. Das Pärchen steht Arm in Arm am Wasser und beobachtet die beiden Hunde beim Spielen.

Wir gehen auf sie zu. »He«, sagt Aska und lächelt.

»Hallo«, sagt der Mann. Er ist groß, trägt einen vollen Bart. Auf seinem Kopf wiederum wächst nicht mehr so viel Haar. Ich höre sofort, dass er nicht von der Insel kommt.

»Hey«, sagt seine Partnerin und streicht sich eine blonde Haarsträhne aus dem Gesicht.

»Euer Hund hat unserem Möp ganz schön den Kopf verdreht«, sagt der Mann. »Wir sind übrigens Marvin und Melissa.«

»Freut mich, ich bin Liv«, sage ich und reiche den beiden meine Hand.

»Ich bin Aska, und die Kopfverdreherin heißt Raja.«

»Schöner Name!«, sagt Melissa.

Wir stehen noch eine ganze Weile da, erst als Raja und

Möp das Interesse aneinander verlieren, verabschieden wir uns und setzen uns auf ein großes Stück Treibholz, das ziemlich lange im Meer unterwegs gewesen sein muss. Das Wasser hat seine Spuren hinterlassen.

»Aber Liv, sag mal, du bist doch eigentlich auf die Insel gekommen, um dich zu erholen, richtig?«

»Ja, eigentlich schon. Na ja, nicht ausschließlich … Aber im Grunde hast du recht. Wieso fragst du?«

Aska mustert mich kritisch. »Vergiss nicht, das auch zu tun. Wir kennen uns zwar nicht gut, aber was das angeht, erinnerst du mich sehr stark an mich selbst.«

»Mir fällt es schwer, die Balance zu finden«, gebe ich zu.

»Das ist auch nicht leicht, ich verstehe dich sehr gut.«

»Stimmt, im Prinzip bist du ja Expertin.«

»Ja, theoretisch schon. Mir gelingt es auch nicht immer, achtsam zu sein. Es ist wichtig, dass du in dich hineinhörst und herausfindest, was deine Bedürfnisse sind, Liv.«

»Ehrlich gesagt beruhigt mich das ein bisschen. Aber es ist schon verrückt. Meine Sorgen rücken gerade völlig in den Hintergrund«, weil die meiner Schwester so präsent sind, füge ich in Gedanken hinzu. Und wahrscheinlich mache ich wieder mal genau denselben Fehler. Ich nehme mich selbst zurück, stelle meine eigenen Bedürfnisse hintenan. Mein Blick wandert zur grauen weiten Nordsee. Manchmal würde ich einfach gern ein bisschen Verantwortung abgeben. Stattdessen aber lade ich mir immer mehr davon auf.

»Nimm deine Sorgen nicht wieder mit nach Hause«, sagt Aska.

»Ich gebe mir Mühe!«

Kapitel 15

Der Spaziergang mit Aska und Raja hat gutgetan! Schade, dass die beiden hier auf der Insel leben. Die sozialen Kontakte fehlen mir. Ich merke erst hier, dass ich mich in den letzten Jahren viel zu sehr eingeigelt habe. Die Arbeit nimmt so viel Raum in meinem Leben ein, da war kaum Platz für Freunde und Bekannte. Geschweige denn für eine Beziehung. Außerdem gibt es auch nicht mehr viele Freunde. Nina ist noch da, auch wenn wir uns selten sehen, aber sonst … Wenn ich zurück in Kassel bin, sollte ich daran arbeiten. Ich schließe die Tür meiner Ferienwohnung hinter mir, stelle meine Sandalen in die Garderobe, ziehe meine Klamotten aus und gehe geradewegs ins Badezimmer. Eine warme Dusche ist bitter nötig. Ich habe geschwitzt und rieche immer noch nach nassem Hund, das soll sich jetzt ändern. Bevor ich die Duschkabine öffne, stelle ich das Radio an und drehe die Lautstärke auf. Kurz darauf regnet warmes Wasser sanft von der Decke. Ich seufze, als es langsam an meinem Körper herabfließt. Das ist genau das Richtige. Während ich mir die Haare einschäume, schmettert Frank Sinatra »My Way«, und ich singe laut mit. »I dit it, I dit it myyyyy way!« Mit einer guten Singstimme wurde ich leider nicht gesegnet, deshalb beschränkt sich das Spektakel auf Momente, in denen ich ganz mit mir allein bin. Anders als Mama, sie kann unglaublich gut singen. Und macht daraus kein Geheimnis. Früher war sie sogar Teil einer Band. Manchmal hat sie uns zu ihren Auftritten mitgenommen, das war für Jo und mich etwas ganz Besonderes. Ob Jo sich noch daran erinnert? Sie war damals ziemlich jung. Ich drehe das Wasser noch ein bisschen wärmer, meine Haut hat sich mittlerweile an die Temperatur gewöhnt. Menschen, die zum Ende hin kalt duschen, habe ich noch nie verstanden, warum tut man sich das an? Ich bin jedenfalls absolute Warmduscherin und habe auch nicht vor, etwas daran zu ändern. Ich schließe die Augen und genieße noch einen Moment das Wasser, während sich schlagartig Müdigkeit in mir breitmacht.

Ich liege schon im Bett und scrolle durch Instagram, als mein Handy eine eingehende Nachricht ankündigt.

> *Morgen Abend. Laufender Mann mit stehender Frau.*
> *19 Uhr, an der Milchbar.*

Schön. Ich freue mich, antworte ich.

> *Und ich mich erst!*

»Hab Spaß!«, höre ich meine kleine Schwester sagen. Ich hätte niemals gedacht, dass ich mir mal Ratschläge von ihr geben lasse. Wobei Ratschlag vielleicht ein zu großes Wort dafür ist. Aber mit einer Sache hat sie definitiv recht. Ich versuche, das Ganze einfach mal auf mich zukommen zu lassen.

Ich lege mein Handy auf den Nachttisch, gähne herzhaft und strecke mich, bevor ich in einen tiefen Schlaf falle.

Am nächsten Tag liege ich in knappen Shorts auf der Sonnenliege, als meine Schwester plötzlich vor mir steht.

»He«, sagt sie und stellt mit einem lauten Rums eine Permanenttragetasche ab.

»Backzeug?«, frage ich.

Johanna nickt.

»Fangen wir direkt an?«, will ich wissen.

»Bitte! Yve müsste auch schon drüben sein, sie hilft uns.«

»Das ist super!«, sage ich. »Na, dann lass uns mal in die Küche gehen.«

Johanna breitet ihre Backutensilien auf dem Küchentisch aus. Ich sehe Mehl, Butter, Zucker, Nüsse, Eier, die typischen Zutaten. Aber auch verschiedene getrocknete Früchte, Mohnpaste, Zimt und Vanillestangen stellt sie dazu.

»He, ihr zwei«, sagt Yve. Wir haben die Terrassentür offen stehen lassen.

»He, danke, danke, du bist echt ein Schatz!«, sagt Jo und drückt ihre Freundin an sich.

»Ach, nicht dafür. Wir sind schon fleißig. Das wird! Ich gehe auch direkt wieder rüber, wollte nur kurz eine Wasserstandsmeldung durchgeben«, sagt Yve und verschwindet kurz darauf wieder.

»Was backen wir?«, frage ich.

»Yve hat mir ein ganz tolles Plätzchenrezept gegeben,

vielleicht fangen wir damit an? Sie backt drüben mit ihrer Mutter Blechkuchen.«

»Hört sich gut an«, sage ich. »Okay, dann los, was soll ich tun?«

»Wir brauchen Butter, Zucker, Salz, Mehl und ein Ei. Du kannst den Teig für die Heidesandkekse machen.« Sie drückt mir einen Zettel mit einem Rezept in die Hand. »Beim Bräunen der Butter musst du aufpassen, dass sie dir nicht verbrennt. Das geht schnell. Die muss abkühlen, bevor du sie weiterverarbeitest. In der Zeit könntest du einen Meersalzbutterkuchen backen.« Sie strahlt. »Das Rezept habe ich selbst entwickelt, angelehnt an einen französischen Butterkuchen, den ich mal in der Bretagne gegessen habe. Da wir dafür nur Eigelb brauchen, machen wir aus dem Eiweiß Mandelhörnchen.« Sie klatscht in die Hände. »Dann mal los!«

Mittlerweile sieht es recht wüst in meiner Küche aus. Wir sind umgeben von einem Meer aus Zutaten und Backutensilien, die wir für die Zubereitung brauchen. Johanna studiert die Anleitung, die Yve ihr hat zukommen lassen. Dabei spricht sie die geschriebenen Worte beim Lesen leise mit. In ihrem Gesicht klebt Mehl, an ihrem schwarzen Shirt Butter. Ich muss schmunzeln, meine kleine Schwester ist das geborene Chaos, und ich trete heute ziemlich stark aus meiner Komfortzone heraus. System hat hier heute nämlich gar nichts.

»Ist schon ein bisschen verrückt, im Sommer Plätzchen zu backen, oder? Aber ich freue mich schon richtig, sie im Café anzubieten. Ist irgendwie etwas Besonderes.«

Ich nicke. »Ja, finde ich auch. Außerdem halten sich die Heidesandkekse wirklich noch in Grenzen. Du kannst dir nicht vorstellen, was Nina mir letztens mitgebracht hat.«

»Was denn?«, fragt Jo, während sie eine Vanilleschote auskratzt.

»Sommerlebkuchen«, antworte ich.

»Okay, das geht mir zu weit«, sagt sie und lacht.

»Sie waren echt lecker. Weißt du, was wir eigentlich auch noch machen könnten?«

»Was denn?«

»Omas Sandkuchen. Den trockenen, mit Schokoüberzug. Der hält sich ewig und schmeckt zu einer Tasse Kaffee fantastisch.«

»Stimmt, das ist eine sehr gute Idee. Hast du das Rezept?«

»Nein, aber das finde ich heraus. Und was auch immer geht: Waffeln. Die dicken belgischen, die wir früher immer auf Vorrat gebacken und dann eingefroren haben. Die mochtest du doch so gern, oder?«

»Oh ja! Den Teig könnte ich einfach frisch im Kühlschrank stehen lassen.«

»Ganz genau!«

»Erinnerst du dich noch an unsere Backabende mit Mama?«, frage ich, während die erste Ladung Plätzchen im Ofen goldgelb backt.

»Klar, wenn sie mal da war, hat sie ja schon schöne Sachen mit uns gemacht. Ich weiß noch das eine Mal, als wir Zimtschnecken backen wollten und der Hefeteig nicht gelungen ist.«

»Ja, dreimal hintereinander! Wenn wir ehrlich sind,

konnte Mama noch nie besonders gut backen. Ich frage mich, von wem du das hast.«

»Das habe ich von Oma gelernt.«

Mittlerweile ist es nach siebzehn Uhr. Jo und ich sitzen mit einer kühlen Weinschorle auf der Terrasse und halten unsere Nasenspitzen in die Sonne. Yve ist bereits nach Hause gefahren.

»Das tut gut!«, sage ich und trinke einen Schluck.

»Supergut, und das haben wir uns jetzt auch verdient! Wahnsinn, dass wir alles geschafft haben, damit habe ich wirklich nicht gerechnet.«

»Ja, wir waren echt fleißig.«

»Und wie! Yve und ihre Mutter haben auch viel geschafft. Ich weiß gar nicht, wie ich euch danken soll. Morgen kann ich das Café endlich wieder öffnen.«

»Ich bin deine Schwester, ich helfe dir immer!«, sage ich.

»Ich weiß, danke, Liv.«

»Aber wie willst du das Café eigentlich öffnen, wir wollen doch an der Schatzsuche teilnehmen.«

»Yve übernimmt für mich.«

»Das ist aber lieb. Yve ist wirklich eine gute Freundin«, sage ich.

»Ja, das stimmt, ich bin froh, sie zu haben.«

»Ja, das glaube ich dir! Ich habe heute Abend übrigens ein Date«, werfe ich ein.

»Was?« Plötzlich sind Johannas Augen hellwach. »Und das erwähnst du so nebenbei?«

»Wir treffen uns um neunzehn Uhr.«

»Und bist du schon aufgeregt?«

»Ein bisschen«, gebe ich zu.

»Wie lange bist du jetzt schon Single?«

»Sechs Jahre«, sage ich und kann es selbst kaum fassen, als ich es ausspreche. »Abgesehen von ein paar kurzen Beziehungen, die sich relativ schnell wieder erledigt haben. Ich finde, alles, was unter drei Monaten liegt, zählt nicht.«

»Gab es denn jemanden, dem du nachtrauerst? Oder hast du es immer beendet?«

»Ehrlich gesagt hat kein Mann richtiges Interesse in mir geweckt. Und du? Was ist denn mit dir, Jo?«

»Was meinst du?«, fragt sie.

»Na, was ist mit dir und der Männerwelt? Gibt es gerade jemanden in deinem Leben?«

»Nein, vor einem halben Jahr war da jemand, aber er hat die Insel verlassen. Verrückt, oder? Ich hatte mich ausgerechnet in den Kerl verliebt, der beschlossen hatte, Norderney den Rücken zu kehren.«

»Das tut mir leid«, sage ich.

»Quatsch, braucht es nicht. Er ist gegangen, bevor es richtig ernst wurde. Das hat es mir leicht gemacht.«

»Verstehe«, sage ich und nicke. Johanna und ich, wir hatten bisher beide wenig Glück mit unseren Partnerschaften. »Wir werden sicher irgendwann den richtigen Partner für uns finden.«

»Oder Partnerin«, fügt Johanna hinzu.

»Ja, oder Partnerin.«

»Um neunzehn Uhr musst du da sein?«

»Genau.«

»Und weißt du auch schon, was du anziehen möchtest?«

»Ganz ehrlich, darüber habe ich mir noch überhaupt keine Gedanken gemacht«, sage ich und lache.

»Gut, dann helfe ich dir jetzt. So kann ich mich wenigstens ein bisschen revanchieren.«

Kapitel 16

Ich stelle mein Rad in einem der Fahrradständer nahe der Milchbar ab und schaue an mir herunter. Jo hat gute Arbeit geleistet, in ihrer Teenagerzeit hat sie eine Affinität für Mode entwickelt, ich hingegen habe mich nie wirklich dafür interessiert. Natürlich ist auch mir ein gepflegtes Äußeres wichtig, aber von Farben und Schnitten habe ich absolut keine Ahnung. Meine hellblauen Jeans passen nun perfekt zu meinen cremefarbenen Sandalen und dem weißen Top, das ich trage. Am unteren Saum hat es verspielte Spitzenelemente. Um die Hüfte gebunden trage ich eine graue Strickjacke. Meine Haare haben wir zu einem hohen Dutt zusammengebunden, aus dem ein paar lockere Strähnen fallen. Dazu trage ich Creolen, die mir meine Oma mal zum Geburtstag geschenkt hat. Ich fühle mich wohl in dem Outfit. Auf dem Weg zur Milchbar kommt mir eine Gruppe junger Frauen entgegen. Sie scheinen bereits angeheitert zu sein und ziehen gut gelaunt an mir vorbei. Ich bleibe kurz stehen und schaue ihnen nach. Irgendwann muss ich unbedingt noch einmal gemeinsam mit Nina Urlaub auf Norderney machen. Ihr würde es hier genauso gut gefallen wie mir. Landschaftlich ist die Insel einfach schön, die Menschen sind viel gelassener als in der Stadt, und wenn man will, kann man auch hier das Nachtleben genießen. Man behauptet zwar immer, die Ostfriesen seien ein wenig verschlossen und wortkarg, aber im Gegensatz zu den stoffeligen Nordhessen ist das hier eine geradezu sprudelnde Mentalität. Ich spüre mein Handy in meiner Hosentasche vibrieren. Es ist Nina. Ich habe ihr vor zehn Minuten geschrieben, dass ich heute ein Date mit einem Insulaner habe, und jetzt wird sie wahrscheinlich gerade verrückt vor Neugierde. Damit hätte ich definitiv rechnen müssen.

Was? Liv! Wie heißt er? Was macht er? Und wie sieht er aus? Hast du ein Foto?

Ich muss schmunzeln und schaue auf die Uhr. Zehn vor. Ich beschließe, Nina kurz anzurufen, um sie nicht noch länger zu quälen. Kaum klingelt es, nimmt sie auch schon ab.

»Na?«, sagt sie in einem verschwörerischen Ton.

»Na!«

»Erzähl!«

»Na ja, ehrlich gesagt gibt es noch gar nicht viel zu erzählen. Außer, dass er Keno heißt und Kapitän ist.«

»Uh, ein Kapitän! Das ist ja irre! Und wie habt ihr euch kennengelernt?«

»Ich habe doch die Ausflugsfahrt zu den Seehundbänken gemacht«, sage ich, pausiere kurz und füge »auf seinem Schiff« hinzu.

»Liv! Das ist filmreif!«, sagt Nina und lacht. »Aber das ist halt so. Es passiert immer dann, wenn man überhaupt nicht damit rechnet. Oder besser, wenn man absolut keine Lust darauf hat.«

»Damit gerechnet habe ich wirklich nicht. Aber ich bin auch nicht abgeneigt.«

»Das ist gut! Und wie sieht er aus?«

»Er ist dunkelblond, groß und hat breite Schultern. Ein bisschen wie ein ostfriesischer Wikinger.«

»Ach, komm!«

»Ist wirklich so!«, jetzt muss auch ich lachen. »Aber Nina, wir müssen unsere Unterhaltung später fortführen, da vorne steht er nämlich«, sage ich und winke Keno zu. Er steht vor der Milchbar und winkt zurück, als er mich entdeckt.

»Ist gut, aber melde dich später mal, wenn du zu Hause bist. Und, Liv?«

»Ja?«

»Tu nichts, was ich nicht auch tun würde, und schick mir ein Foto von ihm«, sagt Nina, lacht und legt auf.

Ist klar, denke ich und stecke mein Handy weg. Es ist nur ein Abendessen, und alle verhalten sich, als hätte ich ein Blind Date mit meinem zukünftigen Ehemann, mich eingeschlossen.

Keno sieht gut aus. Er trägt ein dunkelblaues Hemd und Jeans. Ich straffe die Schultern ein wenig und gehe auf ihn zu. »He!«

»He, schön, dass es geklappt hat!«, sagt Keno und drückt mich an sich.

Er riecht nach herbem Holz mit einer frischen Zitrusnote. Ich löse mich sanft von ihm, obwohl ich gern noch ein bisschen mehr von dem Geruch hätte. »Das finde ich auch. Aber wollen wir wirklich in die Milchbar gehen? Es sieht ganz schön voll aus.«

Ich liebe die Milchbar für ihren unsagbar guten Milchreis und den aromatischen Kaffee, aber auf der Holzterrasse tummeln sich die Menschen in Scharen. Sie essen, trinken und lachen, haben Spaß, und das ist toll. Aber wirklich unterhalten kann man sich bei der Lautstärke sicher nicht. Untermalt wird das Ganze von elektronischer Musik, die ein DJ zum Besten gibt.

»Keine Angst, hier ist nur unser Treffpunkt«, sagt Keno. »Was hältst du von einem Abendessen am Strand?«

»Klingt gut!«, antworte ich.

»Dann warte kurz hier.« Ich schaue Keno nach. Er betritt die Holzterrasse und geht auf eine der Kellnerinnen zu. Als sie sich umdreht, sehe ich auch, wer sie ist. Antje vom Schiff, na super. Er verabredet sich mit mir vor dem Restaurant, in dem anscheinend seine Ex arbeitet. Die beiden sprechen miteinander, dann folgt er ihr in die Milchbar. Das kann doch nicht sein Ernst sein. Schlagartig rutscht meine Laune in den Keller. Kurz denke ich darüber nach, einfach wieder abzuhauen. Ich hätte auf mein erstes Gefühl hören sollen, die Verabredung war eine Schnapsidee, aber ich musste mich ja von Johanna bequatschen lassen. Ich habe keine Zeit für Männer, die so ein Drama verursachen, dafür ist Zeit zu kostbar. Das habe ich im Krankenhaus schon unzählige Male schmerzhaft erfahren müssen. Johannas Worte tanzen durch meine Gedanken. Ich muss ihn nicht heiraten, vielleicht haben wir einfach einen netten Abend miteinander. Ich beschließe, auf

Keno zu warten und dem Ganzen noch eine Chance zu geben.

Ein paar Minuten später kommt er zurück. Über seiner Schulter liegt eine rotkarierte Decke, mit der rechten Hand trägt er einen Picknickkorb.

»Darf ich bitten?«, fragt er und hält mir seinen anderen Arm so hin, dass ich mich bei ihm einhaken kann.

Ich schiele nach oben und sehe Antje, die uns beobachtet. Will er sie eifersüchtig machen mit mir? Auf die Erklärung bin ich gespannt! »Aber gern doch«, sage ich und hake mich bei ihm ein.

Unterhalb der Milchbar nehmen wir die Treppe zum Strand und legen die Decke in den Sand. Keno stellt den Picknickkorb an den Rand, und dann setzen wir uns beide so, dass wir aufs Meer blicken können.

»Ich hoffe, du hast Hunger mitgebracht«, sagt er und klappt den Korb auf.

»Und wie, ich habe ein riesiges Loch im Bauch.«

Keno zaubert neben einer Flasche Weißwein und zwei Flaschen Limonade eine Köstlichkeit nach der anderen aus dem Picknickkorb. Rosmarinkartoffeln, verschiedene Dips, kalter mediterraner Nudelsalat mit Pesto, Tomate und Mozzarella mit Balsamico-Creme, Falafel und ein rustikales Baguette.

»Das sieht unglaublich gut aus!«, sage ich.

»Ist was für dich dabei? Ich wusste nicht, ob du vielleicht vegetarisch isst.«

»So ist es perfekt, danke!«

Keno schenkt uns ein Glas Wein ein, und dann stoßen wir an. »Auf einen schönen Abend.«

»Ja, auf einen schönen Abend.«

Das warme Licht verrät mir, dass die Sonne sich langsam dem Horizont zuneigt. Ich reibe mit meinen Händen über meine Arme, es fröstelt mich ein wenig. In der Milchbar hinter uns wird die Musik aufgedreht, sie wummert leise zu uns herüber.

»Ist dir kalt?«, fragt Keno. »Du kannst meine Jacke haben.«

»Ist schon gut, danke, ich habe auch eine«, sage ich, löse den Knoten meiner Jacke und ziehe sie über, während Keno uns die letzten Schlucke Wein einschenkt. »Das Essen war übrigens großartig.« Ich schaue hinter mir zur Milchbar. »Arbeitet Antje dort? Ich dachte, sie macht mit dir die Seehundfahrten.«

»Davon allein kann Antje nicht leben«, erklärt Keno. »Viele hier auf der Insel haben mehr als einen Job. Manche fahren hin und wieder Taxi, kellnern, putzen … Aber erzähl lieber mal was von dir. Wo kommst du her?«

Themawechsel, er will also nicht über seine Ex sprechen.

»Aus Kassel, wie Johanna«, erkläre ich. »Nur, dass ich es bisher noch nicht von dort weggeschafft habe.«

»Du möchtest weg aus Kassel? Ich könnte dir eine wunderschöne Insel mitten in der Nordsee empfehlen«, sagt Keno. Viele kleine Lachfalten umspielen seine Augen, während sich ein leichtes Schmunzeln auf seine Lippen legt.

»Ich weiß nicht, vielleicht möchte ich wirklich mal weg aus Kassel. Norderney ist auf jeden Fall schön, ich verstehe, warum Jo hergekommen ist. Aber ob es auch meine Insel ist …«

»Vielleicht wird sie es ja.«

»Das könnte sein, aber aktuell bin ich noch fest in Kassel verankert. Ich habe meinen Job, meine Wohnung.«

»Was machst du denn?«

»Ich bin Intensivkrankenschwester.«

»Wow! Du hast meinen vollen Respekt, ich bewundere dich sehr dafür.«

»Vielen Dank!«, sage ich. »Ich liebe meinen Job, aber es ist nicht immer einfach. Na ja, welcher Beruf ist das schon. Es gibt bestimmt auch Dinge, mit denen du zu kämpfen hast.«

»Die gibt es ganz sicher«, sagt Keno. »Aber im Großen und Ganzen bin ich sehr zufrieden, und das ist letztendlich doch auch das, was zählt, oder?«

Im Großen und Ganzen zufrieden – das hört sich für mich nicht nach dem großen Glück an. »Was würdest du lieber tun? Also, gibt es einen Traum, den du dir wirklich gern erfüllen würdest?«, frage ich ihn.

Einen Moment ist Keno still. Sein Blick wandert zur Nordsee, bevor er wieder mich anschaut. »Das ist wirklich eine gute Frage.«

»Ja«, sage ich und nippe an meinem Weinglas.

»Wenn ich könnte, würde ich meine alte Aurora richtig aufpolieren, sie hochseefest machen und in wärmere Gefilde aufbrechen. Vielleicht in Richtung Atlantik, nach Madeira zum Beispiel.«

»Das klingt spannend.«

»Und was ist dein Traum?«

»Ilulissat«, antworte ich spontan. »Natürlich nicht für immer. Den großen, den einen Traum habe ich noch nicht.«

»Klingt gut«, sagte er. Und dann grinst er und fragt: »Was oder wo ist Ilulissat, wenn ich fragen darf?«

»Ein Eisfjord in Grönland«, antworte ich.

»Brrr!« Er schüttelt sich. »Nichts für mich. Und auch nicht für die Aurora. Sie würde im Eis stecken bleiben.«

Wir sitzen noch eine ganze Weile da, bis auch die letzten Reste des Picknicks verputzt sind und der Wein ausgetrunken ist. Ich strecke mich und gähne herzhaft. Es ist mittlerweile kurz nach zehn. Morgen muss ich fit sein. »Nimm es mir nicht übel, aber ich muss so langsam aufbrechen.«

»War der Abend so schlimm?«, fragt Keno.

»Im Gegenteil, aber ich bin morgen früh mit meiner Schwester verabredet.«

»Okay, das verstehe ich natürlich. Komm, dann lass uns gehen.«

Wir packen die leeren Schüsseln und Teller zurück in den Picknickkorb und nehmen die Treppe rauf zur Milchbar. Die Musik wird immer lauter, angetrunkene Menschen kommen uns entgegen, und auch ich merke so langsam den Wein. Ich bin leicht beschwipst. Nina würde jetzt meckern, ich habe mal wieder vergessen, genug Wasser zum Alkohol zu trinken. Das predigt sie mir schon seit unserer Jugend.

»Ich bringe dich«, sagt Keno.

»Das ist nett, aber ich schaffe das schon.« Ich hocke vor meinem Fahrrad, stecke den Schlüssel in das Speichenschloss und sehe zu, wie es mit Schwung nach oben springt. »Es ist nicht weit«, sage ich.

Keno hält mir die Hand hin und zieht mich hoch. »Sei nicht unvernünftig. Du bist definitiv nicht nüchtern, und mit deinem Fahrradlicht sieht es auch nicht so gut aus, oder? Ich beiße schon nicht, keine Sorge.«

Schade, ein bisschen knabbern wäre nicht schlecht, liegt es mir auf der Zunge. Aber ich verkneife es mir. Da möchte der Alkohol aus mir sprechen. Was das Licht betrifft, hat er allerdings recht. Mist, Johanna wollte mir da doch aushelfen. »Du hast ja recht, ich würde mich freuen, wenn du mich begleitest. Die Sache mit dem Licht muss ich unbedingt beheben.«

Wir schieben unsere Räder durch die Stadt, als uns zwei in Hoodies gehüllte Teenager entgegenkommen. Sie lachen, sehen gelöst aus. Ich schaue ihnen kurz hinterher. Irgendwie kommen die mir bekannt vor.

»Der Parkplatz!«, entfährt es mir.

»Was?«, fragt Keno und schaut mich schräg an.

»Die beiden Teenies eben«, sage ich und zeige auf sie. »Ich kenne sie vom Parkplatz und der Fähre. Da sahen sie allerdings noch ganz anders aus. Traurig und schlecht gelaunt.«

»Na, dann hat der Inselzauber bei ihnen gewirkt«, sagt Keno.

Und genau in dem Moment merke ich, dass der Inselzauber auch bei mir bereits gewirkt hat. Auch ich fühle mich heute Abend irgendwie … gelöst. »Sag mal, hast du eigentlich schon mal eine längere Fahrt auf einem Schiff gemacht?«, frage ich Keno.

»Ja«, sagt er. »Einen Segeltörn um die Kanaren.«

Ich schaue Keno von der Seite an, er sieht stolz aus, als er das sagt, aber kein bisschen protzig oder eitel.

»Das heißt, wie lange warst du unterwegs?«

»Vierzehn Tage, aber wir haben zwischendurch an den einzelnen Inseln haltgemacht. Das war ein ganz tolles Erlebnis.«

»Mit wem hast du den Törn gemacht?«

»Mit meinem Vater und zwei seiner Freunde«, erzählt er. »Ich war neunzehn, kann mich aber noch daran erinnern, als wäre es gestern gewesen.«

»Das scheint ein prägendes Erlebnis für dich gewesen zu sein.«

Keno nickt. »Was hat dich geprägt?«

»Die Urlaube auf Norderney mit meinen Großeltern. Eigentlich waren es generell meine Großeltern. Von ihnen haben Jo und ich viel gelernt.«

»Verstehe, ihr verbindet die Insel mit ihnen. Deswegen lebt deine Schwester jetzt hier. Und du machst hier Urlaub?«

Ich bleibe einen Moment stehen. »Du kannst dir nicht vorstellen, wie gut es tut, wieder hier zu sein.« Wir gehen weiter. Und ich erzähle. »Mir ist in Kassel alles über den Kopf gewachsen. Die Arbeit, und dann kam auch noch meine Mutter und wollte bei mir wohnen …«

Keno hört interessiert zu und unterbricht mich kein einziges Mal. Ich erzähle ihm die ganze Geschichte, angefangen von meiner Arbeit, von Sarah, den letzten Jahren, in denen ich mich zu wenig um mich selbst gekümmert habe. Ich bin so vertieft, dass ich nicht mitbekomme, dass wir schon bald an meiner Ferienunterkunft ankommen. »Meine Mutter hat mich letztendlich davon überzeugt hierherzukommen, um Urlaub zu machen«, beende ich meine Ausführungen. Und dann füge ich noch hinzu: »Ich weiß gar nicht, warum ich dir das alles erzähle.«

Keno lächelt. »Ganz einfach, weil ich dich danach gefragt habe.«

Vor meinem Bungalow bleiben wir stehen.

»Ich würde dich sehr gern wiedersehen«, sagt Keno.

Mein Herz schlägt einen kleinen Purzelbaum. »Ich dich auch«, sage ich.

Kapitel 17

Es ist acht Uhr, als mein Wecker mich aus dem Schlaf reißt. In drei Stunden müssen Jo und ich am Conversationshaus sein. Wahrscheinlich ist sie gegen halb elf hier. Das bedeutet, dass ich zweieinhalb Stunden für mich habe. Perfekt, alles entspannt, ich habe genug Zeit für mein Ritual.

Im Schneidersitz setze ich mich auf eine der Sonnenliegen und trinke einen Schluck. Ich spüre den warmen Kaffee, ganz langsam läuft er durch meinen Körper, wärmt mich von innen. In der Ferne ruft ein Fasan. Was für ein Unterschied zum ständigen Geräuschpegel auf der Intensivstation und dem Lärm der Stadt. Auch wenn meine Wohnung in Kassel in einer ruhigen Gegend liegt, ist es hier doch etwas anderes. Aber ob Norderney auch meine Insel werden könnte, so wie Johannas und Kenos? »Vielleicht wird sie das«, höre ich Keno in meinen Gedanken sagen. Der Abend war schön, viel zu gern hätte ich noch länger mit ihm am Strand gesessen. Aber die Sache mit Antje hallt unangenehm nach. Er ist ausgewichen, als ich ihn darauf angesprochen habe, und das lässt bei mir alle Alarmglocken läuten. Auch wenn Keno und der

Wein mir gestern die Gedanken aus dem Kopf getrieben haben … Plötzlich fällt mir Nina ein. Ich hatte ihr versprochen, mich bei ihr zu melden, wenn ich zu Hause bin. Mist! Sie hat sich bestimmt Sorgen gemacht. Schnell hole ich mein Handy. Fünf Nachrichten, das habe ich mir schon fast gedacht. Ich öffne die App, vier der Nachrichten sind von Nina, die sich tatsächlich um mich gesorgt hat.

Ich hoffe, du hast viel Spaß – ich denke an dich!

Halb elf, und ich denke noch immer an dich.

Elf – heute wieder Nachtschicht. Melde dich, egal, wann!

Halb zwei, ich geh jetzt schlafen und hoffe, dass du eine wundervolle Nacht verbringst – mit K.? Dann verzeihe ich dir, dass du dich bisher nicht gemeldet hast und ich mir Sorgen mache. Knutsch, Nina.

Guten Morgen, sorry, ich bin gegen elf ins Bett gefallen. Allein!, antworte ich.
Wir wollen uns wiedersehen, aber ich bin unsicher. Foto kommt – sobald ich eins habe. Nicht böse sein, ich hole hier gerade den Schlaf nach, der mir in den letzten Monaten gefehlt hat. Hab dich lieb! Liv

Dahinter setze ich ein Emoji mit Kussmund.

Früher haben Nina und ich uns häufig am Telefon nach

Hause begleitet. Wenn Nina unterwegs war, wusste ich, dass irgendwann in der Nacht mein Handy klingeln wird. Dann habe ich sie bis zur Haustür begleitet, mir ihre wilden Partygeschichten angehört und auch den einen oder anderen sentimentalen Moment meiner Freundin erlebt. Andersherum genauso. Wenn wir zusammen weg waren, hat sich die Sache einfacher gestaltet, dann haben wir beieinander übernachtet. Das war eine schöne Zeit, aber auch anstrengend. Damals dachte ich, dass ich mit dreißig bodenständig sein würde. Ich war davon überzeugt, dass alles geregelt ist, ich verheiratet bin, ein Haus habe, einen Hund und mindestens zwei Kinder. Und jetzt? Das Traumschloss von damals existiert nicht mehr.

Ich öffne die Nachricht meiner Schwester und muss schmunzeln.

Liv, ich wollte dich nur daran erinnern, dass ich um zwanzig vor elf da bin, bist du schon wach? Und wenn ja, wo bist du wach? Im Bungalow? Wo soll ich dich abholen?

Dahinter hat sie ein zwinkerndes Emoji gesetzt.

Was denken die nur alle von mir? Erst Nina, jetzt Jo.

Bin wach – im Bungalow. Hatte schon Kaffee und genieße die Ruhe. Bis gleich!, antworte ich und gehe ins Badezimmer. Jo scheint die Schatzsuche wichtiger zu sein, als sie es durchblicken ließ. Warum sollte sie sonst überprüfen, ob ich noch schlafe?

Ein wohliger Seufzer entfährt mir, als das warme Wasser über meine Schultern läuft. Gänsehaut macht sich auf meinem Körper breit. Ich schaue an mir herunter. Überall stellen sich die kleinen feinen Härchen auf. Eine Glücksreaktion der Haut. Sie mag das Wasser warm. Immer. Auch, wenn draußen die Sonne scheint.

Es ist kurz vor halb elf, als ich zum Schuppen gehe, um mein Fahrrad herauszuholen. Jo kann ich bereits in der Ferne erkennen. Sie tritt kräftig in die Pedale und fährt in einem Affenzahn auf mich zu.

»He, Liv!«

»He«, sage ich, während ich den Schuppen wieder schließe. Jo sieht sportlich aus. Sie trägt knielange Leggings, dazu ein einfaches T-Shirt und Sneaker. Auf dem Rücken hat sie einen Rucksack, an dem zwei Schaufeln befestigt sind. Ich habe mich für Dreiviertel-Jeans und ein schwarzes Top entschieden.

»Sind wir gut ausgestattet?«, frage ich und deute auf die Schaufeln.

»Ja!«, sagt Jo. »Bist du bereit?«

»Klar!«, sage ich und schwinge mich auf mein Rad.

Wir fahren die Nordhelmstraße entlang, bis wir auf die Tannenstraße abbiegen. Dann geht es ein ganzes Stück geradeaus. Wir radeln auf unserem Weg an etlichen Ferienwohnungen und Wohnhäusern vorbei. Die Sonne scheint. Die Urlauber ziehen bewaffnet mit Wasserspielzeug und Sonnenschirmen in Richtung der Strände.

»Meinst du, es machen viele Leute mit?«, rufe ich meiner Schwester zu.

»Keine Ahnung, aber ich wüsste nicht, warum das nicht

der Fall sein sollte. Das Event ist ein riesiges Ding, also ja, ich glaube schon. Aber das werden wir sicher gleich sehen.«

In der Stadt angekommen, steigen wir von unseren Rädern ab und schieben sie durch die Norderneyer Fußgängerzone. Dabei fällt mir auf, dass ich bis auf gestern Abend, als Keno mich nach Hause gebracht hat, noch gar nicht hier war. Das muss ich unbedingt ändern, ich möchte so gern die neue Buchhandlung sehen. Wir laufen auf den Kurplatz zu. Schon von Weitem kann ich eine Menschentraube erkennen, die sich vor der Konzertmuschel neben dem Conversationshaus versammelt hat. Halb Norderney scheint hier zu sein.

Liv zeigt auf den Bürgermeister und die Meute, die ihn umschwärmt. »Sag ich doch, es ist verdammt viel los.«

Wir stellen unsere Räder in einem Fahrradständer nahe des Conversationshauses ab und schließen uns den Leuten an. Es ist kurz vor elf. Es müsste gleich losgehen. Jo und ich setzen uns auf zwei freie Stühle und schauen uns um.

Rechts neben mir sitzen zwei ältere Herren. Sie schauen recht finster in Richtung der Bühne. Ihre Arme haben sie vor der Brust verschränkt. »Lauter Fremdskiet hier«, brummt einer von ihnen, und der andere nickt, ohne auch nur eine Miene zu verziehen.

Zwei Reihen vor uns sitzt eine Frau, deren Statur und Haltung mir sehr bekannt vorkommen. »Guck mal, könnte das da vorne Aska sein?«, frage ich und deute unauffällig auf sie.

»Ja, das müsste Aska sein, die Kosmetikerin aus der Georgshöhe.«

Ich nicke.

»Sie ist übrigens gut mit deinem Kapitän befreundet. Und er sitzt vorne, in der zweiten Reihe, hast du ihn schon entdeckt?«

»Tatsächlich! Keno nimmt also auch teil. Bei Aska wundert es mich ehrlich gesagt ein bisschen. Sie meinte, dass ihr Bruder so scharf darauf wäre. Sie hat aber nicht erwähnt, dass sie auch teilnimmt.«

Jo lacht. »Dass Bene mitmacht, war klar. Der Typ ist quasi immer pleite und erfindet sich ständig neu. Neulich wollte er Künstler werden und Bilder aus Sand und Muscheln herstellen, dann wollte er den hundertsten Fahrradverleih auf Ney eröffnen, und als er auf die Insel kam, hatte er die Innovation der norddeutschen Küche im Gepäck. Glaubte er zumindest.«

Ich muss grinsen. »Klingt nach einem sehr abwechslungsreichen Leben. Aber ist doch auch schön, dass er an seinen Zielen arbeitet.«

Plötzlich ertönt ein lautes Räuspern. Der Bürgermeister betritt die Bühne. Jan Frerichs ist schon eine Erscheinung, er hat Ausstrahlung, das muss man ihm lassen. Er trägt einen dunkelblauen Anzug, sein blondes Haar ist sauber frisiert, ein Bürgermeister, wie er im Buche steht. Aber er hat unfassbar viel Charme, mit dem er die Leute sofort in seinen Bann zieht. Seine Rolle ist ihm wie auf den Leib geschneidert.

»Moin, liebe Norderneyer«, sagt er, augenblicklich wird es mucksmäuschenstill. »Schön, dass ihr so zahlreich erschienen seid. Wie ihr wahrscheinlich alle wisst, beginnt heute die erste große Schatzsuche auf unserer wunderschönen Insel. Und für alle, die sich verirrt haben und spontan hier gestrandet sind: Auf der Insel wurde ein lebensverändernder Schatz versteckt, den es zu finden gilt. Es wurden zwanzig Teilnahmen im Conversationshaus gemeldet, teilweise als Team, teilweise solo oder im Duo. Sollte sich noch jemand zur Teilnahme entscheiden, besteht im Anschluss an meine Rede die Möglichkeit, dies zu tun. Aber nun das Wichtigste: der Ablauf und die Regeln. Die Schatzsuche startet unmittelbar nach meiner Rede. Aus jedem Team geht bitte eine Person ins Conversationshaus. Dort wurden fünf Schalter aufgebaut, hinter denen nette Mitarbeiterinnen und Mitarbeiter mit dem ersten Rätsel auf euch warten. Es wird euch zu einem Ort führen, an dem ihr etwas findet. Übermorgen früh um elf Uhr können die nächsten Rätsel hier im Conversationshaus entgegengenommen werden. Ihr habt also den Tag heute und morgen Zeit, um Aufgabe Nummer eins zu lösen. Am Montag bekommt ihr den nächsten Hinweis, vorausgesetzt natürlich, dass das erste Rätsel gelöst wurde. Solltet ihr alle Aufgaben lösen, erwartet euch am Mittwoch der finale Hinweis auf den Standort des Schatzes. Und nun wünsche ich euch viel Glück. Auf die Schatzsuche, fertig los!«

Die Leute applaudieren. Herr Frerichs nickt freundlich, während ein paar Männer und Frauen in Richtung Conversationshaus stürmen. Darunter Aska und meine Schwester.

»Na, schöne Frau!«, höre ich da eine mir vertraute Stimme.

Da, wo gerade noch meine Schwester saß, sitzt plötzlich Keno und lächelt mich an. Im Tumult habe ich nicht mitbekommen, dass ich einen neuen Sitznachbarn habe. »He!« Mir wäre es lieber gewesen, jetzt nicht auf Keno zu treffen. Ich weiß immer noch nicht, was ich von der Sache mit Antje halten soll.

»Das ist also die Sache, die du heute mit deiner Schwester vorhattest«, sagt er.

»Ja.« Ich deute auf seinen Rucksack, aus dem eine Schaufel ragt. »Und du anscheinend auch.«

Keno nickt. »Du weißt ja, der Segeltörn … Außerdem braucht Aurora dringend ein bisschen Zuwendung, sonst macht die Klassifikationsgesellschaft mir bald einen Strich durch die Ausflugsfahrten.«

»Klassifikationsgesellschaft?«, frage ich.

»Eine Art TÜV für Schiffe, alle paar Jahre wird Aurora genau unter die Lupe genommen, beim letzten Mal war es schon haarscharf. Ich muss das Boot auf Vordermann bringen.«

Ich schaue zum Conversationshaus. »Du hoffst also auch auf einen Geldschatz?«

»Ich habe da so was munkeln hören. Ja. Ich denke schon, dass es sich lohnen wird.«

»Dann wünsche ich dir viel Glück«, sage ich und grinse. »Falls wir ihn nicht finden, sollst du ihn finden.«

»Danke!«, sagt er. »Das Gleiche gilt natürlich auch für euch.« Er steht auf. »Dann hole ich mal die Unterlagen. Wann sehen wir uns wieder?«

»Morgen vielleicht?«, schlage ich vor. »Aber ich fände es gut, wenn wir uns nicht wieder vor den Augen deiner Ex-Freundin treffen würden«, sage ich und bereue es kurz darauf. War das übergriffig? Ich meine, ich kenne die beiden und deren Beziehung zueinander nicht. Auf der anderen Seite sollte ich mich auch nicht schlecht damit fühlen, meine Bedürfnisse zu kommunizieren.

»Nach der Bootstour. Gegen eins. Ich hole dich ab. Mit dem Rad. Pack Badesachen ein. Aber nur, wenn du den Eifersuchtskram zu Hause lässt, darauf habe ich nämlich überhaupt keinen Bock.«

Mit den Worten lässt Keno mich stehen. Das hat gesessen. Einen Moment schaue ich ihm sprachlos nach.

Es dauert gut zehn Minuten, bis Johanna endlich aus dem Conversationshaus kommt. In schnellen Schritten läuft sie auf mich zu und lässt sich auf den Stuhl rechts neben mir fallen.

»Liv, da drin war die Hölle los. Manche Teams haben richtig die Ellenbogen ausgefahren, um so schnell wie möglich an das Rätsel zu kommen«, erzählt sie und holt einen goldenen Briefumschlag aus ihrer Jackentasche. »Ich wollte ihn mit dir gemeinsam öffnen.«

»Mach auf!«

Vorsichtig löst Jo den Kleber. In dem Umschlag befinden sich zwei Blatt Papier. Auf der ersten Seite steht noch einmal das Regelwerk geschrieben. Außerdem eine Übersicht über den zeitlichen Ablauf:

Samstag: Eröffnung der Schatzsuche um 11 Uhr
Sonntag: Lösen des ersten Rätsels
Montag: Übergabe des zweiten Rätsels um 11 Uhr
Dienstag: Übergabe des dritten Rätsels um 11 Uhr

Mittwoch: Übergabe des finalen Rätsels um 11 Uhr Siegerehrung um 20 Uhr

Auf der zweiten Seite:

Rätsel 1

Finde den Ort, an dem Feuer und Wasser eins werden. Aber Vorsicht, sei nicht zu hastig, sonst verletzt du dich.

4 863

Kapitel 18

Jo faltet den Brief zusammen und schaut mich mit großen Augen an. Das Fragezeichen steht ihr geradezu auf die Stirn geschrieben. »Und?«

»Ich habe keine Ahnung!«

»Das muss wahrscheinlich auch so sein, sonst wäre es kein richtiges Rätsel. Aber wir bekommen es schon gelöst. Wir haben ja Zeit …«

Jo nickt. »Wollen wir uns vielleicht irgendwo ein Getränk und eine Kleinigkeit zu essen organisieren? Mein Hirn braucht Futter.«

»Gern, was ist mit dem Laden da vorn?«, frage ich und zeige auf ein Lokal direkt am Kurplatz.

»Gute Idee!«

Wir sitzen im Außenbereich des Lokals auf zwei gepolsterten Rattansesseln. Auf dem Tisch vor uns steht eine riesige Portion Süßkartoffelpommes mit verschiedenen Dips und zwei Gläsern Maracujaschorle. Daneben liegen Zettel und Stift, die Jo mitgebracht hat, damit wir uns Notizen machen können.

»Finde den Ort, an dem Feuer und Wasser eins werden«, murmelt Jo, während sie eine Pommes bis zur Hälfte in süßsaure Soße tunkt. »Was könnte damit nur gemeint sein?«

»Na ja, die Frage ist ja, ob das symbolisch gemeint ist oder ob Feuer und Wasser wirklich eins werden können.«

»Ja, angenommen, es ist nicht symbolisch gemeint. Was soll das bitte sein?«

»Der menschliche Körper besteht doch zu einem großen Teil aus Wasser«, überlege ich laut.

»Richtig!«

»Gibt es eventuell einen Feuerspucker auf Norderney?«, frage ich, während Johanna einen großen Schluck Schorle trinkt.

Kurz darauf prustet sie los und hält sich die Hände vor den Mund. Nur mit Mühe kann sie verhindern, dass sich die Schorle auf dem Tisch verteilt. Es dauert einen Moment, bis sie sich wieder einkriegt. »Ein Feuerspucker, das ist echt eine kreative Idee!«

»Ja nun, ich glaube, wir sollten in alle Richtungen denken, und den Feuerspucker finde ich gar nicht so schlecht.«

»Könnte echt sein, mehr eins werden können Feuer und Wasser ja fast nicht.«

»Eben, das denke ich nämlich auch. Aber da ist auch noch dieser Zahlencode. Was hat es nur damit auf sich?«

»Vielleicht brauchen wir ihn, um etwas zu öffnen, oder so«, sagt Johanna, und dann flüstert sie: »Guck mal dahinten, wir waren nicht die Einzigen mit der Idee hierherzukommen.«

Schräg hinter uns sitzt eine Gruppe, bestehend aus drei

Männern und drei Frauen, die ebenfalls an der Schatzsuche teilnehmen.

»Die gucken schon die ganze Zeit zu uns rüber. Nicht, dass sie etwas mitbekommen haben.«

»Ach, das glaube ich nicht. Dazu sitzen sie zu weit entfernt. Außerdem haben wir auch überhaupt noch nichts Konkretes besprochen.«

»Hoffentlich! Aber gut, was ist jetzt mit deinem Feuerspucker? Wie sollen wir das herausfinden? Ich weiß nur, dass es mal einen Zauberer auf Norderney gab, der auf Kindergeburtstagen aufgetreten ist. Jetzt arbeitet er in einem Fahrradladen.«

»Dann sollten wir uns den Zauberer merken, schreib ihn auf die Liste, aber wenn er nicht mehr aktiv arbeitet … Ich schaue mal im Internet«, sage ich, hole mein Handy aus meiner Hosentasche und gebe *Feuerspucker Norderney* in die Suchmaschine ein. Mir werden verschiedene Links zu Angeboten vom Festland ausgespuckt. Und dann: ein Link zu einem Reiterhof auf der Insel, der zu seinem Geburtstag ein Fest ausgerichtet hat.

»Was ist mit einem Hufschmied?«, frage ich. »Wenn er das glühende Eisen ins Wasser taucht, werden Feuer und Wasser eins.«

»Das ist eine richtig gute Idee! Es gibt eine Reitschule hier auf Ney, da arbeitet eine Bekannte von mir, lass uns hinfahren, sie ist ganz in der Nähe von deiner Ferienunterkunft.«

Fünfzehn Minuten später sitzen wir auf unseren Rädern und fahren durch die Innenstadt. Vorbei an der neuen Buchhandlung, an der ich jetzt am liebsten einen kurzen Zwischenstopp einlegen würde. Wir bahnen uns unseren Weg durch shoppinglustige Urlauber und Menschen in Strandklamotten auf dem Weg in Richtung Meer. Überall duftet es gut, die Menschen essen und trinken in den Außenbereichen der Lokale, sie genießen ihre Zeit auf der Insel. Auf der Nordhelmstraße angekommen, fahren wir immer geradeaus, bis sie in die Lipperstraße mündet. Und dann sehe ich die Reitschule direkt vor mir, sie liegt gleich neben der Meierei.

»Da sind wir!«, sagt Jo und steigt von ihrem Rad ab. »Komm, Ilka ist bestimmt hinten.«

Wir gehen am Haupthaus vorbei auf das Gelände der Reitschule. Im Hinterhof befinden sich die Stallungen, es riecht nach Heu und Pferd. Aus den mit dunklem Holz verkleideten Pferdeboxen blinzeln mich große Augen an. Zwischendurch höre ich ein Schnauben oder leises Wiehern. In der Gegenwart von Pferden habe ich mich noch nie richtig wohlgefühlt. Sie sind so groß, und haben wahnsinnig viel Kraft. Während die meisten meiner Freundinnen in der Grundschule zu Pferdemädchen mutiert sind, war mein Traum immer eine eigene Hundepension. Pferde fand ich gruselig, und das tue ich auch heute noch.

»He, Jo!«, eine Frau in unserem Alter kommt winkend auf uns zu. Sie trägt schwarze Reitstiefel, eine beigefarbene Reithose und dazu ein weinrotes T-Shirt. Ihr lockiges braunes Haar fällt ihr leicht über die Schultern.

»He, Ilka!«, sagt Jo und drückt sie an sich. »Das ist Liv, meine Schwester.«

»Freut mich«, sage ich und schüttle Ilkas Hand.

»Ja, mich auch!«, sagt Ilka. »Sucht ihr jemanden?«

»Ehrlich gesagt suchen wir dich«, sagt Johanna, und dann erzählt sie Ilka die Geschichte von der Schatzsuche und dem ersten Rätsel.

»Wahnsinn, ihr macht echt mit? Ich hatte auch überlegt, aber leider konnte ich mir nicht freinehmen.«

»Oh, das ist schade!«, sagt Jo. »Aber vielleicht kannst du uns helfen. Sag mal, gibt es einen Hufschmied hier auf Norderney?«

Ilka schüttelt den Kopf. »Da muss ich euch enttäuschen, einen Hufschmied gibt es auf der Insel nicht. Er kommt alle paar Wochen vom Festland.«

»Mist!«, entfährt es mir.

»Davon haben wir hier allerdings recht viel«, sagt Ilka und schmunzelt. »Aber die Idee war gut. Wobei, wie war noch mal der genaue Wortlaut?«

»Finde den Ort, an dem Feuer und Wasser eins werden. Aber Vorsicht, sei nicht zu hastig, sonst verletzt du dich«, zitiere ich.

»Na ja, dann kann es weder der Hufschmied noch der Zauberer sein. Gesucht wird ein Ort.«

Johanna und ich schauen uns an. Ich bin mir sicher, dass wir dasselbe denken.

»Genaues Lesen hätte unter Umständen helfen können«, sagt Johanna. »Du hast absolut recht, Ilka!«

»Hast du vielleicht eine Idee, was für ein Ort gemeint sein könnte?«, frage ich.

»Das ist echt schwierig! Aber mein erster Gedanke war der Sonnenuntergang«, sagt Ilka. »Vielleicht gibt es einen Ort, an dem man die Sonne besonders gut im Meer versinken sehen kann?«

»Das ist super, danke Ilka!«, sagt Jo. Dann verabschieden wir uns und gehen zurück zu unseren Rädern.

Ich schaue meine Schwester an. »Das mit dem Sonnenuntergang ist eine wirklich gute Idee! Weißt du, wo dieser Ort sein könnte?«

»Meiner Meinung nach kann man von der Milchbar aus den besten Sonnenuntergang sehen.«

»Dann lass uns zur Milchbar fahren.«

Wir fahren den ganzen Weg zurück und noch weiter. Vorbei am Surfcafé, immer parallel zum Deich. Heute machen wir richtig Kilometer mit dem Rad, ich merke jetzt schon meine Knochen. Besonders meine Knie melden sich, Radfahren ist eine ungewohnte Belastung für mich. Wir stellen unsere Räder in einem Fahrradständer ab und gehen auf die Sonnenterrasse der Milchbar zu. Ich entdecke einen freien Platz, mit direktem Blick aufs Meer, und setze mich schnell. Plötzlich schießt mir eine Erinnerung aus meiner Kindheit in den Kopf.

»Wenn bei Capri die rote Sonne im Meer versinkt«, singe ich.

Jo zieht eine Augenbraue hoch. »Was?«, fragt sie.

»Erinnerst du dich nicht?«

»Ich habe keine Ahnung, was du meinst, Liv.«

»Wir waren früher mit Oma und Opa hier. Wenn die Sonne unterging, haben sie dieses Lied gespielt. Mehr Text kenne ich nicht, aber ich bin ganz sicher, dass es hier war.«

»Echt jetzt? Das wäre ja großartig. Wir sollten jemanden fragen, der hier arbeitet. Vielleicht ist es ja immer noch so.«

»Ja, und vielleicht hat der Songtext etwas zu bedeuten.«

»Ich suche gleich jemanden. Möchtest du etwas trinken?«, fragt Jo.

»Ich könnte einen Kaffee gebrauchen«, sage ich.

Kurz darauf verschwindet meine Schwester in der Milchbar. Ich nutze die Gelegenheit, um mein Handy auf Nachrichten zu checken.

Wie siehts aus mit morgen?, ploppt auf meinem Display auf. Ich stecke das Handy zurück in meine Handtasche.

»Was ist denn in dich gefahren?«, fragt Jo und stellt zwei große Tassen Kaffee auf den Tisch.

»Eine Nachricht von Keno«, erkläre ich. »Wir wollen uns morgen eigentlich treffen. Vorausgesetzt natürlich, dass wir das Rätsel heute lösen.«

»Eigentlich?«, fragt Jo und nippt an ihrer Tasse.

»Ich habe Keno vorhin gesagt, dass ich es gut fände, wenn unser nächstes Treffen nicht vor den Augen seiner Ex stattfinden würde, und darauf hat er ziemlich doof reagiert. Hat irgendwas von Eifersucht geredet und dass ich diese zu Hause lassen soll.«

Johanna zieht eine Augenbraue hoch. »Okay, das geht gar nicht. Ich meine, allein die Tatsache, dass er sich hier mit dir getroffen hat.«

»Du siehst es also auch so? Ich dachte schon, ich bin zu empfindlich.«

»Nein, ich finde vollkommen okay, dass du es ihm gesagt

hast. Und wenn er jetzt rumspinnen muss, hat er eben Pech. Dann soll er erst mal seinen Kram mit Antje klären.«

»Danke, das sehe ich auch so! Was schreibe ich ihm denn jetzt? Er hat gefragt, was mit morgen ist.«

»Willst du dich denn mit ihm treffen?«, fragt Johanna.

»Schon, aber nicht so.«

»Dann sag ihm das.«

Johanna hat recht, ich hole mein Handy aus der Tasche und antworte:

Ich würde mich freuen, dich zu sehen.

Dann stecke ich mein Smartphone wieder weg und trinke einen großen Schluck Kaffee. Ich werde mit Keno persönlich darüber reden.

»Aber um jetzt noch mal zurück zu dem Rätsel zu kommen … Vielleicht sind wir ja schon ganz nah dran«, sagt Johanna. »Wenn es um den Sonnenuntergang geht, ist das hier auf jeden Fall der richtige Ort. Da vorn ist übrigens Antje, das ist jetzt doof, aber die können wir fragen.«

»Die Ironie des Schicksals!«, sage ich und zucke mit den Schultern. »Wenn ich dabei bin, sagt sie dir bestimmt nichts. Ich habe eben schon reichlich böse Blicke von ihr geerntet. Meinst du, da ist noch was zwischen ihr und Keno?«

»Na ja, zumindest steht Antje noch auf ihn, das weiß jeder hier auf der Insel.«

»Keno auch?«

»Ganz ehrlich, Liv, wenn er das nicht mitbekommen haben sollte, würde ich mir ganz andere Gedanken machen. Ich gehe allein zu ihr, du hast wahrscheinlich recht.«

»Ist gut«, sage ich und grinse schief. Die Aussage stört mich mehr, als es sollte. Keno und ich haben uns erst ein Mal getroffen, außerdem hat das Ganze eh keine Zukunft. Ich muss versuchen, ein bisschen distanzierter zu sein. Zumindest emotional.

Während Jo mit Antje redet, gebe ich die Zeilen aus meiner Erinnerung in eine Suchmaschine ein. Das Lied ist von 1943 und heißt »Capri Fischer«, gesungen von Rudi Schuricke. Ich hatte also recht. Schnell überfliege ich den Songtext. Ich weiß zwar nicht, was ich mir erhofft hatte, allerdings glaube ich, dass wir vielleicht doch auf der falschen Fährte sind. Bis auf die Tatsache, dass die Sonne über dem Meer untergeht, hat der Text rein gar nichts mit Norderney zu tun.

»Wir lagen falsch!« Jo setzt sich zu mir an den Tisch und seufzt. »Antje hat erzählt, dass wir nicht die Ersten waren, die auf die Idee mit dem Sonnenuntergang gekommen sind.« Sie seufzt. »Da kommen wir nie drauf.«

Kapitel 19

Mittlerweile ist es achtzehn Uhr. Jo und ich sitzen in den Liegestühlen auf meiner Terrasse und trinken ein Glas kühle Limo.

»Es war naiv zu denken, dass wir eine realistische Chance haben«, sagt Jo.

»Jetzt steck mal nicht den Kopf in den Sand. Wir wissen doch gar nicht, ob die anderen Teams weitergekommen sind als wir.«

Jo zuckt mit den Schultern. »Ich bin dafür einfach noch nicht lang genug auf der Insel.«

»Ach, Johanna, das Thema hatten wir doch schon. Außerdem haben wir noch den gesamten Tag morgen Zeit. Soll ich Aska mal fragen, ob sie das Rätsel bereits gelöst haben?«

»Auf keinen Fall!«, sagt Jo. Ihr Tonfall ist plötzlich sehr streng. »Wenn, schaffen wir es allein.«

»Ist ja gut!«

Eine ganze Zeit sitzen wir einfach nur da und hören den Möwen zu, die ihre Lieder singen. Keine von uns sagt einen Ton, bis Jo sich plötzlich kerzengerade aufrichtet und sagt:

»Finde den Ort, an dem Feuer und Wasser eins werden. Liv, ich glaube, ich weiß, was gemeint ist. Schnapp dir ein Handtuch, wir müssen los.«

Keine fünf Minuten später sitzen wir wieder auf unseren Rädern und fahren in Richtung Innenstadt. Zum dritten Mal heute, denke ich und puste mir eine Haarsträhne aus dem Gesicht.

»Wo willst du denn hin?«, rufe ich meiner Schwester zu, die in hohem Tempo vor mir herfährt. Ich habe Mühe mitzuhalten.

»Wirst du gleich sehen, wir sind bald da«, antwortet sie und tritt weiter in die Pedale.

Am Kurplatz stellen wir unsere Räder wieder in einem Fahrradständer ab und laufen direkt auf das Conversationshaus zu.

»Willst du zum Conversationshaus?«, frage ich. »Da ist um die Uhrzeit doch bestimmt niemand mehr.«

»Quatsch«, sagt Jo und lacht. »Zum Badehaus.«

Das Badehaus, wieso sind wir nicht schon viel früher darauf gekommen? Eine Therme, klar!

»Du bist genial, Schwesterherz!«

Das Badehaus hat zwei Ebenen. Die Feuerebene, auf der man saunieren kann, und die Wasserebene mit ihrem Thalassobad.

»He, zweimal Wasserebene bitte.« Jo bestellt für uns die Tickets, kurz darauf machen wir uns auf den Weg zu den Umkleidekabinen. Da wir unsere Bikinis bereits unter der Kleidung tragen, haben wir das schnell erledigt. Wir schließen unsere Sachen in einen Spind ein und gehen in die Duschräume.

»Meinst du, dass das die richtige Ebene ist?«, frage ich meine Schwester.

»Ich denke schon. Die Feuerebene ist textilfrei, ich kann mir ehrlich gesagt nicht vorstellen, dass sie ein Treffen von allen Kandidaten nackt in der Sauna provozieren wollen.«

»Stimmt.«

»Wobei sich einige der Kandidaten vielleicht wirklich gern nackt sehen würden«, sagt Jo und lacht.

»He!«, schimpfe ich und knuffe sie in den Arm.

Dann zuckt Jo mit den Schultern, grinst zuckersüß und geht vor mir ins Bad.

»Wow!«, sage ich. »Das ist ja die reinste Wohlfühloase.«

»Absolut, warst du noch nie hier?«

Ich schüttle den Kopf. »Nein, aber sicher nicht das letzte Mal.«

»Als ich frisch auf die Insel gekommen bin und noch keine sozialen Kontakte hatte, bin ich fast jede Woche hergekommen. Hier kann man die Seele richtig schön baumeln lassen. Guck mal, da vorne sind Wasserfallduschen. Das Wasser fällt aus sechs Metern Höhe.«

»Wahnsinn!«, sage ich. »Auf einem der Schilder habe ich vorhin etwas von einer Salzgrotte gelesen.«

»Ja, die ist da vorn. Da kannst du auf dem Wasser schweben wie auf dem Toten Meer, weil der Salzgehalt so hoch ist. Selbst Menschen, die eigentlich nicht auf dem Wasser treiben können, haben da keine Probleme. Aber für uns ist ein anderes Becken interessant. Liv, drück ganz fest die Daumen!

Wenn wir wieder falschliegen, weiß ich echt nicht mehr weiter.«

Wir gehen auf eine Tür zu. *Feuerbad* steht auf einem Schild geschrieben. *Wassertemperatur 40 Grad,* darunter ein Warnhinweis für Schwangere und Menschen mit Herz-Kreislauf-Erkrankungen.

»Feuerbad«, sage ich leise.

Vorsichtig steigen wir in das heiße Becken. Außer uns ist niemand hier. Langsam lassen wir uns auf die integrierten Sitzbänke sinken. Ich seufze, das ist genau das Richtige für mich.

»Aber Vorsicht, sei nicht zu hastig, sonst verletzt du dich«, sagt Jo. »Das ergibt alles Sinn. Irgendwo hier müsste doch etwas sein …«

Ich schaue nach oben. Über uns ist der wolkenlose Himmel. Das Feuerbad ist nicht überdacht. »Wie wunderschön muss es hier sein, wenn es schneit«, sage ich.

»Mehr als wunderschön, das habe ich schon erlebt«, sagt Jo.

Ich lasse meinen Blick schweifen, richte ihn auf die Wasseroberfläche und sehe gegenüber von uns etwas rötlich schimmern. »Schau mal«, sage ich und zeige darauf.

Schnell rutschen wir auf die andere Seite des Beckens. Jo tastet mit ihren Händen nach dem roten Fleck und fischt ein kleines rotbraunes Kästchen aus dem Wasser. Es ist mit einem Zahlenschloss versehen und durch eine Kette am Beckenrand befestigt.

»4863«, sage ich.

Johanna gibt die Kombination ein, dann klickt es leise,

und die Truhe springt auf. »Liv, wir haben es!« Meine Schwester hält eine Austernschale in die Luft und verschließt das Kästchen wieder.

»Zeig her«, sage ich. »Wow!« Die Auster wurde anscheinend von Hand bemalt. Der Name meiner Schwester, *Johanna Sommerfeldt,* steht in filigraner Schrift auf die Innenseite geschrieben. Darunter *Rätsel 1* und der offizielle Stempel aus dem Rathaus. »Klug!«, sage ich. »So kann man es nicht fälschen.«

»Stimmt! Aber so klug nun auch wieder nicht. Ich hätte jetzt auch alle anderen Muscheln aus der Truhe mitnehmen und entsorgen können.«

»Da hast du recht, das System ist auf jeden Fall nicht betrugssicher. Hoffen wir einfach, dass die Teilnehmer alle fair bleiben.«

»Ja … Aber wir hätten echt mal nachschauen können, wer das Rätsel noch nicht gelöst hat«, sagt Johanna. »Einfach, um die Konkurrenz ein bisschen im Blick zu behalten.«

»Waren denn noch viele Muscheln drin?«

»Schon noch einige, ja.«

»Weißt du was? Das ist eigentlich total egal, unsere ist nämlich nicht mehr drin!«, sage ich und falle meiner Schwester in die Arme.

»Das stimmt allerdings!« Fast verliert Jo unter meiner hastigen Umarmung das Gleichgewicht. »Hey, pass auf!«, sagt sie lachend. »Nicht, dass wir sie noch verlieren. In dem heißen Becken will ich ehrlich gesagt keinen Tauchgang riskieren. Das könnte unangenehm werden.«

»Wollen wir sie vielleicht in den Spind bringen und den restlichen Abend hier genießen?«

»Das ist eine grandiose Idee!«

Wir sitzen eingewickelt in unsere Handtücher im Gastrobereich, der sich eine Etage höher befindet. Es gibt eine kleine Bar, gemütliche Sitze, und man kann wie auf einer Empore zur Wasserebene hinunterschauen. In die Feuerebene gelangt man von hier aus ebenfalls.

»Wollen wir anstoßen?«, fragt Jo.

»Das machen wir!«

Meine kleine Schwester organisiert uns zwei Gläser Sekt und eine kleine Schale mit Nüssen.

»Auf uns!«, sage ich.

»Ja, auf uns!«

Unsere Gläser klirren aneinander. Ich glaube, Jo und ich waren uns noch nie so nah wie in diesem Moment.

»Morgen kannst du also ohne schlechtes Gewissen auf dein Date gehen.«

»Ja, ich freue mich schon. Na ja, wer weiß, vielleicht braucht er den Tag morgen auch noch, um das Rätsel zu lösen.«

»Ich glaube nicht, Keno ist hier groß geworden, er dürfte die Insel kennen wie seine eigene Westentasche. Was habt ihr denn vor?«

»Ich soll Schwimmsachen einpacken, und er holt mich mit dem Rad ab. Mehr weiß ich nicht. Ich lasse mich überraschen.«

»Dass ich so was noch mal von meiner großen Schwester

höre«, sagt Jo und lacht. »Sonst hast du doch alles immer so gern unter Kontrolle.«

»Ja, aber in dem Fall habe ich beschlossen, die Dinge einfach mal auf mich zukommen zu lassen.«

»Finde ich gut«, sagt Jo.

»Guck mal, ist das nicht Aska da unten?«, frage ich.

»Ja, und Bene. Sie sind also auch draufgekommen.«

Die beiden gehen zielstrebig auf das Feuerbad zu. Eigentlich sollte ich mich jetzt für sie freuen. Ich frage mich aber immer noch, warum Aska mir nichts von ihrer Teilnahme erzählt hat. Ihr musste doch klar sein, dass ich es spätestens bei der Ansprache mitbekommen werde. Aber nicht nur Aska und Bene haben den Hinweis richtig gedeutet. Aus der Feuerebene kommt, eingewickelt in Handtücher, die Gruppe, die heute Mittag mit uns im Lokal saß. »Guck mal, ob die ihre Auster schon gefunden haben?«, frage ich meine Schwester.

Jo zuckt mit den Schultern und hebt ihr Glas erneut. »Danke, dass du an meiner Seite bist, Liv!«, sagt sie, und dann stoßen wir an.

Ich fühle mich leicht, fast schwerelos, während Jo und ich zu leisen Klängen auf der Wasseroberfläche in der Salzgrotte treiben. Der Salzgehalt ist so hoch, dass es mich regelrecht hochdrückt. Hier würde selbst Nina als Seestern auf dem Wasser liegen können. Früher hat sie mich um diese Fähigkeit beneidet. Sie hat eisern geübt und kleine Fortschritte gemacht. So richtig hat es aber nie funktioniert.

»Sag mal, Liv, darf ich dich etwas fragen?«

»Klar, was möchtest du wissen?«

»Wie war euer Treffen gestern eigentlich? Du hast überhaupt nichts erzählt. Na ja, außer das mit Antje, aber war es ansonsten schön?«

»Stimmt«, sage ich. Mir fällt es immer noch nicht leicht, mit meiner Schwester über Männer zu sprechen. Das ist neu für mich. »Es war sehr schön. Keno hat einen Picknickkorb organisiert mit wirklich gutem Essen. Wir haben unten am Strand gesessen und einfach nur geredet.«

»Oh, das hört sich aber romantisch an. Und ist nichts passiert?«

»Nein, es ist nichts passiert, wir haben gegessen, geredet, und dann hat er mich nach Hause gebracht.«

»Fühlst du dich wohl mit ihm?«

»Ja, zumindest, soweit ich das nach dem ersten Treffen beurteilen kann. Wieso fragst du?«

»Nur so, ich bin eben neugierig«, sagt Johanna, aber das kaufe ich ihr nicht ab. »Wollen wir mal weiterziehen? Hier gibt es noch etwas, was ich dir gern zeigen würde.«

»Klar, ich bin gespannt!«

Nachdem wir so lange schwerelos in der Salzgrotte geschwebt sind, fühlt es sich komisch an, wieder festen Boden unter den Füßen zu spüren.

»Komm, wir müssen nur noch hier vorn um die Ecke gehen«, sagt Johanna, greift nach meinem Handgelenk und zieht mich sanft mit sich.

»Wie cool!«, sage ich. Wir stehen vor einer ganzen Reihe Whirlpools, die durch hölzerne Verkleidungen voneinander separiert sind. Durch eine Schiebetür, die man schließen kann, gibt es noch mehr Privatsphäre.

»Wollen wir?«, fragt Johanna und zeigt auf einen freien Whirlpool.

»Unbedingt!«

Nach unserem Besuch im Badehaus sind wir beide kaputt und hungrig. Es ist fast einundzwanzig Uhr, wir beschließen, uns einen Burger auf die Hand zu holen und uns den Sonnenuntergang am Strand anzuschauen, auch wenn er sich am Ende doch nicht als Teil der Lösung entpuppt hat. Wir setzen uns auf eine Mauer unterhalb der Milchbar. Es dämmert bereits, lange dürfte das Spektakel nicht mehr auf sich warten lassen.

»Mist!«, entfährt es mir, als eine Erinnerung auf meinem Handydisplay erscheint. »Meine Nachbarin hat heute Geburtstag, ich habe vergessen, ihr zu gratulieren.«

»Dann ruf sie doch einfach kurz an.«

Schon halte ich mir das Handy ans Ohr. Sie hat mir erst vor ein paar Wochen ihre neue Nummer gegeben, stolz darauf, endlich ein modernes Gerät zu besitzen, mit dem sie auch Fotos schießen kann. Seitdem landen immer mal wieder ein Schnappschuss oder kleinere weitergeleitete Videos bei mir.

»Klischat«, meldet sich meine Nachbarin.

»Hallo, Frau Klischat, hier ist Liv, von oben. Wie schön, dass ich Sie noch erreiche, ich wünsche Ihnen alles, alles Liebe und Gute zu Ihrem Geburtstag.«

»Oh, Liv, das ist aber lieb, vielen Dank! Wir sitzen alle noch im Garten und feiern, schade, dass Sie nicht da sind.«

»Ja, das finde ich auch. Aber vielleicht stoßen wir ja einfach an, wenn ich zurück bin.«

»Das ist eine gute Idee, Kindchen. Heute stoße ich mit Ihren Eltern an, die übrigens sehr nett sind.«

»Sie meinen mit meiner Mutter, ja, sie hütet im Moment meine Wohnung.«

»Ja, natürlich, das weiß ich doch. Aber Ihr Vater ist auch hier. Er ist wirklich nett und so ein gut aussehender junger Mann, Sie haben viel von ihm.«

Einen Moment bleibt mir der Mund offen stehen. Erst der mysteriöse Frühstücksgast, und jetzt das. »Kann ich meine Mutter mal sprechen?«, frage ich.

»Die ist gerade nach oben gegangen, um sich eine Jacke zu holen. Soll ich was ausrichten?«

»Nein, danke, das ist lieb, ich rufe sie morgen mal an. Dann liebe Grüße an alle«, sage ich. »Und bis bald.«

»Was ist los?«, fragt Johanna.

»Mama sitzt im Garten mit meinen Nachbarn und trinkt Sekt.« Ich schüttle den Kopf, weil ich selbst nicht glauben kann, was ich da gerade gehört habe. »Frau Klischat sagt, dass Papa auch dabei ist.«

Johanna schaut mich mit großen Augen an. »Quatsch!«

»Auf jeden Fall ist ein Mann bei Mama. Ein junger Mann, der gut aussieht, sagt Frau Klischat.«

»Dann ist es nicht Papa. Der ist fast sechzig und hat kaum noch Haare auf dem Kopf. Wer weiß, wen Mama da im Schlepptau hat.«

Ich seufze. »In meiner Wohnung!«

»Hast du Angst, dass sie in deinem Schlafzimmer rumtoben?«

Ich denke einen Moment darüber nach. »Die Vorstellung gefällt mir nicht«, gebe ich schließlich zu. »Aber frag mich nicht, warum. Ich weiß ja, dass Mama recht offen und freizügig ist. Papa und sie haben damals ja auch nicht so getan, als hätten sie keinen Sex. Aber das war in deren Schlafzimmer, nicht in meinem.«

Johannas Mundwinkel zucken.

»Jetzt fang bloß nicht an zu lachen«, sage ich.

Und schon prustet sie los.

»Nicht komisch«, sage ich.

»Doch, das ist es.«

In dem Moment sinkt der Feuerball ins Meer, und in der Milchbar hinter uns ertönt der Song, den wir früher hier schon gehört haben: »Wenn bei Capri die rote Sonne im Meer versinkt …«

Kapitel 20

Mit uns ist gefühlt halb Norderney auf Rädern unterwegs. Deshalb ist eine gemäßigtere Geschwindigkeit angesagt. Im Schneckentempo fahren wir über die Nordhelmstraße und den Birkenweg. Vorbei an Kurts Fahrradshop und einem kleinen Inselbäcker, der mir schon den einen oder anderen Morgen versüßt hat. Dabei ist unser Thema die Schatzsuche.

»Meinst du, dass alle Teilnehmenden das erste Rätsel gelöst haben?«, frage ich.

»Es war nicht schwer«, antwortet Keno. »Aber ich habe mitbekommen, dass der eine oder andere sich geweigert hat, ins Badehaus zu gehen. Eine Schatzsuche, bei der man Eintritt zahlen muss, kam bei denen nicht gut an.«

»Aber man unterstützt eine Einrichtung auf der Insel, die Idee ist doch gut.«

»Finde ich auch«, sagt Keno. »Die Verantwortlichen hätten die Teilnehmenden auch gern bei mir auf dem Schiff vorbeischicken können. Bisher habe ich kaum einen Insulaner auf meinen Fahrten gehabt, es sind immer nur die Touristen.«

»Dann könntest du aber wahrscheinlich nicht selbst an der Schatzsuche teilnehmen.«

»Stimmt auch wieder.«

»Was machst du, wenn es zu kalt ist für Bootsfahrten mit Touristen? Oder finden sie ganzjährig statt?«

»Ich bin Tischler«, sagt Keno. »Auf der Insel gibt es immer was zu tun, insbesondere außerhalb der Saison. Da wird renoviert, saniert, umgebaut, neu gebaut …«

»Arbeiten mit Holz, ein schöner Beruf.«

»Im Prinzip schon. Allerdings bin ich mehr oder weniger als Zimmermann oder auch Dachdecker tätig. Die kreative Arbeit als Möbeltischler bleibt auf der Strecke.«

»Was würdest du denn am liebsten machen?«

»Boote auf Vordermann bringen. Nicht nur meins, auch andere, wobei ich damit auch die Inneneinrichtung meine. Kleine Jachten, Hausboote …«

»Hört sich nach einem guten Plan an.«

»Alles zu seiner Zeit. Wie sieht es bei dir aus? Was ist mit deinem Job? Ich stelle es mir schwer vor, so viel Verantwortung zu haben. Und auch damit umgehen zu können, dass es nicht immer gut geht und die Patienten sterben.«

»Es ist ein verantwortungsvoller, aber auch schöner Beruf, bei dem ich mich über jeden Patienten freue, der lebend die Station verlässt. Und die Sache mit dem Sterben …«

Ich komme nicht dazu weiterzureden. Ein paar Radfahrer überholen uns, einer von ihnen fährt so dicht an mir vorbei, dass ich mich erschrecke, den Lenker zur Seite drehe und mit Keno kollidiere. Zum Glück kommen wir beide zum Stehen, ohne einen Purzelbaum zu schlagen.

»Wie wär's mal mit ein bisschen Rücksicht!«, ruft Keno dem Drängler hinterher, und mir wird bewusst, dass ich ohne Helm fahre, genau wie mein Begleiter. Und das, obwohl ich von Berufs wegen weiß, wie schwerwiegend eine Kopfverletzung nach einem Sturz vom Rad sein kann, auch wenn man langsam fährt.

»Das war knapp«, sage ich und nehme mir vor, noch ein bisschen mehr aufzupassen, als wir wieder losfahren.

In den Dünen angekommen, merke ich, wie leicht ich mich plötzlich fühle. Fast so, als wäre ich wieder ein Kind und auf dem Weg zu einer Vogelbeobachtung mit Opa und Johanna.

»Schön!«, sage ich.

Die Sonne kitzelt auf meiner Nase, die entgegenkommenden Menschen grüßen gut gelaunt. Es liegt ein Zauber über den Dünen, durch die sich der Weg in Richtung Osten und bis zur Weissen Düne schlängelt.

Fünfzehn Minuten später sind wir ohne weitere Zwischenfälle an unserem Ausflugsziel angekommen. Wir steigen von unseren Rädern und schieben sie bis zu den unzähligen Fahrradständern, die fast komplett belegt sind.

»Hältst du kurz meinen Drahtesel?«, frage ich. »Dann nehme ich schon mal den Korb vom Gepäckträger.«

Keno legt seine Hand auf meinen Lenker. Dabei streichelt er mit den Fingern über meine. Dort, wo er mich berührt, kribbelt es, und dann stellen sich die blonden Härchen auf meinen Armen auf, als er mit dem Zeigefinger über die Innenseite meines Unterarmes fährt.

»Wow!«, sagt Keno leise, und ich sehe ihn an. »Du bist aber sensibel.« Er streicht mit den Fingern bis unter den Ärmel meines T-Shirts.

Meine Gänsehaut beginnt oben am Kopf und zieht sich über den Nacken nach unten.

»Keno?«

Die Stimme kenne ich. Ich drehe mich um und schaue in Antjes verwunderte Augen.

»He«, sage ich.

»He, Antje.« Keno wirkt ungezwungen. »Hast du frei?«

Antje nickt. »Und du auch, wie es scheint.« Sie sieht mich neugierig an. »Du warst mit uns auf dem Schiff.«

»Ja. Ich bin Liv.«

»Johannas große Schwester«, erklärt Keno.

»Ah, daher kennt ihr euch«, sagt Antje.

Keno lächelt, legt seine Hand wieder auf meine und streicht kurz mit dem Daumen darüber. »Nein, wir sind uns ganz von allein begegnet.«

Antje zieht eine Augenbraue hoch. Sie hat genau gesehen, was Keno da gemacht hat. Es gefällt mir, dass er so offen seine Zuneigung für mich zeigt, aber ich denke auch, dass er es ganz bewusst gemacht hat. Doch warum?

Sie wendet sich an Keno. »Rufst du mich später bitte mal an? Wir sollten reden.«

»Morgen«, sagt er. »Gegen Mittag.«

»Okay.« Sie lächelt mich an, und ich habe das Gefühl, dass es ehrlich ist, auch wenn es sehr verhalten wirkt. »Viel Spaß noch auf Ney. Wie lange bleibst du?«

»Erst mal für zweieinhalb Wochen«, antworte ich. »Und dann schaue ich weiter.« Warum ich den zweiten Teil hinzugefügt habe, weiß ich nicht. Er kam einfach so aus mir raus, ohne dass ich nachgedacht habe.

»Wie gesagt, viel Spaß.« Sie steigt auf ihr Rad und fährt weg.

Keno sieht mich an. Dabei bilden sich viele kleine Lachfältchen um seine Augen herum. »Und dann schaust du weiter? Hat das Ney-Virus dich schon gepackt?«

»Vielleicht.« Einen Moment kämpfe ich mit mir, aber beschließe, es später anzusprechen.

»Hast du Lust, schwimmen zu gehen?«

»Guter Plan!«

Wir gehen nebeneinander den Weg hinauf und an der Weissen Düne vorbei.

»Hier können wir später eine Kleinigkeit essen gehen«, schlägt Keno vor.

Oben angekommen, bleiben wir einen Moment stehen. Vor uns liegt der feine Sandstrand, der bis zum Wasser reicht. Es ist fast windstill heute, sanft rollen die Wellen auf das Ufer zu und wieder zurück. Das Meer kennt keine Ruhe, es ist immer in Bewegung. Und trotzdem hat es eine beruhigende Wirkung.

»Was hat das Meer nur an sich, dass es einem sofort besser geht, wenn man es hört und sieht?«, frage ich gedankenverloren.

»Es ist der Takt des Lebens«, antwortet Keno. »Wie einatmen und ausatmen.« Er lächelt mich an. »Komm!«

Wir gehen barfuß am Meer entlang in Richtung Osten, bis immer weniger Touristen unterwegs sind. Wasser spritzt über meine Knöchel an meinen Waden hoch. Es geht mir gut.

Als wir eine Stelle entdecken, die uns gefällt, setzen wir uns nebeneinander auf den Boden. Auf einmal legt Keno seinen Arm um mich. Damit habe ich nicht gerechnet, ebenso wenig damit, dass er sich kurz darauf auf den Rücken fallen lässt und mich mitzieht. Ich schnappe überrascht nach Luft und lache. Keno zieht mich nah an sich heran und rollt sich dabei auf die Seite, sodass wir uns gegenüberliegen, mein Kopf in seine Armbeuge gebettet.

»Erzähl«, sagt er.

Als ob ich jetzt noch einen klaren Gedanken fassen könnte. »Was?«, frage ich.

»Von dir. Von deiner Arbeit im Krankenhaus. Wir wurden eben von dem Drängler unterbrochen.«

»Puh«, mache ich und hole tief Luft. »Eigentlich liebe ich meine Arbeit, aber sie fordert mich sehr, zeitlich, aber auch emotional.« Ich rolle mich von ihm weg auf den Rücken und verschränke die Arme hinter dem Kopf. »Aber es geht nicht darum, dass ein Teil der Patienten es nicht schafft. Wir haben tagtäglich mit dem Tod zu tun. Es geht vielmehr um das Wie.« In dem Moment, in dem ich es ausspreche, wird mir bewusst, dass ich es so klar noch nie formuliert habe. »Sterbende ohne Verfügung müssen kurz vor ihrem Tod häufig noch eine Chemotherapie, Bestrahlungen, Operationen oder Wiederbelebungen über sich ergehen lassen. Sie dürfen nicht würdevoll sterben, weil das Gesundheitssystem diese Art der Überbehandlung in Form von Apparatemedizin auch noch finanziell belohnt. Ich frage mich im Moment immer wieder, ob das wirklich das Leben ist, das ich leben möchte. Ich meine, kann das alles sein? Kommt da nichts mehr?« Ich setze mich etwas auf und stütze mich mit den Ellbogen im Sand ab. »Es tut mir leid, ich weiß auch nicht, warum ich das jetzt erzählt habe. Wir wollten doch über schöne Dinge sprechen.« Ich drehe mich zu den Dünen. »Darüber zum Beispiel, dass Johanna und ich früher mit unserem Opa in den Dünen Vögel beobachtet haben. Und wie froh ich bin, dass ich jetzt gerade hier bin und mich daran erinnere.«

»Und ich bin froh, dass ich dabei sein darf«, sagt Keno.

Wie aus dem Nichts werden meine Augen plötzlich feucht. »Es war einfach alles ein bisschen viel in letzter Zeit«, sage ich.

»Vielleicht würde eine Umarmung helfen.« Keno dreht sich wieder auf die Seite und lächelt mich an. »Ich will aber nicht aufdringlich sein. Das heißt, du müsstest dich in meine Richtung bewegen oder mir sonst irgendein Zeichen geben, dass dir das gefallen würde.«

Das Angebot hat Keno so süß formuliert, dass ich lachen muss. »Gern!«, sage ich.

Er streckt seine Hand nach mir aus. Ich greife zu und lasse mich wieder zu ihm ziehen. Mein Kopf liegt jetzt auf seiner Brust.

Mit dem einen Ohr höre ich den gleichmäßigen Rhythmus seines Herzschlags, mit dem anderen den Klang des Meeres.

Er legt seinen Arm um meinen Rücken, drückt mich an sich ran und hält mich fest.

Mein Puls beschleunigt sich. Der Duft seines leichten Rasierwassers steigt mir in die Nase. Zitrusfrüchte und dazu etwas Würziges. Nelke!

»Danke!«, sage ich.

Er streichelt über meinen Rücken. »Es tut mir mindestens

genauso gut wie dir.« Plötzlich lässt er mich los. Ich richte mich langsam auf. »Aber ehrlich gesagt brauche ich jetzt eine kleine Abkühlung. Du fühlst dich viel zu gut an in meinen Armen. Was hältst du von einer Runde Schwimmen?« Und schon steht er auf, streift sich Hose und T-Shirt ab und geht zum Wasser.

Ich habe mit allem und nichts gerechnet, als ich mich dazu entschieden habe, nach Norderney zu kommen. Entweder, ich würde mich mit Johanna noch mehr entzweien oder ihr näherkommen – das waren die beiden Optionen, die ich für möglich gehalten hatte. Und jetzt verstehe ich mich nicht nur ausgesprochen gut mit meiner Schwester, sondern ich habe gerade in den Armen eines Mannes gelegen, der mir sehr gefällt. Am Meer!

Ich springe auf, reiße mir mein Sommerkleid vom Körper und renne im Bikini an ihm vorbei ins Wasser. Als es mir bis zur Brust reicht, tauche ich kopfüber unter. Zurück an der Wasseroberfläche, sehe ich Keno, der nur eine Armeslänge von mir entfernt auftaucht.

»Bist du eine gute Schwimmerin?«, fragt er.

»DLRG Silber«, sage ich. »Allerdings müsste ich den Schein mal wieder auffrischen.«

»Du bist Rettungsschwimmerin?«

»Ja. Aber im Wasser habe ich bisher noch niemandem das Leben retten müssen.« Ich drehe mich auf den Rücken und lasse mich von den Wellen tragen. Es dauert nicht lang, da liegt Keno neben mir, ebenfalls auf dem Rücken, die Beine und Arme wie ein Seestern ausgestreckt.

»Woran liegt es, dass wir in der Ganzkörperschwebe auf

dem Wasser liegen können und andere nicht?«, frage ich. »Bisher bin ich immer davon ausgegangen, dass es was mit der Dichte und der Fettmasse des Körpers zu tun hat. Und von Letzterem haben wir Frauen rein biologisch gesehen mehr. Aber du bist sehr muskulös gebaut und sinkst trotzdem nicht ab.«

»Das Meer liebt mich«, sagt Keno. »Und ich denke, es hat auch was mit der Fähigkeit zu tun, sich fallen zu lassen. Außerdem bin ich am Wasser aufgewachsen. Wo hast du es gelernt?«

»Von Oma. Aber ich war auch lange im Schwimmverein. Ich war erst fünf, als meine Eltern mich angemeldet haben. Unsere Trainerin hat viel Wert auf Wassergewöhnung gelegt. Im Freistil war ich später richtig gut. Das Problem war nur, dass ich vor jedem Wettkampf vor Aufregung Fieber bekommen habe und dann nicht daran teilnehmen konnte. Im Gegensatz zu Johanna, die auch in den Verein gekommen ist. Die war immer cool und hat eine Medaille nach der anderen eingeheimst.«

So lassen wir uns eine Weile treiben. Danach schwimmen wir ein paar Meter auf das offene Meer hinaus und wieder zurück zum Ufer und lassen uns auf unseren Handtüchern von der Sonne trocknen.

»Erzähl mir von dir«, sagt Keno noch einmal.

»Noch mehr?«, frage ich.

»Was isst du gerne, was gar nicht? Hast du einen Lieblingsfilm, eine Lieblingsfarbe, liest du gern Thriller oder Liebesschnulzen? Ich will dich kennenlernen.«

»Ich esse gern Milchreis. Ich liebe Vanillepudding, aber

mir wird schlecht, wenn irgendjemand auf die Idee kommt, steif geschlagenes Eiweiß darunterzuheben«, sage ich. »Mein Lieblingsbuch ist *Fräulein Smillas Gespür für Schnee* und mein Lieblingsfilm auch, gefolgt von *Die Verurteilten* und *Liebe braucht keine Ferien*. Du siehst, ich bin nicht festgelegt auf ein bestimmtes Genre. Mal mag ich es spannend, mal gefühlvoll, mal lustig, je nach Stimmung. Aber manche Filme kann ich immer wieder schauen, und jedes Mal entdecke ich eine neue Kleinigkeit, die mir gefällt. Und du?«

»Mit Milchreis kannst du mich jagen«, antwortet Keno. »Zumindest, wenn es um Mittag- oder Abendessen geht. Da mag ich es lieber herzhaft, gern die italienische Küche. Zum Nachtisch dann was Süßes wie Tiramisu oder gutes Eis. Ich lese nicht sehr oft. Und wenn, dann darf es spannend sein …«, sagt er, dreht sich auf den Rücken und stützt den Kopf auf seinen Händen ab.

Auf der Unterseite seines Oberarmes entdecke ich eine kleine Tätowierung. Ich rücke ein Stück näher heran. Ein verschnörkeltes A. Das gibt es doch nicht. Schnell greife ich nach meinem Kleid und ziehe es über.

»Ist etwas nicht in Ordnung?«, fragt Keno, während ich meine Sachen zusammenpacke.

»Ehrlich gesagt ist etwas nicht in Ordnung, ja. Ich habe die ganze Zeit nichts gesagt, aber ich habe keine Lust, ein Spielball zu sein, mit dem du deine Ex-Freundin eifersüchtig machen kannst.«

»So ein Blödsinn!«, fährt Keno mich an. »Wie kommst du denn plötzlich darauf?«

»Wir tauchen immer genau dort auf, wo Antje ist«, sage

ich. »Dann dein Spruch gestern, als ich dich um einen anderen Treffpunkt gebeten habe, und das Tattoo … Ich bitte dich. Das ist mir zu viel!«

»Wenn du meinst«, sagt Keno.

Eine halbe Stunde später liege ich im Bett. Ich bin enttäuscht. Von Kenos Verhalten und von mir selbst. Es ist unglaublich, dass er nichts mehr dazu gesagt hat. Er hat mir einfach die kalte Schulter gezeigt. Ab morgen werde ich mich voll und ganz um meine Schwester und mich selbst kümmern. Dass ich sechs Jahre Single war, hatte gute Gründe.

Kapitel 21

Es ist zwanzig nach zehn, als es plötzlich an meiner Tür klopft.

»He!«, meine Schwester steht draußen und grinst wie ein Honigkuchenpferd.

»Was machst du denn schon hier?«, frage ich und lasse sie rein. Dann schnappe ich mir wieder meinen Kaffee.

»Ich bin neugierig!«, sagt sie. »Ich dachte, ich komme ein paar Minuten früher und frage mal, wie das Date gestern war.«

»Es war eine Katastrophe«, sage ich und winke ab.

»Wie jetzt?«

»Am Anfang war es sehr schön. Wir sind zusammen Rad gefahren, waren schwimmen und wollten anschließend in der Weissen Düne essen.«

»Und dann?«, fragt Johanna.

»Und dann hat er sich auf den Rücken gedreht, und ich habe das kleine Tattoo mit dem Namen seiner Ex an seinem Arm entdeckt. Die wir vorher auch noch rein zufällig getroffen haben. Mal wieder …«

»Das gibt's doch nicht!«

»Das dachte ich auch. Als ich ihn darauf angesprochen habe, hat er komplett dichtgemacht. Es kam mir fast so vor, als wolle er etwas vor mir verbergen. Jo, ganz ehrlich, auf solche Sachen habe ich keine Lust. Das ist mir zu anstrengend.«

»Das verstehe ich total. Ich wusste nicht, dass er noch so an Antje hängt, tut mir wirklich leid, Liv. Sonst hätte ich niemals gesagt, dass du mit ihm ausgehen sollst.«

»Ich weiß, aber die Sache ist jetzt durch, vergessen wir es lieber.«

Plötzlich grinst Johanna mich an.

»Was ist?«, frage ich.

»Weißt du noch, Gulasch?«

Jetzt muss ich auch lachen. »Er hieß Golo.«

»Weiß ich doch.« Sie grinst. »Der erste und letzte Mann, der geheult hat, nachdem ich ihn geküsst habe.«

»Er war vier, und du bist an dem Tag fünf geworden. Ich finde, das zählt nicht.«

»Stimmt, er war jünger als ich. Deswegen stehe ich jetzt auf Kerle, die ein paar Jahre älter sind.« Sie lacht wieder. »Er arbeitet übrigens beim Straßenverkehrsamt in Kassel. Ich habe ihn dort zufällig getroffen, als ich meinen Wagen abgemeldet habe, bevor ich nach Norderney gezogen bin.«

»Hat er dich erkannt?«

»Ja, wir waren ja nicht nur zusammen im Kindergarten, wir waren auch in der Grundschule noch befreundet und haben uns erst danach aus den Augen verloren, als wir auf verschiedene Gymnasien gegangen sind.« Ihr Grinsen wird noch breiter. »Er hat mich ganz frech gefragt, ob wir das von meiner Geburtstagsfeier damals wiederholen können, nur um zu schauen, ob ich noch die gleiche Wirkung auf ihn habe. Und danach hat er mich auf ein Abendessen eingeladen.«

»Du hast ihn geküsst?«

Sie zuckt lächelnd mit den Schultern. »Warum nicht? Ich war zu dem Zeitpunkt Single. Ich habe auch die Einladung zum Abendessen angenommen, habe aber gesagt, dass er dafür nach Ney kommen muss. Seitdem habe ich nichts mehr von ihm gehört. Und das ist auch gut so, denn wie ich im Nachhinein erfahren habe, ist er mit Vicky liiert. Du kennst sie, sie war auch bei mir in der Klasse und ein paarmal zum Spielen bei uns zu Hause.«

»Ach ja, so eine kleine, sehr zierliche …«

Johanna nickt, dann sieht sie aus dem Fenster. »Komm, wir finden einen Schatz.«

»Wie der kleine Bär und der kleine Tiger das Glück der Erde suchen«, sage ich und seufze. »Oma fehlt mir. Mir ist hier klar geworden, wie sehr sie uns geprägt hat. Opa war immer präsenter, aber Oma hat uns so viel mit auf den Weg gegeben.« Heute muss ich meiner Schwester unbedingt die Kiste unserer Großmutter zeigen, denke ich.

»Ja, das stimmt. Oma hat uns wichtige Werte vermittelt, genau darüber habe ich letztens auch nachgedacht.«

»Aber komm, wir haben jetzt keine Zeit, in Erinnerungen zu schwelgen. Die Schatzsuche ruft.«

Ein paar Minuten später sitzen wir auf unseren Rädern und fahren in Richtung Innenstadt.

»Ich bin richtig gespannt, was das zweite Rätsel ist«, sage ich.

»Oh ja, ich auch. Hoffentlich ist es nicht ganz so schwer. Dieses Mal gibt es immerhin nur einen Tag, um es zu lösen.«

»Stimmt, vielleicht ist es ja wirklich ein bisschen leichter.«

»Hat Keno das erste Rätsel eigentlich gelöst?«

»Ja, er ist kurz vor uns da gewesen, wir haben ihn knapp verpasst.«

»Ah, okay!«

»Vorher dachte er übrigens auch, dass der Sonnenuntergang gesucht wird.«

»Das hätte auch echt gut sein können. Aber ich bin froh, dass wir noch auf das Badehaus gekommen sind.«

»Ich auch und wie!«, sage ich, während ich mein Rad in einen Fahrradständer schiebe.

Wir gehen den Weg über den Rasen am Kurplatz. Vor dem Conversationshaus bleiben wir stehen, es ist genau elf Uhr.

»Bereit?«, fragt Jo.

Ich nicke, und dann gehen wir hinein. Heute begleite ich meine kleine Schwester.

Wir betreten das Gebäude durch den Haupteingang. Im lichtdurchfluteten Empfangsbereich herrscht bereits reges Treiben. Viele unserer Kontrahenten sind bereits anwesend, haben sich an den fünf Schaltern angestellt, um das nächste Rätsel entgegenzunehmen. »Na, die scheinen das erste Rätsel ja wohl alle gelöst zu haben«, flüstere ich.

Wir reihen uns an dem Schalter links außen ein. Ganz vorn in der Schlange steht Askas Bruder, heute allein, die zwei Frauen dahinter habe ich noch nie gesehen.

»He«, ein junger Mann begrüßt uns freundlich, als wir an

der Reihe sind. Er wirkt nett und noch sehr jung, bestimmt macht er hier eine Ausbildung, überlege ich.

»He«, sagt Jo und reicht ihm die Austernschale, die wir gestern aus der Schatulle geholt haben.

Der Mann nickt. »Darf ich kurz Ihren Ausweis sehen?« Nachdem er die Identität meiner Schwester überprüft hat, übergibt er uns den Umschlag. »Viel Glück.«

Wir setzen uns auf eine Bank direkt am Kurplatz. Dabei halte ich Ausschau nach Keno, den ich bisher nicht gesehen habe. Er wird doch wohl das zweite Rätsel nicht verpassen?

Johanna löst die Lasche des Umschlages und holt den nächsten Hinweis heraus.

Finde den Pionier, der vor langer Zeit gekommen und nicht mehr gegangen ist.

Dreimal links, einmal rechts, zweimal links.

Johanna faltet das Papier wieder zusammen und steckt es zurück in den Umschlag. Dann grinst sie mich an. »Bist du für eine Wanderung ausgestattet?«

»Kennst du etwa die Lösung?«, frage ich.

»Ich glaube schon«, sagt Jo. »Damit ist bestimmt das Wrack gemeint«, flüstert sie mir ins Ohr. »Wir müssen zum Inselende.«

Wir brechen sofort auf, ich bin schließlich auf alles vorbereitet. Alles, was ich brauche, befindet sich in meinem Rucksack. Inklusive der Kiste von Oma.

Zuerst fahren wir quer durch die Norderneyer Innenstadt, bis wir am schöneren Teil der Strecke ankommen. Eine ganze Zeit geht es immer geradeaus, zwischen den Dünen und Feldern entlang. Auf Höhe des Norderneyer Golfplatzes sagt Johanna: »Ich muss was trinken, du auch?«

Ich nicke, wir halten, und sie gibt mir eine Thermosflasche. »Kaffee?«, frage ich, doch meine Schwester schüttelt den Kopf. »Probier!«

Der Inhalt ist kühl. »Eistee!«, stelle ich erfreut fest. »Zitrone mit Minze.«

»Und etwas Limette«, sagt Johanna. »Genau das Richtige bei dem Wetter. Im Café verkaufe ich es als Sommer-Eistee. Ich bereite ihn mit grünem Tee zu, den ich kalt aufsetze. Ohne Zucker!«

»Sehr lecker und super erfrischend.« Ich trinke noch einen großen Schluck. »Was heißt kalt aufsetzen?«

»Teeblätter in die Kanne, kaltes Wasser drauf und ab in den Kühlschrank, am besten über Nacht.«

»Hört sich einfach an.«

»Ist es.« Sie zeigt zum Golfplatz. »Der Bürgermeister hat hier mal einen Ball an den Kopf bekommen. Wie Papa schon mal«, sagt sie. »Wie lang ist das mit Papa jetzt her?«

»Drei Jahre«, antworte ich und schüttle bei dem Gedanken den Kopf. »Wusstest du eigentlich, dass Olivia mich damals angerufen und mir davon erzählt hat, weil Papa meinte, mit so einer kleinen Platzwunde müsse er nicht zum Arzt gehen? Und dann wollte er sich nicht von mir ins Krankenhaus bringen lassen. Ich sollte die Wunde in seiner Küche nähen.«

»Sie lacht. Das passt zu ihm. Schade, dass du es nicht gemacht hast. Dann hätte er eine neue Lieblingsgeschichte gehabt, die er zu jeder Gelegenheit zum Besten hätte geben können.« Sie verstellt ihre Stimme und klingt nun fast wie er. Meine Eltern haben nie richtig Nordhessisch gesprochen, aber bei bestimmten Worten hört man es insbesondere meinem Vater doch an. »Als meine Tochter mir auf dem Küchentisch die Wunde genäht hat … ohne Narkose versteht sich …« Sie lacht. »Schwingt Papa eigentlich immer noch den Schläger?«

»Ja, oben auf dem Platz in der Nähe des Herkules, am Wochenende. Er spielt, und anschließend verputzt er immer sein Herrenschnitzel. Ich glaube, dass da auch eine Frau im Spiel ist, die er dort kennengelernt hat. Genaues weiß ich aber nicht. Er hat mich die letzten Wochen schon ein paarmal zum Grillen eingeladen, aber immer dann, wenn ich Dienst hatte. Wir haben uns bestimmt schon sechs Wochen nicht gesehen, vielleicht auch acht.«

»Schade eigentlich, dass Olivia zurück in die USA gegangen ist«, sagt Johanna. »Ich mochte sie.« Sie runzelt die Stirn. »Fällt dir was auf? Ich habe es gemacht wie Papa. Ich habe mich in jemanden verliebt, der dann wieder in seine alte Heimat zurück ist.« Sie grinst. »Es hätte mich schlimmer treffen können. Wenn ich in der Sache Mamas Anlagen bekommen hätte, wäre ich diejenige, die wegen der Liebe woanders gelandet wäre, nur, um dann festzustellen, dass es nicht das Richtige war, und dann doch wieder in Kassel festsitzt.«

»Ich mag Kassel«, sage ich.

»Ich ja auch«, erwidert Johanna. »Manchmal vermisse ich es sogar. Aber die Nordsee würde ich noch mehr vermissen.« Ein paar Radfahrer düsen lachend an uns vorbei. »Aber vielleicht muss ich das auch nicht. Komm, lass uns den Schatz finden!«

Wir schwingen uns wieder auf unsere Räder, fahren am Leuchtturm vorbei, weiter in Richtung Oststrand und Oase. Kurz schießt mir durch den Kopf, dass wir auch super mit dem Inselbus bis hierher hätten fahren können. Zumindest bei meinem letzten Besuch auf Norderney gab es hier oben noch eine Haltestelle, aber das ist jetzt auch egal, wir haben es nämlich geschafft. Unsere Räder stellen wir auf dem Fahrradparkplatz ab und laufen einen befestigten Holzweg in Richtung Strand hinunter. Der Ort hier oben ist besonders beliebt bei Urlaubern mit einer Vorliebe fürs Nacktbaden. Denn das können sie ungestört am FKK-Badestrand tun. Mit zu viel Stoff auf der Haut wird man hier schräg angeschaut.

»Wir haben Glück, es ist Ebbe!«, sagt Jo.

Ich weiß genau, warum sie danach geschaut hat. Bei Ebbe ist es viel einfacher, zum Inselende zu gelangen. Wir können die acht Kilometer durch den feuchten Sand laufen, das ist eine große Erleichterung. »Sehr gut«, ich ziehe meine Schuhe aus und verstaue sie in meinem Rucksack. »Und Rückenwind haben wir auch noch!«, sage ich und lasse mich ein bisschen anschieben.

»Freu dich schon mal auf den Rückweg!«, ruft Johanna mir zu und lacht.

Gemeinsam gehen wir runter bis zum nassen Sand und machen uns auf den Weg zum Wrack. Wir laufen eine ganze Zeit lang geradeaus, entdecken Möwen, die in der Ebbe nach Nahrung suchen, und unzählige wunderschöne Muscheln, Steine und Treibholz. Am liebsten würde ich alles einsammeln und mitnehmen. »Sag mal, wie kommst du eigentlich darauf, dass das Wrack die Lösung ist?«

»Pionier ist der Name des Schiffes, das dort liegt. Na ja, zumindest die Überreste. Von einem Schiff kann man schon lange nicht mehr sprechen.«

»Ach, wie spannend, das wusste ich gar nicht. Ich dachte, Schiffe haben immer weibliche Namen.«

»Stimmt, so kenne ich es sonst auch. Aber dieses hieß auf jeden Fall Pionier, dafür lege ich meine Hand ins Feuer. Mit dem Mann, der mich allein auf der Insel hat sitzen lassen, hatte ich mal ein Date am Wrack, da hat er mir davon erzählt.«

»Ich dachte, es heißt Capella, das hat Opa uns zumindest früher gesagt.«

»Ja, das denken immer noch manche. Woher das kommt, weiß ich nicht. Aber es heißt Pionier, ich habe im Internet nachgesehen.«

»Merkwürdig«, sage ich, da geht Johanna plötzlich in die Hocke.

»Guck mal da vorn«, sagt sie.

Ich mache es ihr nach, und dann sehe ich ihn. »Ein Austernfischer«, flüstere ich. Der flinke Vogel sucht den Strand nach Muscheln und Schnecken ab. »Fast ein bisschen wir früher, mit Opa!«

»Ja.«

Wir hocken noch eine ganze Weile da, beobachten den Austernfischer und stehen erst wieder auf, als der heimische Vogel seine Arbeit für beendet erklärt hat und davonfliegt.

»Das war schön!« Solche Momente fehlen mir in Kassel.

Wenn ich Glück habe, sehe ich mal einen Buntspecht in der Aue oder einen Fischreiher im Bergpark. Aber das Maritime, die Wasservögel … Norderney wirkt einfach so unfassbar entschleunigend auf mich.

»Geht es dir eigentlich schon ein bisschen besser?«, fragt Jo, während wir weiterlaufen.

»Ja, schon. Zu Hause ist mir alles über den Kopf gewachsen. Hier kann ich endlich mal abschalten, ich fühle mich ein bisschen freier, auch wenn ich nicht richtig aus meiner Haut komme.«

»Ich finde, du machst das großartig, Liv!«, sagt meine Schwester und bleibt stehen.

»Ach, komm!«

»Doch, wirklich. In den letzten Tagen habe ich dich in manchen Situationen gar nicht mehr wiedererkannt. Und das meine ich durchaus positiv.«

»Die Zeit hier tut mir auf jeden Fall gut. Weißt du, ich habe das Gefühl, immer noch nicht das gefunden zu haben, was ich wirklich möchte. Du hast hier deinen Traum und kämpfst dafür, das bewundere ich sehr.«

»Kannst du dir denn vorstellen, Kassel zu verlassen? Ich meine, du hast da deine Wohnung, deinen Job, deine Freunde …«

Ich zucke mit meinen Schultern. »Darüber habe ich noch nie nachgedacht. Aber jetzt …«

Nach ein paar weiteren Kilometern sehe ich in der Ferne das Wrack liegen. »Wir sind gleich da.«

»Endlich!«, sagt Jo und zieht das Tempo ein wenig an.

Und dann stehen wir auch schon vor den Überbleibseln der Pionier und beginnen gleich, das Wrack abzusuchen. Irgendwo hier müsste doch eine Kiste sein. Mittlerweile ist von dem einstigen Muschelsauger nur noch ein bisschen rostiger beschmierter Stahl übrig. Viel Platz, um etwas zu verstecken, gibt es hier nicht.

»Ich habe was!«, ruft Jo von der anderen Seite des Wracks.

Schnell laufe ich zu ihr herum. In ihren Händen hält sie eine Blechdose. Sie ist mit einer Metallkette am Stahl befestigt. Ihr Deckel wurde mit einem Vorhängeschloss gesichert.

»Erinnerst du dich noch an den Code?«, fragt Jo.

»Dieses Mal muss ich leider passen.«

Johanna drückt mir die Dose in die Hand und holt den Briefumschlag aus ihrem Rucksack. »Okay, pass auf, dreimal links, einmal rechts, zweimal links.«

Ich gebe den Code ein, dann macht es klick, und das Schloss springt auf.

Gemeinsam untersuchen wir die Muscheln, die sich in der Dose befinden. Dieses Mal sind es Schwertmuscheln, die von Keno fällt mir zuerst in die Hände, und auch Benes Muschel entdecke ich. Wir scheinen früh mit der Lösung dran zu sein. Unsere Muschel liegt ganz unten, Jo strahlt bis über beide Ohren, als sie sie endlich in Händen hält.

Ein paar Meter vom Wrack entfernt lassen wir uns in den Sand fallen. Jo packt unseren Proviant aus, so wie wir es früher mit Oma und Opa gemacht haben, und legt unsere Handtücher auf den Boden. Ich setze mich, stütze mich auf meinen Armen ab und genieße den Ausblick auf die Insel Baltrum.

»Das haben wir gut gemacht!«, sagt Jo.

»Und wie!«, sage ich und halte ihr meine Hand zum Einschlagen hin. »Vor allem auch schnell, vielleicht waren wir sogar die Ersten.«

»Ja, vielleicht.«

Die beiden sind ein gutes Team, sie müssen es nur noch herausfinden. Omas Botschaften schießen mir durch den Kopf. »Du, Jo, ich möchte dir noch etwas erzählen.«

»Was denn?«

»Bevor ich auf die Insel gekommen bin, hat Mama mir etwas gegeben, was Oma uns hinterlassen hat. Also, ich weiß nicht, wem speziell, aber Mama hat es mir gegeben, als sie nach Kassel kam.«

»Okay, was ist es denn?«

»Eine Kiste mit kleinen Nachrichten und Briefen, die sie Opa geschrieben hat. Es sind viele zuckersüße Texte dabei, es geht oft um Liebe, Träume oder Dinge, die Oma und Opa erlebt haben. Und manche handeln auch von uns.«

»Echt?«, fragt Jo. Ihre Augen wirken auf einmal ganz wach.

Ich hole die Kiste aus meinem Rucksack und stelle sie vor uns in den Sand.

Jo streicht sanft über das alte Holz. »Ich kenne die Kiste«, sagt sie. »Als Kind habe ich sie mal im Wohnzimmerschrank gefunden, aber ich durfte nicht reinschauen. Seitdem war ich unfassbar neugierig und wollte unbedingt wissen, was drin ist. Ich dachte, Oma hat einen Schatz im Schrank versteckt.«

Ich muss schmunzeln. »In gewisser Weise ist es auch einer. Wollen wir mal reinschauen?«, frage ich.

Meine Schwester nickt, öffnet den Deckel und holt eine von Omas Nachrichten heraus.

Liebster,
gerade war ich einkaufen, als ich die Lebensmittel dann in den Kühlschrank räumte, habe ich mich gefragt, warum mich das so zufrieden und glücklich macht. Ich musste ernsthaft darüber nachdenken, denn es war mir nicht bewusst. Aber nun glaube ich, die Antwort gefunden zu haben. In meiner Kindheit und auch lange danach hatten wir nicht viel. Das weißt auch du mit Sicherheit noch ganz genau. Wenn es zu Weihnachten mal ein Stück Schokolade gab, war das etwas ganz Besonderes. Ansonsten stand fast jeden Tag eine Suppe auf dem Tisch. Oder Haferbrei. Beides Gerichte, die ich heute nur schwer runterbekomme. Mir zerreißt es das Herz, wenn ich daran denke, was wir unserer Tochter früher alles verwehren mussten. Aber umso glücklicher bin ich, dass wir Liv und Jo heute so viel geben können. Es fühlt sich an, als würden wir damit etwas wiedergutmachen, auch wenn es nicht so ist, das weiß ich.

Ich bin gespannt, was du dazu denkst, bis heute Abend,
deine Luise

Johanna legt die Nachricht zurück in die Kiste. »Ich weiß gar nicht, was ich sagen soll.«

Ich nicke. »Das verstehe ich. Der Brief war traurig, aber

die meisten Botschaften sind wirklich schön und haben mich schon einige Male zum Nachdenken angeregt.«

»Hast du sie schon alle gelesen?«

»Nein, bis jetzt nur eine Handvoll, aber nimm du die Kiste ruhig mit, ich finde, du bist jetzt an der Reihe.«

»Danke, Liv! Ich vermisse Oma und Opa so sehr. Mama hat mal erzählt, dass ihre Kindheit nicht leicht war. Aber ich habe mir nie Gedanken darüber gemacht, wie sich das wohl für Oma angefühlt hat.«

»Nein, ich mir auch nicht. Aber der Brief lässt mich Mama ein bisschen besser verstehen. Deswegen legt sie vermutlich so viel Wert auf Finanzielles«, überlege ich.

»Ja, wahrscheinlich hast du recht. Mama hat ja auch schon sehr früh angefangen zu arbeiten. Und ihre Partner sind eigentlich auch alle sehr gut situiert gewesen. Bestimmt sind es unterbewusste Entscheidungen oder auch bewusste, ich weiß es nicht.« Jo sieht nachdenklich aus.

»Das kann gut sein.«

»Ich habe übrigens auch noch etwas für dich!«, sagt Johanna und grinst plötzlich bis über beide Ohren. »Augen zu!«, befiehlt sie. Kurz darauf kramt sie in ihrem Rucksack und sagt: »Jetzt kannst du sie wieder öffnen!«

Ich blinzle, Tränen schießen mir in die Augen. »Ist das etwa …?«

»Opas Fernglas!«, sagt Johanna.

Kapitel 22

Ich drehe und wende das Fernglas hin und her. Es ist moosgrün, ziemlich schwer und ein ganzes Stück kleiner als in meiner Erinnerung. Damals kam es mir riesig vor, interessant, wie sich die Wahrnehmung ändert. Johannas Geste berührt mich, es ist schön, dass sie an mich gedacht hat. »Dann wollen wir das alte Teil mal ausprobieren.« Ich schaue hindurch, am Wrack vorbei in Richtung Inselspitze, und kann nicht glauben, was ich sehe. Das sind doch nicht etwa … doch! Auf jeden Fall! »Rate mal, was ich sehe.«

»Hmm«, macht Jo. »Einen Austernfischer?«

»Falsch«, sage ich. »Noch zwei Versuche.«

»Eine Silbermöwe?«

»Falsch, letzter Versuch.«

»Okay … Aber es ist schon ein Tier, oder?«

»Ja, genau genommen sind es sogar ziemlich viele Tiere.«

»Ach was, sind Seehunde da?«

»Ganz genau!«, sage ich und reiche meiner Schwester das Fernglas.

»Wow! Ich habe jetzt schon so häufig welche gesehen, aber es ist und bleibt immer wieder etwas ganz Besonderes.

Wie sie da faul ihre Bäuche in die Sonne halten, das ist echt der Knaller. Und einige Heuler sind auch dabei.«

»Ja, als wir die Rundfahrt gemacht haben, habe ich auch schon einen gesehen.«

»Total schön!«, sagt Johanna. »Dann tauschen wir, du nimmst das Fernglas mit und ich die Kiste?«

»Abgemacht, danke, Johanna!«

»Ich dachte mir, dass du dich darüber freuen wirst. Aber eine von Omas Nachrichten würde ich gern noch mit dir gemeinsam lesen. Moment, sind eigentlich auch welche von Opa dabei?«

»Das weiß ich nicht, bis jetzt habe ich aber noch keine entdeckt.«

Liebster,
gestern Abend hast du mich gefragt, wofür ich im Leben dankbar bin. Heute Morgen, als ich noch im Bett lag und du schon auf der Arbeit warst, habe ich darüber nachgedacht, wofür ich gestern den Tag über dankbar war. Das herauszufinden war gar nicht so einfach, aber es war doch einiges:
dafür, dass du mich zum Lachen bringst.
dafür, dass wir uns frische Lebensmittel kaufen können.
dafür, dass wir eine warme Wohnung haben.
dafür, dass wir mit unseren Enkelinnen telefonieren können.
dafür, dass du mich liebst, wie ich bin.
dafür, dass wir uns gefunden haben.
dafür, dass die fremde Frau uns auf dem Parkplatz ihr Ticket überlassen hat.

Ich bin sicher, dass ich noch eine ganze Menge mehr ge-

funden hätte. Aber ich wollte mir ein paar Dinge aufsparen, denn das mache ich jetzt jeden Morgen. Dankbar in den Tag starten.

Bis heute Abend, deine Luise

»Wie süß waren die beiden denn bitte?«, fragt Johanna.

»Sehr süß!«, sage ich und lächle meine Schwester an. Jeden Morgen aufzuzählen, wofür man dankbar ist … Die Idee gefällt mir, vielleicht probiere ich es morgen früh selbst mal aus, überlege ich. »Sag mal, wie ist eigentlich die Lage im Café?«

»Yve rettet mir den Hintern, sie vertritt mich aktuell und macht das echt super, sonst wäre das alles hier nicht möglich. Aber ich wollte sie gleich ablösen gehen, möchtest du mitkommen?«

»Klar, ich begleite dich. Wollen wir direkt los?«

Johanna verstaut die Kiste in ihrem Rucksack. Ich stecke das Fernglas in meinen, und dann machen wir uns auf den Weg.

Wir laufen durch den Sand in Richtung Oase. Der Gegenwind macht die Strecke nicht gerade angenehmer.

»Puh!«, mache ich und schnaube. »Das ist ganz schön anstrengend.«

»Ich habe dich gewarnt!«, sagt Johanna.

Stimmt, das hat sie. Aber es muss doch eine Möglichkeit geben, dass das Ganze ein bisschen erträglicher wird. Vielleicht, indem ich dem Wind nicht mehr so viel Angriffsfläche biete. Ich drehe mich zum Meer, den Blick starr nach vorn gerichtet, und beginne, mich seitwärts zu bewegen. Es ist tatsächlich ein bisschen weniger anstrengend. »Ich hab's!«, rufe ich meiner Schwester zu.

Johanna prustet los. »Was machst du denn da? Du siehst aus wie ein Krebs.«

»Ich trickse den Wind aus«, erkläre ich.

Kurz darauf laufen Johanna und ich wie zwei Krebse durch den nassen Sand. Jetzt muss auch ich kichern, es fühlt sich ein bisschen an wie früher, als wir noch unbeschwert Blödsinn miteinander gemacht haben.

»He, ihr zwei, das sieht aber interessant aus!« Vor uns steht Keno. Er hat seine Hände in die Hüften gestemmt und grinst bis über beide Ohren. »Habt ihr eine neue Fortbewegungstechnik entwickelt?«

Augenblicklich laufe ich rot an. Hitze steigt mir ins Gesicht. Super, jetzt sehe ich wirklich aus wie ein Krebs.

»Wenn du auf dem Rückweg bist, sprechen wir uns noch mal«, feixt Johanna.

Meine Schwester ist schlagfertig, das muss man ihr lassen.

»Gegenwind kann fies sein!«, lenkt Keno ein. Wahrscheinlich hat er gemerkt, dass mir die Situation gerade wahnsinnig unangenehm ist. »Wohin geht's denn für euch?«

»Ins Café«, sagt Johanna. »Yve hält für mich die Stellung, wir wollen sie ablösen. Und wo willst du hin?«

»Na, vermutlich dahin, wo ihr gerade herkommt. Und ich hoffe, es lohnt sich«, sagt Keno und schmunzelt.

»Tut es«, sagt Johanna.

»Ich würde ja echt noch gern mit euch quatschen, aber

dann sehe ich mal lieber zu, dass ich schnell ankomme.« Keno deutet mit seinem Kopf auf das Meer. »Ihr solltet euch auch beeilen, das Wasser kommt zurück.«

»Stimmt!«, sagt Jo. »Wir müssen echt los. Bis dann, Keno, schön, dass wir uns mal wieder gesehen haben.«

»Finde ich auch, Jona, bis dann!«, sagt er zu meiner Schwester.

Und dann schaut er mich an. Sein Blick sagt mehr als tausend Worte.

Gut eineinhalb Stunden später stehen wir vor dem Inselcafé. Mittlerweile ist es sechzehn Uhr, Primetime für Kaffee und Kuchen, was auch der gut gefüllte Fahrradständer vor dem Laden meiner Schwester bestätigt. Wir öffnen die Tür zum Café und gehen hinein. Es ist viel los, die Tische sind komplett belegt, Yve werkelt hinter dem Tresen und strahlt, als sie uns entdeckt.

»Gut, dass ihr da seid!«, sagt sie und drückt uns. »Ich weiß nicht, wie das passiert ist, aber guckt mal«, sagt sie und zeigt in den Gastraum.

»So viel los heute!« Johanna holt eine Schürze hinter dem Tresen hervor und bindet sie sich um die Hüften. »Ich fühle mich schrecklich, das kann ich nie im Leben wiedergutmachen.«

»Quatsch, ist schon in Ordnung, aber ich würde sagen, dass ich lebenslang freien Kaffee bei dir bekomme.«

»Sowieso!«, sagt meine Schwester. »Erzähl, wie können wir helfen?«

»Die Gäste sind so weit alle versorgt. Aber es gibt ein

Problem, mir geht das Gebäck so langsam aus. Waffelteig ist noch da, aber wir bräuchten dringend Kuchen und etwas Kleines, was wir zum Kaffee reichen können.«

Jo nickt, dann gehen wir in die Küche. »Hast du das Rezept für Omas Sandkuchen bekommen, Liv?«

»Ja, warte«, sage ich und schaue in die Nachricht, die Mama mir geschickt hat. »Wir brauchen Butter, Zucker, Vanillezucker, Salz, Zitronensaft, Eier, Mehl, Speisestärke, Backpulver, Puderzucker und Paniermehl. Aber wir können hier eh nicht backen, oder habe ich etwas verpasst?«

Jo schüttelt den Kopf. »Es geht nur um die Zutaten, ich muss ohnehin einkaufen, dann bringe ich die Sachen direkt mit.«

»Ah, okay. Und wie wäre es zusätzlich zum Kuchen mit Karamell?«, frage ich.

»Karamell? Als Bonbon?«

»Ja, so eine Art weicher Karamellhappen mit Meersalz. Nina hatte vor ein paar Jahren mal eine Phase, in der sie auf der Suche nach dem perfekten Karamellrezept war. Wir haben tagelang daran gearbeitet. Und haben es hinbekommen. Frisch aus dem Kühlschrank sind sie ideal zu einer Tasse Kaffee.«

»Hört sich gut an, was brauchst du dafür?«

»Zucker, hellen Sirup, den, den Oma früher immer hatte, Wasser, Sahne, Butter, Meersalz und ein bisschen Öl.«

»Das sollten wir hinbekommen«, sagt Jo und beginnt, ihre Vorratsschränke zu durchsuchen.

»Ach, und ich brauche zwei Töpfe, Backpapier, eine Backform und ganz wichtig: ein Thermometer!«

Vor mir steht ein Sammelsurium von Backzutaten und Utensilien. Die Zutaten sind abgewogen, die Töpfe stehen bereit, es müsste alles da sein. Wenn Jo gleich vom Einkaufen zurück ist, dürfte die erste Ladung Karamell bereits in einer der Backformen auskühlen. »Dann mal los«, murmle ich, beginne damit, eine Form mit Backpapier auszulegen, und fette sie anschließend leicht ein. Dann gebe ich die Butter und die Sahne in einen kleinen Topf und erwärme das Ganze, bis die Butter vollständig geschmolzen ist. In einem großen Topf mische ich währenddessen den Zucker, den Sirup und das Wasser und erhitze alles auf exakt 160 Grad.

Ich muss an Nina denken, die in ihrer Karamellphase fast wahnsinnig geworden ist. Ist die Temperatur zu niedrig, bleibt das Karamell zu weich, wenn man es zu stark erhitzt, wird es unfassbar hart. Oder es wird bitter, das kann auch passieren. Wir hatten alle Variationen mehrere Male, bis wir den perfekten Weg gefunden haben. Karamell kochen funktioniert nur strikt nach Plan, vielleicht gefällt es mir deswegen so gut.

Das Thermometer zeigt 160 Grad an, vorsichtig gieße ich die Sahnemischung dazu und gehe einen Schritt zurück. Es spritzt und brodelt, ich habe echt keine Lust, mich zu verbrennen. Nun erhitze ich die Masse noch einmal auf 118 Grad und muss mich beherrschen, nicht zu rühren, das würde sie zerstören. Dann gebe ich die Masse in die Backform und streue etwas Meersalz darüber.

»Mhh! Was duftet hier denn so gut?« Yve linst in die Küche.

»Sahnekaramell«, sage ich. »Es ist unglaublich lecker,

muss jetzt aber leider ein paar Stunden stehen. Wenn es kühler ist, können wir es in den Kühlschrank stellen, damit es härter wird.«

»Sehr cool!«

»Ja, und es geht schnell und ohne Ofen. Wir könnten eine ganze Menge davon vorbereiten.«

»Und den Sandkuchen backe ich heute Abend zu Hause«, sagt Jo, die mit zwei großen Permanenttragetaschen voller Lebensmittel hinter uns steht.

Erschöpft sitzen Yve, Jo und ich an einem der Tische im Café. Draußen färbt der Himmel sich rosa, die Sonne geht bereits unter. Meine Schwester hat den Tisch gedeckt. Es gibt frisches Brot, Butter, Aufstriche, Aufschnitt und eine Rohkostplatte.

»Hm«, mache ich, während ich eine Scheibe Käse auf mein Brot lege.

»Das sieht wirklich gut aus!«, schwärmt Yve.

»Wir haben es uns verdient!«, sagt Johanna und deutet mit ihrem Kopf in Richtung Küche, in der sieben Bleche mit flüssigem Karamell stehen.

»Das stimmt!«, sagt Yve. »Ich hoffe, der himmlische Duft wird niemals verfliegen.«

»Irgendwann kann man es nicht mehr riechen, glaub mir!«, sage ich und lache.

Plötzlich klingelt mein Handy, es ist Keno. Mein Magen zieht sich zusammen, damit habe ich wirklich nicht gerechnet. Wortlos halte ich meiner Schwester das Smartphone unter die Nase.

»Geh ran!«, sagt sie.

Ich stehe auf und gehe in die Küche. »He!«

»He, Liv, ich bin's. Du, ich möchte gern mit dir reden.«

»Okay, was gibt's denn?«

»Es tut mir sehr leid, dass ich gestern so reagiert habe, als du mich auf die Sache mit Antje angesprochen hast. Ich glaube, ich bin dir eine Erklärung schuldig.«

»Dann schieß mal los.«

»Antje und ich waren sechs Jahre ein Paar, bis ich vor drei Monaten einen Schlussstrich gezogen habe. Es war nicht immer einfach zwischen uns, wir haben uns häufig gestritten. Meistens war Eifersucht ein großes Thema. Antje hat hinter jeder Ecke etwas Böses gewittert. Sie hat mir kaum Vertrauen entgegengebracht, obwohl ich es nie ausgenutzt habe. Eine attraktive Frau, die im selben Supermarkt eingekauft hat, war schon genug, um einen riesigen Streit vom Zaun zu brechen. Versteh mich nicht falsch, die Zeit mit Antje war trotzdem schön, und ich weiß auch, wo die krankhafte Eifersucht herkam. Das hatte nichts mit mir zu tun, sie hat es aber trotzdem auf mich projiziert. Seitdem ist das Thema sehr sensibel für mich, und ich reagiere bei den kleinsten Anzeichen dar auf. Und dass wir Antje getroffen haben, war wirklich Zufall. Ich wusste nicht, dass sie an dem Abend in der Milchbar arbeitet, und das andere Aufeinandertreffen war auch nicht geplant, das musst du mir glauben.«

Einen kurzen Moment bin ich still. »Aber du machst das Gleiche wie Antje, du projizierst es auf mich«, sage ich.

»Ich weiß, und das tut mir sehr leid, ich habe mich verhalten wie ein Idiot.«

»Und das Tattoo …?«, frage ich.

Keno lacht. »Ich hatte bis vor einem Jahr eine Hündin, sie hieß Aila. Dafür steht das A, sie war nämlich meine erste große Liebe.«

Jetzt muss ich schmunzeln. Das finde ich tatsächlich ein bisschen süß. »Oh, und warum hast du sie nicht mehr?«

»Aila ist gestorben, sie war zwölf Jahre alt. Das war echt hart!«

»Tut mir leid!«, sage ich.

»Schon gut. Liv, ich würde mich sehr freuen, wenn du mir noch eine Chance gibst. Ich mag dich, sehr sogar, und würde dich wirklich gern kennenlernen«, sagt Keno.

Im Hintergrund höre ich eine Möwe rufen. Er scheint draußen unterwegs zu sein.

»Okay«, sage ich.

»Okay?«

»Ja, okay, wir können uns gern wiedersehen.«

»Schön, ich freue mich. Sehr! Liv? Das gibt es doch nicht!«, sagt Keno plötzlich. »Das passiert jetzt alles vielleicht ein bisschen schnell. Aber hast du Zeit? Das Meer leuchtet!«

»Echt jetzt? Ich bin mit Johanna und Yve im Inselcafé, ich frage die beiden mal und melde mich gleich, okay?«

»Okay, aber beeil dich, es sieht traumhaft aus!«, sagt Keno und legt auf.

»Jo, Yve?«

»Ja?«, fragt meine Schwester und schaut mich mit großen Augen an.

»Habt ihr Lust, schwimmen zu gehen? Das Meer leuchtet!«

»Dann los, worauf warten wir noch?«, fragt Yve und springt auf.

In 30 Minuten am Surfcafé, tippe ich in mein Handy und schicke die Nachricht an Keno.

Kapitel 23

»Weißt du noch?«, fragt Johanna, und ich muss lachen. Die Frage habe ich oft gehört, seitdem ich auf der Insel bin. Und ich habe sie mindestens genauso oft gestellt.

»Ja«, antworte ich, obwohl meine Schwester nicht sagt, was sie meint. »Wie alt waren wir damals?«

»Auf jeden Fall war ich älter als sechs, ich war nämlich schon in der Schule und habe einen Aufsatz darüber geschrieben, ich glaube in der vierten Klasse.«

»Passt«, sage ich. »Dann warst du neun, ich zwölf.«

Johannas Gesicht ist ein einziges Lächeln. »Du wirst es jetzt noch mehr lieben. Ich habe es im letzten Jahr wieder gesehen.«

»Wie kommt das Meeresleuchten eigentlich zustande?«, frage ich.

»Man erkennt es schon tagsüber, wenn das Wasser eine eigenartige Farbe annimmt. Es sieht fast ein bisschen rosa aus, das liegt an den Meeresleuchttierchen, die sich durch beständig warmes Wasser und wenig Wind vermehren. Sie heißen Noctiluca scintillans«, erklärt Yve.

»Spannend! Auch wenn die Vorstellung von den Tierchen irgendwie ein bisschen eklig ist!«, sage ich.

Wir gehen auf das Surfcafé zu. Schon von Weitem erkenne ich Keno. Neben ihm stehen drei weitere Personen. Aska, Bene und ein Mann, den ich vorher noch nie gesehen habe. »He!«, sage ich, drücke erst Aska, dann reiche ich den beiden Männern die Hand. »He«, sage ich zu Keno und drücke auch ihn. Ich merke genau, dass meine Schwester mich dabei schmunzelnd beobachtet.

»He, ich bin Tomme, ein Freund von Bene.«

»Freut mich!«

»Schön, dass ihr da seid!«, sagt Keno.

»Klar, das lassen wir uns doch nicht entgehen!«, sagt Yve. »Wollen wir?«

Wir nehmen die Treppe unterhalb des Surfcafés zum Strand runter. Vor uns liegt im Dunkeln die Nordsee, mir wird ein bisschen mulmig, als ich das Wasser rauschen höre. Aber schon vom Deich aus sehe ich das magische Schimmern der brechenden Wellen. Nachts war ich noch nie im Meer baden. Ein paar Meter vor dem Meeressaum bleiben wir stehen. »Wow!«, sage ich. Der Anblick ist überwältigend.

»Hast du das schon mal erlebt?«, fragt Keno. Er steht neben mir und legt einen Arm um meine Schulter.

»Als Kind«, sage ich. »Aber das ist schon sehr lange her.«

Wir ziehen unsere Kleidung aus und legen sie in den Sand. Keno scheint nicht der Einzige mit der Idee gewesen zu sein. Ein paar Meter neben uns geht eine andere Gruppe gerade ins Wasser. Sie quietschen und lachen, als die Wellen an ihren Körpern hochschwappen.

Gemeinsam gehen wir zum Spülsaum runter und bleiben einen Moment stehen.

»Worauf wartet ihr denn?«, ruft Johanna und rennt ins Meer. Meine Schwester hinterlässt leuchtende Fußabdrücke im nassen Sand. Als sich das Wasser an ihrem Körper bricht, glitzert und funkelt es überall um sie herum.

»Wie im Märchen«, flüstere ich, und dann mache ich es ihr nach. Ich laufe immer weiter und weiter, bis meine Füße den Boden gerade noch so berühren können.

Dicht gefolgt von Keno, der nicht von meiner Seite weicht. Er greift nach meiner Hand und zieht mich ein Stück näher an sich heran. »Wir sollten lieber nah beieinanderbleiben.«

Ich nicke und merke, dass sich die vielen kleinen Härchen an meinem Körper aufstellen. Es ist schön, wieder in seiner Nähe zu sein. Seine Entschuldigung vorhin war aufrichtig, das habe ich gespürt. Und auch wenn ich finde, dass er sich in der Situation nicht richtig verhalten hat, will ich versuchen, das Ganze zu vergessen und den Moment zu genießen. »Ich habe Gänsehaut«, sage ich.

Langsam gehen wir weiter, als meine Füße den Boden nicht mehr tasten können, lege ich mich auf den Rücken und lasse mich als Seestern auf dem Wasser treiben. Keno legt eine Hand unter meinen Rücken. Ich schließe einen Moment die Augen, mit ihm fühle ich mich sicher.

»Liv«, sagt Keno und betrachtet mich einen Moment. Seine Stimme klingt einen Ton tiefer als sonst. »Du bist wunderschön.«

Ich drehe mich im Wasser zu ihm, halte mich mit einer

Hand an seiner Schulter fest und sage: »Ich habe noch nie nachts im Meer jemanden geküsst.«

Keno legt eine Hand auf meinen Rücken, mit der anderen umfasst er meine Taille und zieht mich behutsam an sich heran. Dann küsst er mich. Sanft und gefühlvoll. Ein wohliges Ziehen breitet sich in meinem Bauch aus.

»Du schmeckst gut«, sage ich, nachdem sich unsere Lippen voneinander gelöst haben.

»Ach ja? Wonach denn?«, fragt er und schmunzelt.

»Nach Meer und mehr!«

Keno streicht mir eine nasse Haarsträhne aus dem Gesicht. »Du könntest heute bei mir übernachten.«

Das klingt verlockend, geht mir dann aber doch zu schnell. »Gib mir etwas mehr Zeit.«

»Du bekommst von mir alle Zeit, die du brauchst!« Er lächelt. »Küssen ist weiterhin okay?«

»Ja.«

Er zieht mich wieder an sich, diesmal so nah, dass nicht nur unsere Lippen sich berühren. Ich spüre Kenos Haut auf meiner, und das fühlt sich unfassbar gut an! »Du hast am ganzen Körper Gänsehaut. Ist dir kalt?«

Ich nicke. »Ja.«

»Lass uns ein Stück schwimmen, dann wird dir warm.«

Wir schwimmen zu Jo, Yve, Aska, Bene und Tomme, die ein paar Meter entfernt von uns im hüfttiefen Wasser mit dem Licht spielen. Yve malt mit ihrem Zeigefinger leuchtende Figuren, die anderen versuchen zu erraten, was es sein soll.

»Ist das ein Baum?«, fragt Tomme.

»Nein, aber fast«, sagt Yve und wiederholt ihre Zeichnung.

»Eine Blume!«, ruft Aska.

»Genau! Jetzt bist du dran.«

»Gehst du mit zu Keno?«, flüstert Jo mir ins Ohr, während wir uns wieder anziehen.

»Nein«, antworte ich. »Ich fahre nach Hause. Morgen früh müssen wir fit sein.«

»Das hört sich vernünftig an. Aber wenn ich an deiner Stelle wäre, würde ich es mir noch einmal überlegen. Ihr scheint euch ja wieder vertragen zu haben, hat er was zu dem Thema gesagt?«

»Ja, aber das erzähle ich dir später. Die Nacht heute werde ich so oder so nie wieder vergessen.«

Wir sitzen im Schneidersitz im Sand, da fragt Aska: »Möchte jemand etwas trinken? Ich habe Früchtetee gekocht.«

»Gern!«, sage ich und halte kurz darauf eine warme Tasse in meinen Händen. Trotzdem zittere ich am ganzen Körper, ohne die wärmende Sonne ist es ganz schön frisch, wenn man aus dem Wasser kommt.

Keno legt seinen Arm um mich. »Möchtest du meine Jacke haben?«

»Wenn du sie nicht brauchst«, sage ich und nicke.

Ich versinke in Kenos Jacke und setze mir die Kapuze auf. Langsam wird mir warm. »Danke!«, sage ich und lächle ihn an. Ich genieße die Aufmerksamkeit, die Keno mir gibt. Schon lange habe ich mich nicht mehr so geborgen gefühlt.

Langsam schlürfe ich den Tee aus und höre der Erzählung von Aska und Bene zu, wie sie den letzten Hinweis gefunden haben.

»Und ab morgen ist Bene auf sich allein gestellt, ich muss für eine Fortbildung ans Festland«, erklärt sie.

»Oh, wie schade!«, sagt Jo.

»Ach, das passt schon! Den Rest schaffe ich jetzt auch noch«, beteuert Bene.

Ich lehne mich an Kenos Schulter, lausche weiter meinen Freunden und schaue in den Himmel. Über uns leuchten die Sterne, hinter uns funkelt das Meer.

Kapitel 24

Ich blinzle verschlafen, drehe mich zur Seite – und schaue in Kenos Gesicht. Er schläft ruhig, atmet langsam ein und wieder aus. Wie gern würde ich mich jetzt an seinen warmen Körper schmiegen und einfach liegen bleiben. Aber die Schatzsuche wartet, es ist schon viel zu hell draußen. Jo steht bestimmt gleich vor meiner Tür, um mich abzuholen, und ich bin nicht zu Hause. Ich taste nach meinem Handy und entsperre das Display. Viertel vor zehn, wusste ich es doch. Leise steige ich aus dem Bett und schlüpfe in meine Anziehsachen. Sie riechen immer noch nach Karamell, aber auch ein bisschen nach Keno. Zu Hause muss ich auf jeden Fall kurz duschen und mich umziehen. Aber zuerst schicke ich meiner Schwester eine Textnachricht:

Treffen wir uns um elf direkt vor dem Conversationshaus?

Ja!, antwortet sie postwendend, dahinter hat sie ein grinsendes Emoji gesetzt, sie weiß ganz genau, dass ich doch schwach geworden und in Kenos statt in meinem Bett gelandet bin.

Ich lege meine Hand auf seine Schulter. »Hey«, sage ich leise.

Er sieht mich verschlafen an, dann umfasst er meine Hüfte und zieht mich zu sich runter ins Bett. »Guten Morgen, schöne Frau.«

Mein Körper reagiert sofort und mein Herz auch. Am liebsten würde ich da weitermachen, wo wir irgendwann mitten in der Nacht aufgehört haben. Aber der Kopf bleibt vernünftig, und so drücke ich mich sanft von ihm weg. »Es ist schon spät, ich muss leider los. Johanna wartet auf mich. Und das dritte Rätsel …«

»Die Schatzsuche.« Keno zieht einen Flunsch, richtet sich aber auf und fährt mit einer Hand durch sein Haar. »Dann ziehe ich mich wohl auch besser mal an. Sehen wir uns heute Abend?«

»Wenn die Schatzsuche es zulässt, sehr gern«, sage ich, rücke wieder ein Stück näher an ihn heran und küsse ihn.

»In der Nacht bist du mein Schatz!«, sagt Keno, nachdem sich unsere Lippen voneinander gelöst haben.

Ich muss lachen. »Und am Tag?«

»Die schöne Frau, die am Wasser stand, als ich sie das erste Mal sah. Du sahst bezaubernd aus in deinem Pyjama. So bezaubernd, dass ich fast hingefallen wäre, als ich mich nach dir umgedreht habe. Und dann sitzt du plötzlich am Hafen auf der Bank und nimmst an der Bootsfahrt teil. Ich musste mich echt zusammenreißen, damit ich nicht ständig zu dir rüberschiele.«

»Wie süß!« Ich gebe ihm noch einen Kuss. »Aber ich muss

jetzt wirklich los. Und werde mich die ganze Zeit auf heute Nacht freuen.«

Frisch geduscht, aber mit nassen Haaren sitze ich eine Dreiviertelstunde später auf meinem Fahrrad und fahre in Richtung Conversationshaus. Es ist zehn vor elf, es wird knapp, aber ich schaffe es auf jeden Fall, pünktlich da zu sein. Ich bahne mir meinen Weg durch die Innenstadt und stelle mein Rad am Kurplatz ab. Schon von Weitem sehe ich Johanna. Sie winkt mir zu, als sie mich entdeckt, und kommt mir ein paar Schritte entgegen.

»Guten Morgen, große Schwester«, sagt sie und grinst. »Wo kommst du denn her?«,

»Aus meinem Bungalow«, sage ich und merke prompt eine leichte Röte, die mir ins Gesicht steigt.

Johanna mustert mich einen Moment, dann sagt sie: »Du strahlst. War es so gut?«

»Ja«, sage ich.

»Erzähl! Alles!«

Ich muss lachen. »Es war sehr schön. Die Details behalte ich aber lieber für mich.« Ich weiß, dass meine Schwester mit der Aussage nur halb zufrieden ist, aber es gibt Dinge, die ich lieber mit mir selbst ausmache. Und die Nacht mit Keno gehört dazu.

»Na gut«, sagt Johanna und hakt sich bei mir unter. »Hauptsache, es hat dir gefallen. Dann lass uns jetzt die neue Aufgabe abholen.«

Mit gestrafften Schultern gehen wir ins Conversationshaus und stellen uns an der Schlange des linken Schalters an, so wie gestern.

»Never change a winning team!«, sagt Johanna, und ich sehe das genauso.

»He«, der junge Mann lächelt uns an. »Auf die Identitätsprüfung können wir heute verzichten, habt ihr die Muschel?«

Johanna holt vorsichtig die Schwertmuschel aus ihrer Jackentasche.

Der Mann nickt und übergibt uns den Umschlag, der das dritte Rätsel verbirgt. Wir verlassen das Conversationshaus und setzen uns wie gestern auf eine Bank gleich in der Nähe.

Finde das Bauwerk unter dem Zirkuszelt im Himmel.
Oben, unten, unten, oben, oben, oben.

Dahinter befindet sich noch ein weiteres Blatt.

Solltest du das dritte Rätsel lösen, ziehst du ins Finale ein, herzlichen Glückwunsch! Aber Achtung, es empfiehlt sich, morgen um 11 Uhr pünktlich zu sein. Denn anders als in den vergangenen Tagen geht es um Zeit.

Die Siegerehrung findet morgen um 20 Uhr auf dem Kurplatz statt.

Johanna drückt mir den Zettel in die Hand und schnauft. »Das ist wirklich schwierig!«

»Wir können ja nicht immer so viel Glück haben wie gestern, aber das schaffen wir. Wollen wir vielleicht irgendwo hingehen, wo wir ungestörter sind? Ich fühle mich ein bisschen beobachtet!«, sage ich, schaue dabei aber nicht meine Schwester an, sondern die Gruppe, die sich auf die Bank neben uns gesetzt hat und für meinen Geschmack viel zu sehr die Ohren spitzt.

»Gute Idee!«

Wir gehen ein Stück über den Kurplatz, vorbei an einer Eisdiele und direkt auf den Kurpark zu.

»Hier finden wir sicher ein ruhiges Plätzchen«, sagt Jo.

Aber da hat sie sich getäuscht. So wie wir den Park betreten, werden wir von einer Traube aus Enten umschwärmt.

»Was ist denn hier los?«, frage ich und lache. Circa vierzig Enten laufen schnatternd um uns herum. Wir können kaum einen Fuß vor den anderen setzen, ohne eines der gefiederten Tierchen zu erwischen. Abgesehen von den Enten ist der Kurpark wunderschön. Wir stehen mitten im Grünen, vor einem großen Teich, der den Vögeln ein Zuhause bietet. In seiner Mitte sprudelt eine Fontäne, überall stehen weiße Bänke mit Teichblick, auf denen man verweilen kann.

»Hör bloß auf, die Enten sind ein riesiges Problem. Die Touristen füttern sie, und das ist wirklich schlecht. Manchmal belagern sie einen richtig, das kann echt nervig sein.«

»Und für die Tiere ist es auch überhaupt nicht gut.«

»Ja, das stimmt. Wollen wir es trotzdem versuchen? Die Bank da vorn sieht nett aus.«

Wir gehen zu der Bank auf der rechten Seite des Teiches und setzen uns. Die Enten folgen uns auf Schritt und Tritt. Mittlerweile sitzen sie um uns herum und beobachten uns. Es könnte ja doch noch etwas Essbares aus unseren Taschen fallen.

»Gut, dann lass uns mal überlegen«, sagt Jo. »Finde das Bauwerk unter dem Zirkuszelt im Himmel.«

»Ein Zirkuszelt im Himmel … Könnte damit vielleicht das Sternenzelt gemeint sein? Oder eine bestimmte Sternenkonstellation? Gibt es ein Sternenbild, das so heißt? Zirkus oder Zelt?«

»Davon habe ich noch nie gehört. Aber wer weiß, es gibt ja viele Sternenbilder, die nicht so bekannt sind.«

Ich bemühe die Suchmaschine. »Nichts! Du hast recht, da sind wir auf dem falschen Weg.«

»Ansonsten bin ich wirklich überfragt.« Johanna zuckt mit den Schultern. »Die Sternenwarte hier auf Ney vielleicht? Das wäre zu einfach.«

»Aber einen Versuch wert, vorher brauche ich allerdings etwas Nervennahrung. Ein Eis! Du auch?«

Als die Enten plötzlich aufspringen, um den nächsten Parkbesucher zu belagern, nutzen wir die Chance und machen uns auf den Weg zu unseren Rädern. Unsere Köpfe rauchen, vielleicht brauchen wir bei der Lösung des Rätsels Unterstützung. Kurz denke ich darüber nach, Keno eine Nachricht zu schicken, verwerfe den Gedanken aber schnell wieder. Wir gehen aus dem Kurpark heraus, vor der kleinen schmucken Eisdiele am Rande des Kurplatzes bleiben wir stehen.

Wir sind die einzigen Gäste, es ist noch recht früh. »He«, begrüße ich die junge Frau, die hinter dem Tresen steht.

Ich lasse meinen Blick schweifen. Zwischen den vielversprechenden Sorten werde ich mich niemals entscheiden können. Die Auswahl ist nicht groß, aber eine klingt besser als die andere. In der Auslage entdecke ich eine ganze Reihe verschiedener Toppings. Baiserkrümel, Krokant, Keksbrösel, Kompott und Erdbeerpüree. Der Duft einer Mischung aus Vanille, Zwetschgen und Zimt liegt in der Luft. Himmlisch!

»He, wisst ihr schon, was ihr möchtet?«

»Ich schon«, sagt Johanna, noch bevor ich den Mund aufmachen kann. »Ich hätte gern eine Kugel Mein Mandel mit Keksbröseln im Becher, bitte.«

»Für mich bitte Inselkrokant in der Waffel mit Heidelbeerkompott.«

»Kommt sofort!«, sagt die Frau und beginnt, mit einem Eisportionierer eine Kugel zu formen.

Ich strahle wie ein kleines Mädchen, als ich die riesige Eistüte entgegennehme.

»Danke!«, sagt Johanna. »Sag mal, darf ich dich etwas fragen?«

»Klar!«, sagt die Eisverkäuferin.

»Ein Zirkuszelt im Himmel, was könnte das hier auf Norderney sein?«

»Puh, das ist schwierig, keine Ahnung, ich komme leider nicht von hier«, sagt sie.

»Das macht nichts, trotzdem danke!«

»Lasst es euch schmecken!«

Wir setzen uns auf eine Bank vor dem Laden. Die Sonne scheint zwischen den Bäumen hindurch und kitzelt uns an der Nasenspitze.

»Deins sieht aber auch gut aus!«, sagte Johanna plötzlich und steckt prompt ihren Löffel in mein Eis.

»Hey!«, schimpfe ich. »Ich habe doch selbst noch nicht probiert.«

»Schmeckt gut!«, sagt sie und lacht.

Das Eis ist unfassbar lecker. »In Kassel gibt es auch sehr gute Eisdielen, wie du ja weißt. Aber in den nächsten zwei Wochen werde ich mich wohl durch die verschiedenen Sorten hier testen«, sage ich.

Johanna kratzt den letzten Rest aus ihrem Becher heraus. »Es gibt immer mal wieder neue, und jede Sorte ist auf ihre Art gut. Ich habe auch schon überlegt, ob ich Eis anbiete. Aber Selbstmachen ist zu aufwendig. Ich weiß nicht, ob ich es so gut hinbekommen würde. Und außerdem freue ich mich immer, wenn ich mal außerhalb meines Cafés verwöhnt werde.« Johanna schaut nach oben in den Himmel.

»Was machen wir wegen des Zirkuszeltes?«, überlege ich.

»Ein paar Leute fragen«, antwortet Johanna. »Am besten Insulaner, die hier aufgewachsen sind oder zumindest schon lange hier leben.«

»Keno«, überlege ich laut, schüttle aber im nächsten Moment den Kopf. »Wir haben gestern beschlossen, dass wir keine Informationen austauschen und jeder für sich versucht, die Rätsel zu lösen. Er braucht das Geld auch. Was ist mit Yve? Sie ist doch hier aufgewachsen.«

»Ihre Mutter!«, sagt Johanna und springt auf. »Komm, wir fahren zu ihr.«

Kapitel 25

Wir sitzen an dem großen runden Esstisch von Yves Eltern. Vor uns steht eine große gläserne Karaffe, gefüllt mit Saftschorle und frischen Früchten.

»Was gibt es denn?«, fragt Antke und schenkt uns Schorle ein.

»Wir nehmen an der Schatzsuche teil«, beginnt Jo zu erklären.

Antke nickt. »Das hat Yve schon erzählt, sie vertritt dich in der Zeit im Laden, oder? Läuft es gut?«

»Ja, genau, ohne Yve wäre das nicht möglich. Die ersten beiden Rätsel haben wir schon gelöst, aber bei dem dritten hängen wir gerade fest. Würdest du es dir mal anschauen?«

»Aber natürlich!«, sagt Antke und lächelt. Dabei funkeln ihre warmen grünen Augen.

Jo holt den Umschlag aus ihrer Tasche und reicht ihn Yves Mutter.

»Finde das Bauwerk unter dem Zirkuszelt im Himmel. Oben, unten, unten, oben, oben, oben«, liest sie leise vor.

Jo und ich schauen sie erwartungsvoll an, doch Antke bleibt einen Moment, der uns unendlich lang vorkommt, still. Dann sagt sie: »Damit kann eigentlich nur ein ganz besonderes Bauwerk gemeint sein. Der Leuchtturm von Norderney.«

»Der Leuchtturm? Bist du sicher?«, hakt Johanna nach.

Antke nickt. »Wart ihr noch nie im Dunklen dort? Wenn ihr unter dem Turm steht und in den Himmel schaut, habt ihr bei Nacht das Gefühl, unter einem riesigen Zirkuszelt aus Licht und Sternen zu stehen.«

»Wow, das hört sich aber romantisch an«, sage ich.

»Ist es, ich habe dort damals meinen Heiratsantrag bekommen«, sagt Antke und schaut verträumt aus dem Fenster. Wahrscheinlich schwelgt sie gerade in Erinnerungen.

»Antke, du bist ein Schatz!«, sagt Jo. »Du hast uns wirklich sehr geholfen.«

Eine Saftschorle später sitzen wir wieder auf unseren Rädern. Die Schatzsuche beschert mir mehr Bewegung, als ich gedacht hatte. In Kassel bin ich in der Klinik auch oft den ganzen Tag auf den Beinen, aber es ist eine andere Art von Bewegung. Wir fahren die Nordhelmstraße entlang, biegen auf die Rheinstraße ab und fahren geradewegs auf den befestigten Dünenweg zu. Es ist wie ein kurzes Aufatmen, wenn man die Straßen hinter sich lässt und in die Natur eintaucht. Wir fahren vorbei am Norderneyer Krankenhaus, und Johanna weist mich wieder darauf hin, dass ich auch hier auf der Insel arbeiten könnte. Der Gedanke gefällt mir zunehmend mehr. Wir radeln an der Jugendherberge vorbei, immer geradeaus, durch das Meer aus Sand und Gräsern. Über uns schreit eine Möwe, und irgendwo lachen Kinder. Ich atme tief ein und wieder aus, fühle mich frei in dem, was ich tue, und das fühlt sich unglaublich gut an.

»Ohne Antke wären wir nie darauf gekommen!«, sagt Jo. »Ihre Erklärung klingt auf jeden Fall logisch.«

»Ja, das finde ich auch. Aber die Sache mit dem Sonnenuntergang klang auch logisch, oder?«

»Stimmt!«, sagt Johanna und lacht. Und dann ruft sie: »Wer als Erstes an der Kreuzung ankommt, hat gewonnen!«

So schnell, wie meine Schwester losprescht, kann ich gar nicht reagieren. »Du spielst mit unfairen Mitteln!«, rufe ich ihr hinterher und trete in die Pedale. An der Kreuzung bleibe ich stehen und schnaufe. »Ich bin zu alt für so einen Mist.«

Johanna lacht. »Du bist Anfang dreißig, nicht achtzig.« Kaum hat sie es ausgesprochen, radelt eine alte Dame mit schneeweißem Haar, gekleidet in ein geblümtes Sommerkleid, in schnellem Tempo an uns vorbei. »Moin!«, ruft sie fröhlich.

»Is klar!«, sage ich, und Johanna kringelt sich vor Lachen.

»Sie saß auf einem E-Bike«, sagt sie, als wir wieder losfahren.

»Würde ich mir auch zulegen, wenn ich hier wohnen würde.«

»Faule Nuss!« Johanna lacht wieder. »So bequem warst du doch früher nicht.«

»Da bin ich auch nicht zehn Stunden am Tag über die Station gerannt«, sage ich. »Außerdem bin ich nicht faul. Wir können gern dreimal um die ganze Insel radeln, aber bitte im gemäßigten Tempo.«

»Wir sind eh gleich da.« Jo zeigt auf den Leuchtturm, den wir in der Ferne bereits sehen können.

Fünf Minuten später stellen wir unsere Räder ab und steigen rauf zum karminroten Wahrzeichen Norderneys. Als Kinder waren wir mit unseren Großeltern mal oben. Erinnern kann ich mich aber kaum daran, nur, dass es anstrengend war.

»Warst du noch mal oben, seitdem du hier lebst?«, frage ich.

»Ganz oben?«, fragt Johanna und winkt ab. »Das sind mir definitiv zu viele Stufen!«

»Wer ist hier die faule Nuss?«, feixe ich und gehe auf den Sockel des Turms zu. »Wenn du Pech hast, wird sich das heute ändern!«

»Wieso?«, fragt Johanna und legt den Kopf schief.

»Na ja, ich könnte mir sehr gut vorstellen, dass die Kiste im oder oben auf dem Leuchtturm ist.«

»Meinst du echt? Dann wäre die Suche heute aber auch zeitlich begrenzt, der Turm schließt nämlich irgendwann.«

Ich schaue an dem Turm nach oben. Ich verstehe, dass er das Wahrzeichen Norderneys ist. Der Turm ist mit seiner karminroten Farbe und dem gigantischen Sockel ein beeindruckendes Bauwerk. »Wird er eigentlich noch aktiv für die Seefahrt genutzt?«

»Ja, ich habe mal gelesen, dass man sein Leuchten bei guter Sicht bis zu vierzig Kilometer weit sehen kann.«

»Wahnsinn!«, sage ich und gehe ein Stück um den Sockel herum. Irgendwo hier müsste die Truhe sein. Vorausgesetzt, Antke hatte recht, und das Versteck befindet sich wirklich nicht im Turm. »Lass uns erst mal hier draußen suchen. Hast du schon etwas?«

»Nein, nichts!«

Meine Schwester geht in der anderen Richtung um den Turm herum. Wir treffen uns vor der Eingangstür, neben der auf jeder Seite eine weiße Sitzbank steht.

Johanna rümpft die Nase. »Vielleicht müssen wir echt hoch.«

»Ich glaube nicht«, sage ich und zeige unter die rechte Bank. »Schau mal, da ist was!«

»Sehr cool! Dann können wir an das vorletzte Rätsel einen Haken setzen.« Johanna gib den Code ein, das Zahlenschloss springt auf. »Oh, auf die Lösung scheinen die anderen Teams schnell gekommen zu sein«, sagt sie und dreht die vier Herzmuscheln, die noch darin liegen, um, damit wir sehen können, für wen sie sind, und dann sieht sie mich mit großen Augen an. »Unsere Muschel ist nicht mehr drin!«

»Was? Zeig mal her«, sage ich und nehme die Kiste an mich. Aber meine Schwester hat recht. Die vier übrigen Muscheln sind von anderen Teams. Unsere ist nicht mehr dabei. Die von Keno und Aska auch nicht. »Soll ich Keno fragen, ob er was weiß?«

Johanna nickt. »Auf jeden Fall.«

Schnell wähle ich Kenos Nummer. Es tutet zweimal, dann nimmt er auch schon das Gespräch an.

»He, schöne Frau, was gibt's?«

»Hey, sag mal, du hast das Rätsel schon gelöst, oder?«

»Ja«, sagt Keno »Wieso? Braucht ihr Hilfe?«

»Schon, allerdings nicht für die Lösung. Hast du vorhin,

als du am Leuchtturm warst, zufällig gesehen, ob unsere Muschel noch in der Kiste war?«

»Ja, war sie, ich habe extra danach geschaut. Ich war schneller als ihr.«

»Mist!«, fluche ich. »Dann hat sie jemand rausgenommen. Sie ist nicht mehr drin. Und wir waren es nicht.«

»Ihr solltet es melden.«

»Ja, aber bei wem?«

»Das ist eine gute Frage, im Conversationshaus wird jetzt niemand mehr sein.«

»Okay. Wir lassen uns was einfallen.«

»Sag Bescheid, wenn ich irgendwie helfen kann.«

»Mach ich. Bis später.«

Johanna schaut mich an. »Und?«

»Vorhin war sie noch drin. Keno meinte, wir sollen es melden.«

»Super! Wo denn, im Conversationshaus ist niemand mehr.«

»Ja, das hat er dann auch gesagt.«

»Ganz ehrlich, das kann doch echt nicht wahr sein. Als würde uns jemand bestrafen, weil wir Antke um Hilfe gebeten haben.«

»Ach, so ein Quatsch! Das hat doch niemand mitbekommen und ist auch nicht verboten. Außerdem ist unsere Muschel sicher nicht die Einzige, die entwendet wurde.«

»Meinst du nicht?«

»Auf keinen Fall, ich kann mir kaum vorstellen, dass schon so viele Teams auf die Lösung gekommen sind. Was hältst du davon, wenn wir ein paar Schritte gehen und überlegen, was wir machen?«

Johanna nickt. Wir gehen zurück in Richtung unserer Fahrräder und laufen über die Straße, um auf den Dünenweg zu kommen, der sich gegenüber dem Leuchtturm befindet. Eine ganze Weile sagt keine von uns ein Wort.

»Kennst du nicht vielleicht jemanden aus dem Conversationshaus?«, frage ich vorsichtig.

»Ich habe auch schon überlegt, aber mir fällt wirklich niemand ein. Ich glaube, Yve kennt über Ecken Louise, die Frau vom Bürgermeister, aber sonst …«

»Das ist doch super, können wir sie nicht fragen?«

»Ich weiß nicht, meinst du nicht, dass das ein bisschen übertrieben ist?«

Ich zucke mit den Schultern. »Hast du eine Ahnung, wer sie geklaut haben könnte?«

»Ehrlich gesagt beschäftigt mich das am meisten. Ich kann nicht verstehen, wie man zu solchen Mitteln greifen kann.«

»Menschen sind gierig!«, sage ich. »Wir können uns gar nicht ausmalen, wozu manche Leute fähig sind.«

»Ja, wahrscheinlich ist das auch gut so.«

Gerade, als Johanna und ich umdrehen wollen, entdecken wir von Weitem Bene, er sitzt gedankenverloren auf einer Bank. Immer wieder schaut er in seine Hände, in denen er irgendetwas zu halten scheint.

»Stopp«, sagt Johanna und hält mich an meinem Handgelenk fest. »Was, wenn Bene die Muscheln hat?«

»Meinst du echt? Das kann ich mir nicht vorstellen.«

»Zumindest war seine nicht mehr in der Kiste.«

»Ja, aber unsere auch nicht. Vielleicht wurde seine auch geklaut.«

»Das kann natürlich sein«, stimmt Johanna mir zu.

Wir gehen auf Bene zu, er bemerkt uns erst, als wir genau vor ihm stehen.

»He, Bene!«, sagt Johanna.

Plötzlich zuckt Bene zusammen. Er erschreckt sich so sehr, dass er fallen lässt, was er in seinen Händen hatte.

Johanna und ich starren auf den Boden vor seinen Füßen. Ich zähle sieben Muscheln, eine davon wird ganz sicher unsere sein. Reflexartig will Bene sich bücken, um die Muscheln aufzuheben.

»Wag es ja nicht!« Johanna baut sich vor Askas Bruder auf. Ihre Hände stemmt sie in ihre Hüften, so wütend habe ich meine Schwester selten gesehen. »Was hast du dir dabei gedacht?«.

Bene lässt den Kopf sinken.

»Willst du mir nicht antworten?«, fragt Johanna.

»Es ist doch offensichtlich, oder? Ich wollte mir einen Vorteil verschaffen, ich weiß ja, dass das nicht richtig ist, aber …«

»Nichts aber! Dafür gibt es keine Rechtfertigung, Bene. Wir sind alle mit den gleichen Chancen in die Schatzsuche gestartet, wie hast du dir das denn vorgestellt? Dachtest du, dass die Teams ausscheiden, wenn du die Muscheln klaust? Das glaubst du ja wohl selbst nicht.«

»Ja, nein …«, stammelt Bene. »Eure Muschel wollte ich gerade wieder zurückbringen.«

»Na, wenn das so ist, können wir die Sache ja einfach vergessen«, sagt Johanna. Der ironische Unterton ist dabei nicht zu überhören. »Und wonach hast du entschieden? Sympathie? Konkurrenz?«

Bene zuckt mit den Schultern.

»Ich kann es einfach nicht fassen!« Johannas Stimme wird immer lauter, während Bene immer leiser wird.

»Das bringt doch hier nichts!«, mische ich mich ein. »Bene, was ist denn los mit dir?«

»Ich wollte ein einziges Mal etwas richtig machen!«, platzt es aus ihm heraus. »Immer versaue ich alles. Egal, was ich anfasse, es geht schief, und zwar richtig. Ich habe mich schon so oft neu erfunden, falle immer auf die Schnauze und stehe wieder auf. Jetzt wollte ich einfach ein einziges Mal etwas für mich gewinnen. Einmal Erfolg haben.« Tränen schießen in seine Augen. »Aska ist genau so chaotisch wie ich, aber ihr gelingt alles, sie ist beliebt auf der Insel. Und ich? Ich bin der merkwürdige Bruder, den alle mit einer hochgezogenen Augenbraue anschauen.«

»Hey«, sage ich und setze mich neben ihm auf die Bank. »Ich bin sicher, dass es eine Lösung für die Dinge gibt, die dich belasten. Aber bei der Schatzsuche zu betrügen, ist definitiv nicht der richtige Weg!«

»Das weiß ich doch!«, sagt Bene. »Ich hatte sofort ein schlechtes Gewissen, was meinst du, warum ich immer noch hier bin? Etliche Male bin ich aufgestanden, um die Muscheln zurückzubringen. Aber mein Wille zu gewinnen hat einfach alles überschattet.« Bene lässt den Kopf wieder sinken und seufzt.

Er tut mir leid. Es muss schlimm sein, sich immer auf der Verliererseite zu sehen. »Ich würde vorschlagen, dass wir die Muscheln jetzt erst einmal zurück in die Kiste legen«, sage ich.

Bene nickt, dann gehen wir gemeinsam zurück zum Leuchtturm.

»Hoffentlich war sonst noch niemand hier«, sagt Johanna und gibt den Code ein. Schnell steckt sie unsere Muschel in ihre Tasche, die Übrigen, die Bene an sich genommen hatte, legt sie hinein.

»Hier, Bene, das ist deine!«, sage ich.

Bene schüttelt den Kopf. »Leg sie bitte zurück in die Kiste, ich sollte nicht weiter an der Suche teilnehmen.«

»Bist du sicher?«, fragt Johanna.

»Ja, ich muss ein paar Sachen für mich klären. Stellt euch mal vor, ich würde gewinnen, das wäre nicht in Ordnung. Leg sie wieder rein.«

»Okay«, sage ich und schließe den Deckel. »Ich finde, das ist die richtige Entscheidung.«

Es ist kurz vor zehn, als Johanna und ich endlich an meinem Bungalow ankommen. Nach der Aufregung mit Bene haben wir uns in der Stadt eine Pizza gegönnt. Jetzt sind wir pappsatt und hundemüde. Das wird besonders deutlich, als Johanna aus tiefster Seele gähnt.

»Willst du vielleicht bei mir schlafen?«, frage ich.

»Das ist lieb und wirklich verlockend, ich habe echt keine

Lust, wieder da rauszugehen, aber ich habe doch gar nichts hier.«

»Schlafzeug kannst du von mir haben, und eine Ersatzzahnbürste habe ich auch dabei.«

»Du hast eine Ersatzzahnbürste dabei?«, fragt Johanna und lacht. »Du bist nur ein paar Tage hier, Liv.«

»Ja, aber man weiß ja nie, ich bin eben gern auf alles vorbereitet.«

»Das habe ich in den letzten Tagen fast vergessen, aber heute bin ich sehr dankbar für deine Planungsliebe.«

»Siehst du …«, sage ich und grinse.

Zwanzig Minuten später fallen wir nebeneinander ins Bett.

»Bene tut mir leid«, sagt Johanna.

»Ja, mir auch, ich hoffe es geht ihm nicht allzu schlecht. Aber was er da gemacht hat, war wirklich dumm.«

»Total! Hast du Keno eigentlich Bescheid gegeben?«

»Mist, das habe ich total vergessen.« Ich rolle mich auf die Seite, nehme mein Handy vom Nachttisch und tippe eine Nachricht ein.

Alles geklärt, morgen geht's ins Finale!

Es dauert nicht lange, da trifft seine Antwort bei mir ein.

Schön, ich freue mich für euch. Aber noch mehr würde ich mich freuen, wenn du jetzt neben mir liegen würdest! Sehen wir uns noch? Ich kann in zehn Minuten bei dir sein.

Neben mir im Bett liegt Johanna, schreibe ich lächelnd.

Das ist ein Argument. Liebe Grüße, süße Träume!

Dir auch, schlaf gut. Und viel Glück morgen.

»Liebe Grüße von Keno.«

»Ich mag ihn«, sagt sie.

»Ich auch.«

Meine Schwester liegt auf dem Rücken, streckt beide Beine nach oben und betrachtet ihre Füße. »Weißt du noch, damals, als ich bis über beide Ohren in Mirko verknallt war und mir deswegen mit Mamas Nagellack die Fußnägel lackiert habe? Da war ich fast vierzehn. Du warst siebzehn und hattest deinen ersten Freund, Joshua.« Sie lässt die Beine sinken. »Mama hat dich gezwungen, mit mir ein ernstes Wörtchen zu reden, weil sie Angst hatte, dass ich schwanger werden könnte. Deswegen solltest du mich aufklären.«

Ich muss lachen. »Du warst bereits bestens informiert.«

»Ich war vierzehn, natürlich war ich das. Davon mal ganz abgesehen, hat Oma mir alles ganz genau erklärt. Das war, kurz nachdem ich eingeschult wurde, ein paar interessante neue Schimpfwörter von meinen Mitschülern gelernt habe und Oma danach gefragt habe, was sie bedeuten. Das F-Wort zum Beispiel.« Sie lächelt. »Du hast nie so geschimpft. Du warst immer anständiger als ich.«

»Denkst aber auch nur du«, erwidere ich.

»Ist doch so. Du hast nicht geklaut, nicht gekifft, nicht geflucht. Ich war die, die all die bösen Dinge gemacht hat. Du warst die Brave.«

»Kannst du das bitte wiederholen, wir nehmen es auf und schicken es an Nina? Ich würde gern ihr herzhaftes Lachen hören, wenn du behauptest, dass ich brav war.«

»Warst du nicht?«

»Ich war cleverer als du«, antworte ich, »und habe mich nie erwischen lassen.«

»Ach, so ist das.« Sie grinst. »Das beruhigt mich irgendwie.«

»Davon mal ganz abgesehen«, sage ich, »fällt der Apfel eben nicht weit vom Stamm. Das haben wir von Papa.«

Meine Schwester setzt sich auf und in den Schneidersitz. »Wie, von Papa?«

»Wenn du mal wieder in Kassel bist, schau doch mal bei ihm in der Wohnung in den Büfettschrank, wo er den ganzen teuren Alkohol aufbewahrt. Da ist auch eine Zigarrenschachtel drin, in der keine Zigarren liegen … Und hast du dich noch nie gefragt, wo die Handtücher mit den bestickten Hotelnamen herkommen? Du glaubst doch nicht, dass er sie kauft.«

»Das ist der Hammer!« Johanna schüttelt den Kopf. »Ich dachte immer, dass ich es von Mama habe.«

»Wir haben beide von beiden was.« Ich grinse breit. »Und Joshua war übrigens nicht mein erster Freund. Davor war schon Nico. Davon hat nur niemand was mitbekommen, weil wir immer bei ihm waren. Er hatte oben das ganze Dachgeschoss für sich, und seine Eltern waren nie zu Hause. Und davor war Jannik, aber nur ein paar Monate. Ich war also fünfzehn, als ich meinen ersten Freund hatte, nicht siebzehn.«

»Und ich war sechzehn, nicht vierzehn«, erwidert meine Schwester. »Das mit Mirko und mir ist nämlich nie was geworden. Und weil ich ihn fast zwei Jahre angeschmachtet habe, hatte ich keine Augen für andere Jungs.« Sie mustert mich lächelnd. »Stille Wasser sind tief.«

»Sind sie nicht mehr«, sage ich. »Der Job in der Klinik hat mich verändert. Keine Rauschmittel, Alkohol nur in kleinsten Mengen und gar keinen, wenn ich am nächsten Tag Dienst habe. Und auch keine Männer, wobei mir beides bisher nicht gefehlt hat.«

»Und jetzt wird es das«, sagt Johanna. »Keno wird dir fehlen.«

»Und du mir auch«, erwidere ich. Die Vorstellung, bald wieder zurück nach Kassel zu fahren, löst ungute Gefühle in mir aus. Gerade kann ich mir überhaupt nicht vorstellen, wieder in meinen Alltag einzutauchen, mich so sehr zurückzunehmen, wie ich es in den letzten Jahren getan habe.

Johanna lässt sich rücklings aufs Bett fallen und hebt wieder ihre Beine an. »Findest du eigentlich, dass wir schöne Füße haben?«

»Was?« Ich muss wieder lachen. »Wie kommst du denn jetzt darauf?«

»Ich wollte mir in der letzten Woche Sandalen kaufen, weil bei meinen alten ein Riemchen gerissen ist. Aber sie waren mir zu teuer, deswegen habe ich sie nicht genommen. Da hat die Verkäuferin gesagt, dass das schade sei, weil ich so schöne Füße hätte, wie gemacht für die Sandalen.« Sie wackelt mit den Zehen. »Aber weißt du was, wenn die Schatzsuche vorbei ist, leisten wir uns eine Fußpflege mit Lack am Ende. Das haben wir uns verdient, ganz egal, ob wir gewinnen oder nicht. Es gibt eine gute Fußpflegerin auf der Insel. Sie heißt Kim, arbeitet eigentlich in einer Pension, aber wir würden sicher einen Termin bei ihr bekommen.«

»Gute Idee, habe ich schon seit Ewigkeiten nicht mehr gemacht.« Ich lege mich neben meine Schwester und strecke ebenfalls die Beine nach oben. »Und ja, ich finde, wir haben schöne Füße. Jo, wenn wir nicht gewinnen sollten, dann leihe ich dir die fünftausend Euro für den Ofen, das ist wirklich kein Problem.«

»Das ist total lieb von dir, aber ehrlich gesagt, ist das nicht alles.«

»Was heißt das?«

»Liv, wegen fünftausend Euro würde ich doch nicht so einen Stress machen. Ich brauche mindestens fünfzehn. Ich muss Yve bezahlen, sie hat in den letzten Monaten so oft ausgeholfen. Und es gibt auch noch ein paar andere Rechnungen, die offen sind. Außerdem kostet der Ofen wahrscheinlich ein bisschen mehr. Fünftausend zahlst du für eines der günstigsten Modelle, aber ob das was taugt? Ich habe jeden Tag Angst, in meinen Briefkasten zu gucken. Es geht längst nicht mehr nur um den Ofen.«

»Jo, warum hast du mir denn nichts gesagt? Ich wusste nicht, dass du so große Sorgen hast.«

»Weil es mir unangenehm war.«

»Das verstehe ich!«, sage ich und drehe mich zu ihr. »Wir bekommen das irgendwie hin, das verspreche ich dir!«

»Danke!«, sagt Johanna und gähnt herzhaft.

Eine Viertelstunde später knipse ich das Licht aus.

»Gute Nacht, große Schwester«, sagt Johanna.

»Schlaf gut, kleine Schwester.«

Johanna hat in drei Wochen Geburtstag. Dann bin ich nicht mehr hier. Aber sie hat meine Schuhgröße. Ich werde ihr ein Paar Sandalen für ihre schönen Füße schenken.

Kurz bevor ich einschlafe, sagt meine Schwester neben mir laut: »Ich kann nicht fassen, dass Papa Hotelhandtücher klaut. Ich rege mich immer über die Gäste auf, die meine Löffel und Gabeln mitgehen lassen.«

»Die klauen dein Besteck?«

»Manchmal, ja. Wahrscheinlich für den Strand oder für unterwegs.« Sie rollt sich zur Seite und gähnt. Und schon im nächsten Moment schläft sie.

Ich hingegen bin hellwach. Gestern habe ich mit Keno in einem Bett geschlafen, heute liegt meine Schwester neben mir.

Kapitel 26

Das Klingeln meines Weckers reißt mich aus dem Schlaf. Ich bin sofort hellwach, heute ist der Tag der Tage.

»Guten Morgen«, sagt Johanna.

»Na, hast du gut geschlafen?«

»Und wie! Ich hatte ja keine Ahnung, dass das Boxspringbett so unfassbar bequem ist.«

»Wahnsinn, oder? Ich habe auch schon überlegt, mir eins für zu Hause zu kaufen. Meine Matratze müsste ohnehin mal ausgetauscht werden.«

»Schade, dass du bald wieder fährst, ich habe mich schon so daran gewöhnt, dass du hier bei mir bist!«

»Ja, ich mich auch«, sage ich. »Mein Leben in Kassel fühlt sich aktuell so weit weg an. Und ehrlich gesagt vermisse ich es gerade auch nicht wirklich.«

Johanna dreht sich auf die Seite, stützt ihren Kopf auf einer Hand ab. »Dann bleib doch einfach.«

»So einfach ist es nicht, das weißt du selbst am besten«, sage ich. »Wenn ich einen Job in der Klinik hier bekommen würde, bräuchte ich eine Wohnung. Du hast selbst mal gesagt, wie knapp der Wohnraum ist. Und ich weiß ehrlich gesagt nicht, ob das Leben hier auf Dauer das Richtige für mich ist. Außerdem bin ich ja auch noch ein paar Tage da, wer weiß, vielleicht kannst du mich bald schon gar nicht mehr ertragen.«

»So ein Quatsch, ich würde mich wirklich sehr freuen. Aber du hast natürlich recht, das mit dem Wohnraum auf der Insel ist eine Katastrophe.« Sie setzt sich im Bett auf, so wie gestern Abend. »Es sei denn, Keno gewinnt, bringt sein Boot auf Vordermann und umsegelt die Welt. Dann kannst du in seine Wohnung ziehen und Mama in Kassel in deine.«

»Aber das wird nicht passieren, weil wir gewinnen!«, sage ich und stehe auf.

Frisch geduscht sitze ich mit einer Tasse Kaffee auf der Terrasse. Aus meinem Badezimmer dröhnt laute Musik. Meine Schwester schmettert gemeinsam mit Katy Perry »Roar« unter der Dusche und hält sich dabei nicht zurück. Es hört sich ein bisschen so an, als würde sie sich kampfbereit machen. Und das ist auch gut so, Kampfgeist können wir heute gebrauchen. Auch wenn es sich komisch anfühlt, gegen Keno anzutreten, wünsche ich niemandem so sehr den Preis wie meiner Schwester. Was Johanna gerade zu mir gesagt hat, war sehr schön. Es fühlt sich gut an, dass sie mich in ihrer Nähe wissen möchte. Als ich auf die Insel gekommen bin, habe ich mit allem gerechnet, aber nicht mit dieser Entwicklung zwischen uns. Die ehrlichen Gespräche und die Schatzsuche haben uns zusammenrücken lassen. Es wäre so schön, meine Schwester auch in Zukunft ein bisschen näher bei mir zu wissen.

Als Johanna im Bademantel aus dem Bad kommt und sich zu mir setzt, schenke ich ihr eine Tasse Kaffee ein und für mich auch noch eine. Da piept mein Handy, und kurz darauf noch mal und noch mal. Es sind drei Nachrichten bei mir eingetroffen.

Ich rechne mit Keno, aber sie sind von Frau Klischat, wie ich kurz darauf feststelle. Sie hat mir Fotos von der Geburtstagsfeier geschickt. Auf einem davon ist unsere Mutter abgelichtet. Sie sitzt neben einem jungen, gut aussehenden Mann und hat ihren Kopf an seine Schulter gelegt.

Kommentarlos halte ich meiner Schwester das Handy hin. Das hätte ich nicht machen dürfen. Zumindest hätte ich sie vorwarnen müssen. Dann hätte sie dabei nicht getrunken, sich nicht verschluckt, nicht gehustet und den Kaffee nicht über den Tisch geprustet. Ich reiche ihr eine Serviette.

Sie tupft sich über das Gesicht, während ich den Tisch abwische.

»Bitte nicht! Jetzt geht das wieder los!«, sagt sie.

»Das heißt doch noch gar nichts«, erwidere ich.

Sie scrollt das Foto größer und hält es mir hin. »Sie hat den gleichen Gesichtsausdruck wie du, seitdem du Keno kennengelernt hast.« Johanna schiebt das Bild etwas und zeigt mir unseren Vater. »Und er sieht auch nicht anders aus. Du kennst die beiden doch. Sie können nicht mit, aber auch nicht ohne einander. Vielleicht solltest du dir doch noch mal Gedanken darüber machen, ob du nicht lieber auf eine Insel flüchtest. Wenn du wieder in Kassel bist, heult sich Mama bei dir aus, wenn das mit den beiden schiefgeht.«

»Wenn ich nach Norderney ziehe und das mit den beiden

schiefgeht, packt Mama ihren Koffer und kommt auch auf die Insel«, kontere ich.

»Stimmt auch wieder«, sagt sie. »Darf ich sie von deinem Handy aus anrufen?«

»Klar«, sage ich. »Aber stell laut.«

Es dauert nicht lang, da höre ich die Stimme meiner Mutter. »Hallo, Liv-Schatz«, sagt sie.

»Hier ist Johanna-Schatz«, erwidert meine Schwester. »Guten Morgen, Mama. Wir wollten nur mal hören, wie es dir und Papa geht. Liv sitzt mit mir am Tisch. Liebe Grüße von ihr.«

»Mir geht es gut«, sagt meine Mutter. »Wie es eurem Vater geht, müsst ihr ihn schon selbst fragen. Er ist arbeiten.«

»Mama!«, sagt Johanna. »Frau Klischat hat Liv Fotos geschickt, auf denen du mit Papa bist.«

»Hallo, Mama«, sage ich laut.

»Liv-Schatz, guten Morgen«, erwidert Mama. »Wie geht es euch?«

»Gut«, antwortet Johanna. Und dann sagt sie: »Lass die Finger von Papa, am Ende heult wieder einer von euch beiden.«

Meine Schwester hat einen offeneren Umgang mit meiner Mutter. Ich hätte so etwas nie gesagt. »Liv sieht das auch so«, sagt sie. »Oder, Liv?«

»Nein«, entgegne ich und lächle meine Schwester an. Dann sage ich laut: »Viel Spaß, Mama. Und viele Grüße an Papa.«

»Werde ich ausrichten. Euch beiden auch viel Spaß. Und sonst, ist alles gut?«

»Ja«, sage ich. »Aber wir melden uns später. Wir müssen jetzt nämlich einen Schatz finden.«

Es ist kurz vor elf, als wir am Conversationshaus ankommen. Einige Leute haben sich bereits vor den Türen versammelt. Zehn Teams müssten es noch sein, wenn ich richtig zähle. Auch ein Kamerateam eines lokalen Fernsehsenders ist anwesend und führt ein Interview mit einer Teilnehmerin.

»Die Schatzsuche muss ganz schöne Wellen geschlagen haben«, sage ich.

»Ja, in den Medien wird rauf und runter berichtet. Baltrum hat bereits angekündigt, im nächsten Jahr auch eine Schatzsuche zu organisieren. Viele Neyer ärgern sich, dass sie nicht teilgenommen haben. Ich glaube, am Anfang haben es viele nicht so richtig ernst genommen.«

»Wahnsinn!«, sage ich und muss an den alten Seebären denken, den ich am Strand getroffen habe. Ich habe ihn seitdem nie wieder gesehen, ob es ihm gut geht?

»Guten Morgen«, höre ich eine tiefe, mir vertraute Stimme. Keno steht hinter mir, umfasst mit seinen Armen meinen Bauch und küsst mich auf meine Schulter.

»Guten Morgen«, sage ich und drehe mich zu ihm um. »Wie geht's dir? Bist du schon aufgeregt?«

»Schlecht, weil ich die Nacht allein verbringen musste«, sagt Keno und grinst mich an. »Aber aufgeregt bin ich nicht. Ich lasse es einfach auf mich zukommen.«

»Also ich weiß ja nicht, was ihr zwei Turteltauben so vorhabt, aber ich gehe jetzt rein und hole mir das letzte Rätsel ab. Viel Glück, Keno!«, sagt meine Schwester, und dann verschwindet sie im Conversationshaus.

Ich drücke Keno einen Kuss auf den Mund. »Viel Glück!« Meine Schwester muss ich nicht lang suchen, sie steht am linken Schalter und nimmt gerade den Umschlag entgegen.

»Guck mal«, sagt sie und hält ihn mir unter die Nase. Er ist golden, mit der Aufschrift *Finale*.

Wie in den letzten Tagen setzen wir uns auf eine Bank am Kurplatz. Johanna öffnet den Umschlag, holt das letzte Rätsel heraus und liest vor: »Es gibt einen süßen Weg, den man gehen kann. Dort gingen vor langer Zeit Dinge vor sich. Finde den Ort mit ähnlichem Namen und bitte um das, was brennend serviert wird.« Sie wiederholt das Geschriebene noch zwei weitere Male und sagt dann leise zu sich selbst: »Denk nach, Johanna. Denk nach!«

»Hast du eine Idee?«

»So halb, das Rätsel besteht aus mehreren Teilen, schon ein bisschen unfair, oder?«

»Sie haben sich für das Finale eben etwas Besonderes einfallen lassen.«

»Na ja, den letzten habe ich zumindest durchschaut. Bitte um das, was brennend serviert wird. Damit werden sie Friesengeist meinen, das ist ein ostfriesischer Schnaps, er wird angezündet, wenn sie ihn servieren. Dazu wird ein Spruch aufgesagt. Wie Irrlicht im Moor, flackert's empor … So fängt er an.«

»Okay, das ist doch schon mal ein guter Anfang.«

»Ja, allerdings bringt uns das nicht viel, wir wissen nämlich nicht, wo wir darum bitten sollen.«

»Noch nicht«, sage ich. »Vielleicht schauen wir uns die ersten beiden Teile mal genauer an. Es gibt einen süßen Weg, den man gehen kann. Gibt es spezielle Wanderwege auf Norderney?«

Johanna nickt. »Gibt es mit Sicherheit, aber ich habe keine Ahnung, wo sie entlangführen, geschweige denn, wie sie heißen.«

»Ich schaue nach, es gibt so viele Touristen auf der Insel, da muss doch etwas im Internet zu finden sein.« Ich gehe auf die offizielle Internetseite der Insel und werde schnell fündig. »Es gibt unzählige Wanderwege.«

Johanna schnauft. »Na super!«

»Einen Thalasso-Kur-Weg in sämtlichen Variationen, den Polder Wattweg, den Dünenweg, Dünen-Herrerweg, den Planetenwanderweg, den Zuckerpatt, den Leuchtturmrundweg.«

»Zuckerpatt!«, unterbricht Johanna mich. »Es gibt einen süßen Weg, den man gehen kann. Es muss der Zuckerpatt sein.«

»Dann sollten wir uns auf den Weg machen!«

Johanna und ich fahren im Slalom durch die Innenstadt, rauschen an Urlaubern vorbei und geben noch mehr Gas, als wir endlich zu den wenig befahrenen Straßen kommen.

»Jo, ich kann nicht mehr!«, rufe ich meiner Schwester zu, die mir immer eine Fahrradlänge voraus ist.

Sie lässt sich zurückfallen. »Heute geht es um Zeit, Liv!«

Jo hat recht, heute kommt es darauf an, wer als Erster das Rätsel löst. Ich gebe wieder ein bisschen mehr Gas. Der Zuckerpatt befindet sich in der Nähe meiner Unterkunft. Von der Emsstraße geht es auf den befestigten Dünenweg. An einer Bank auf dem Zuckerpatt stellen wir unsere Räder ab und setzen uns.

»Puh!«, mache ich und wische mir mit dem Handrücken den Schweiß von der Stirn. »Gibt es hier auf dem Zuckerpatt etwas Besonderes?«

»Nicht, dass ich wüsste. Er führt zur Weissen Düne, aber sonst ist hier nichts.«

»Es gibt einen süßen Weg, den man gehen kann. Dort gingen vor langer Zeit Dinge vor sich. Finde den Ort mit ähnlichem Namen und bitte um das, was brennend serviert wird«, sage ich. »Okay, gibt es einen Ort mit ähnlichem Namen? Ein Restaurant vielleicht? Es muss ja etwas sein, wo dieser Friesengeist ausgeschenkt wird.«

»Ich habe gerade schon im Internet geschaut, es gibt eine Ferienunterkunft, aber das kann es nicht sein.«

»Ähnlicher Name kann ja vieles bedeuten. Vielleicht ist es ein Lokal, das nur das Wort Zucker beinhaltet, oder Patt, oder ein Synonym dafür …«

»In der Stadt haben wir das Zuckerhuus, aber das ist ein Souvenirshop, kein Lokal. Mensch, Liv, das finden wir doch nie raus!« Johanna lässt sich auf die Bank fallen. »Wir haben in den letzten Tagen so viel Zeit für die Schatzsuche verschwendet. Und Yve, von ihr will ich gar nicht erst sprechen.«

»Es bringt nichts, jetzt den Kopf in den Sand zu stecken. Du gibst zu schnell auf. Wir sollten uns noch einmal ganz genau das Rätsel anschauen, vielleicht übersehen wir etwas.«

»Es gibt einen süßen Weg, den man gehen kann.«

»Der Zuckerpatt!«, sage ich.

»Dort gingen vor langer Zeit Dinge vor sich. Finde den Ort mit ähnlichem Namen und bitte um das, was brennend serviert wird«, liest Johanna.

»Dort gingen vor langer Zeit Dinge vor sich. Finde den Ort mit ähnlichem Namen. Johanna! Was, wenn der Name gar nicht dem Zuckerpatt ähnlich sein soll? Welche Dinge gingen hier früher vor sich?«

Mit einem Mal kehrt das Leuchten zurück in Johannas Augen. Erneut holt sie ihr Handy aus der Tasche. Ein paar Minuten liest sie konzentriert. »Ich glaube, ich habe etwas! Der Zuckerpatt wurde damals von den Insulanern als Schmuggelpfad benutzt.«

»Der Old Smuggler!«, platzt es aus mir heraus. »Da waren wir früher mit Oma und Opa!«

»Natürlich! Komm, lass uns schnell los.«

Wir setzen uns auf unsere Räder und fahren den Birkenweg runter. Bis zum Schmuggler ist es zum Glück nicht weit, nur drei Minuten später sind wir da. Johanna öffnet die Tür zu dem urigen Lokal. Der Geruch von deftigem Essen strömt uns entgegen. Es ist dunkel und lauschig in dem Restaurant. Wir setzen uns an die Theke und schauen uns um. Von unseren Kontrahenten ist niemand zu sehen. »Jo, wir haben es echt geschafft!«, sage ich, greife nach der Hand meiner Schwester und drücke sie leicht.

»Ja!«, sagt sie und drückt noch ein wenig fester.

»He, ihr zwei, was kann ich für euch tun?«, hinter dem Tresen taucht ein Mann auf. Er trägt einen grauen Vollbart, den ostfriesischen Akzent kann man nicht überhören. Er sieht nett aus und lächelt uns an.

»Wir hätten gern einen Friesengeist. Das, was brennend serviert wird.«

Augenblicklich wird sein Blick ernster. »Den serviere ich euch gerne, aber ihr seid leider nicht die Ersten, die danach fragen.«

Ich schaue zu meiner Schwester, der augenblicklich sämtliche Farbe aus dem Gesicht entweicht.

»Wir sind nicht die Ersten?«, frage ich.

»Nein, vor euch waren leider bereits zwei andere Leute hier. Tut mir wirklich leid! Möchtet ihr die Geister trotzdem?«

»Nein, danke!«, sagt Jo enttäuscht, steht auf und verlässt das Restaurant.

Wir gehen raus zu unseren Rädern. Johanna verzieht keine Miene.

»Das tut mir unglaublich leid!«, sage ich.

»Ja, mir auch. Nimm es mir nicht übel, aber ich möchte jetzt ein bisschen allein sein«, sagt meine Schwester, dann schwingt sie sich auf ihr Rad und fährt davon.

Kapitel 27

Mit einem lauten Seufzen lasse ich mich rücklings auf mein Bett fallen. Die letzten Tage stecken mir in den Knochen, das merke ich gerade mehr als deutlich. Ich habe mir so sehr gewünscht, den Preis für meine kleine Schwester zu gewinnen. Aber es hat leider nicht gereicht. Was Johanna jetzt wohl macht? Kurz überlege ich, ihr eine Nachricht zu schicken. Aber sie wollte für sich sein, das sollte ich respektieren. Allerdings kann es das nicht gewesen sein. Ich will meiner Schwester unbedingt helfen, ihre berufliche Existenz kann und darf nicht von dieser Schatzsuche abhängig sein. Kurzerhand schnappe ich mir mein Handy und rufe meine Mutter an. Ehrlichkeit hat Johanna und mir geholfen, vielleicht tut es das jetzt auch.

»Liv-Schatz! Ist alles okay?«

»Hi, Mama, ehrlich gesagt nicht, nein.« Ich erzähle meiner Mutter die ganze Geschichte. Von Johannas Ofen, unserer Backaktion, Yves Einsatz im Inselcafé, der Schatzsuche … »Na ja, wir haben nicht gewonnen, Johanna kann den Ofen und ihre offenen Rechnungen nicht bezahlen, und das heißt, dass sie früher oder später das Café aufgeben muss.«

»Warte kurz, ich ruf dich gleich zurück«, sagt Mama. Keine fünf Minuten später ruft sie wieder an.

»Hallo, Maus«, sagt mein Vater.

»Hallo, Papa.« Ich muss grinsen, das war ja irgendwie klar.

»Mama hat mir schon grob von den Problemen deiner Schwester erzählt, aber wir hatten keine Ahnung, dass es so schlimm ist. Mama und ich helfen ihr natürlich.«

Tränen schießen mir in die Augen und laufen kurz danach über meine Wangen. »Danke!«, sage ich. Mehr bekomme ich für den Augenblick nicht heraus. »Ich gebe aber auch einen Teil dazu. Ich werde es Johanna gleich sagen, bitte ruft sie nicht an, okay?«

»Okay, Schatz! Wir haben euch lieb«, sagt nun wieder Mama. »Alles wird gut!«

Entschlossen nicke ich. Ich hoffe sehr, dass Johanna das Geld annimmt. Doch genau in dem Moment, als ich mich anziehen möchte, um zu meiner Schwester zu fahren, ploppt eine Nachricht auf meinem Display auf.

Hey, Liv, können wir reden? Es tut mir leid für deine Schwester!

Woher weiß Keno, dass wir den Preis nicht gewonnen haben? Das kann doch nur bedeuten, dass er als Erstes im Smuggler war. Aber hat der Mann hinter der Theke nicht gesagt, dass vor uns schon zwei Leute da waren? Vielleicht unabhängig voneinander … Ich schaue auf meine Uhr. Es ist halb acht, in einer halben Stunde findet die Preisverleihung statt.

Der Platz vor der Konzertmuschel ist gefüllt mit unzähligen

Menschen. Fast alle Plätze sind bereits belegt. Das Kamerateam von heute Morgen hat sich am Rand der Veranstaltung aufgebaut. Auch einige Leute mit Presseausweisen, die an bunten Kordeln um ihren Hälsen hängen, sind anwesend. Einer von ihnen unterhält sich gerade mit dem Bürgermeister. Ich setze mich auf einen freien Stuhl in der letzten Reihe und schaue, ob ich jemand Bekanntes entdecke. Bis auf ein paar Teilnehmer der Schatzsuche kann ich niemanden sehen. Als der Bürgermeister die Bühne betritt, wird es mucksmäuschenstill.

»Liebe Norderneyerinnen, liebe Norderneyer, schön, dass ihr euch alle hier versammelt habt. Sicher seid ihr neugierig, wie die Schatzsuche zu Ende gegangen ist. Aber bevor ich das verkünde, möchte ich mich recht herzlich bei allen Teilnehmerinnen und Teilnehmern bedanken, die mit so viel Herzblut bei dem Event dabei waren. Außerdem richtet sich mein Dank an mein großartiges Team, welches das alles hier erst möglich gemacht hat. Vier Rätsel galt es zu lösen, sie alle haben Norderney von einer anderen Seite gezeigt. Bis zum Schluss waren zehn Teams im Rennen, doch am Ende kann leider nur einer gewinnen. Lieber Keno, würdest du bitte auf die Bühne kommen?«

Die Leute beginnen zu klatschen. In der ersten Reihe haben sich Freunde von Keno eingefunden, die ihm laut zujubeln.

Der Bürgermeister schüttelt Keno die Hand. »Mein lieber Keno, du hast das letzte Rätsel am schnellsten gelöst. Ich möchte dir hiermit den Preis der ersten großen Schatzsuche auf Norderney überreichen. Ich hatte angekündigt, dass der

Preis lebensverändernd sein wird, und das ist er wahrlich …«, sagt der Bürgermeister, bevor er eine bedeutungsvolle Pause einlegt, um den Spannungsbogen zu erhöhen. Dann lächelt der Bürgermeister sein charmantestes Lächeln. »In den kommenden fünf Jahren kannst du zweimal im Monat eine Ganzkörpermassage im Norderneyer Badehaus genießen!«

Keno sieht den Bürgermeister mit großen Augen an. Die Leute in den Reihen vor mir beginnen, zu tuscheln und zu lachen. Besonders die anderen Teilnehmer amüsieren sich köstlich. Wahrscheinlich, um besser mit der Enttäuschung darüber, dass sie nicht gewonnen haben, klarzukommen.

»Aber natürlich ist das noch nicht alles«, fährt der Bürgermeister fort. »Zusätzlich bekommst du einen Scheck über zwanzigtausend Euro zu deiner freien Verfügung.«

Keno strahlt bis über beide Ohren. Die Leute beginnen zu klatschen und ich auch. Ich freue mich für ihn, mit dem Geld kann er seinen Traum verwirklichen und sein Schiff weiter seetauglich machen. Als Keno von der Bühne kommt, fallen ihm seine Freunde um den Hals, feiern und beglückwünschen ihn. Er sieht erleichtert aus.

Während sich die anderen Menschen langsam vom Kurplatz entfernen, kommt Keno zu mir und setzt sich auf den freien Platz neben mir. »Hey«, sagt er. »Du bist gekommen!«

»Klar, nach deiner Nachricht wusste ich ja, dass du der glückliche Gewinner bist, das wollte ich mir nicht entgehen lassen. Außerdem war ich auch ein bisschen neugierig auf den Preis«, gebe ich zu. »Herzlichen Glückwunsch, Keno, ich freue mich sehr für dich!«

»Danke!«, sagt er und küsst mich auf die Stirn. »Ist Jona sehr traurig?«

»Schon, ja, für sie hing wirklich viel an der Schatzsuche. Weißt du, Jo braucht einen neuen Ofen für ihr Café und muss auch generell noch ein bisschen Geld reinstecken, sonst kann sie nicht richtig arbeiten. Deswegen haben wir teilgenommen.«

»Shit, das wusste ich nicht. Wie viel braucht sie denn?«

»Ungefähr zehntausend Euro, schätze ich. Aber das kriegen wir jetzt wahrscheinlich anders hin.«

»Wahnsinn, das ist echt eine Menge Geld. Ich kann einen Teil meines Gewinns abgeben, ich steuere auf jeden Fall etwas dazu.«

Kenos Worte berühren mich. »Danke, das ist echt lieb von dir, aber nicht nötig. Wollen wir ein paar Schritte gehen?«

»Klar!«, sagt Keno. Dann legt er einen Arm um mich. Gemeinsam gehen wir hoch zur Strandpromenade und laufen in Richtung Hafen. Arm in Arm spazieren wir vorbei am Weststrand und dem Strandspielplatz. Einige Urlauber kommen uns in der Abendsonne auf ihren Rädern entgegen. Wir setzen uns auf eine Bank, ich lehne meinen Kopf an Kenos Schulter. »Danke für dein Angebot«, sage ich.

Keno streicht mir eine Haarsträhne aus dem Gesicht.

»Weißt du schon, was genau du mit dem Preisgeld machen möchtest?«

Keno nickt. »Ich werde die Aurora wieder fit machen lassen. Das ist das Wichtigste für mich. Und dann schaue ich, was noch übrig ist. Für ein eigenes Segelboot wird es natürlich nicht reichen, aber vielleicht kann ich mir eine Zeit lang eins mieten. Ich werde die Welt umsegeln. Nicht in einem Rutsch, aber Stück für Stück.«

»Das klingt nach einer schönen Idee«, sage ich.

Keno greift nach meiner Hand. »Begleite mich!«

»Oh«, sage ich. Damit habe ich nicht gerechnet. »Ich finde es großartig, dass du deinen Träumen nachgehst, aber genau das will ich auch«, sage ich. »Und dafür muss ich wissen, was ich wirklich will. Das kann ich nicht, wenn ich gemeinsam mit dir verreise. Das muss ich allein rausfinden.«

»Das verstehe ich!«, sagt Keno. »Aber ich würde mich freuen, wenn wir uns eine Chance geben würden. Ich möchte dich nicht verlieren, auch nicht für meinen Traum.«

»Wir werden uns nicht verlieren!«, sage ich. Dann lege ich meine Hände in seinen Nacken und ziehe ihn an mich. Der Kuss schmeckt nach einem Neuanfang, bald erfüllten Träumen und ein kleines bisschen salzig.

Sechs Monate später …

»Alle Passagiere für den Flug XGHP um elf Uhr fünfzehn nach Kangerlussuaq finden sich bitte an Schalter drei zum Boarding ein«, ertönt es aus einem Lautsprecher.

Ich vergewissere mich noch einmal, dass ich in der richtigen Schlange stehe, und gehe meine Reiseunterlagen durch. Acht Tage voller Abenteuer liegen vor mir. Eine Wanderung durch das ewige Eis von Kangerlussuaq an Tag eins, bevor es für mich endlich nach Ilulissat geht. Wie lange träume ich schon davon. Ich werde an einer Hundeschlittensafari teilnehmen, eine Nordlichtwanderung machen, die Inuit-Kulturen kennenlernen. Ich werde mir die Eisberge anschauen, in einem Iglu schlafen, mit einem Schneemobil fahren und eine Schneeschuhwanderung machen, bevor es an Tag acht wieder nach Hause geht. Die Vorstellung, bald von Schnee und Eis umgeben zu sein, ist total verrückt. In drei Stunden steige ich aus dem Flieger aus und tauche ein in eine völlig andere Welt. Aktuell könnte ich nicht glücklicher sein, ich erfülle mir meinen größten Traum, nur wünschte ich, dass ich die Erlebnisse mit jemandem teilen könnte. Jemandem wie Keno. Aber es war nicht der richtige Zeitpunkt für uns. Das macht mich traurig, doch ich freue mich, dass er sich mit dem Preis seine Wünsche erfüllt. Er sitzt auf seinem Boot und schippert durch die Meere. Ich bin ihm auf ewig dankbar. Dafür, dass er Johanna mit einem Teil seines Preisgeldes helfen wollte. Und dafür, dass er mir gezeigt hat, wie wichtig es ist, seine Träume nicht aus den Augen zu verlieren. Ohne ihn hätte ich wohl niemals den Mut gehabt, mich für ein ganzes Jahr beurlauben zu lassen. Jetzt habe ich Zeit, mich endlich mal nur um mich zu kümmern. Herauszufinden, wer ich bin und was ich möchte.

In der Schlange vor mir stehen noch vier andere Passagiere. Schnell hole ich mein Smartphone aus meiner Tasche, um noch einen letzten Blick darauf zu werfen. Ich habe eine Nachricht von Johanna bekommen.

Hey Schwesterherz, ich wünsche dir eine gute Reise und hoffe, dass du dich auf den Spuren von Fräulein Smillas Gespür für Schnee nicht in einen gut aussehenden Grönländer verliebst. Ich freue mich nämlich schon sehr darauf, dich in zwei Wochen wieder hier bei mir auf Ney zu haben. Yve freut sich auch, sie steht gerade in der Küche und kocht dein Karamell, die Leute sind verrückt danach! Pass auf dich auf, ich hab dich lieb! Jo
PS: Guck mal, was ich in Omas Kiste gefunden habe. Hätten wir den Brief mal vor der Schatzsuche entdeckt, das hätte uns ein paar graue Haare erspart.

Kurz danach hat Jo ein Foto von einem Brief geschickt, den Oma an Opa schrieb.

Liebster,
während du mit den Kindern in den Dünen liegst, denke ich an unseren Urlaub im Sommer zurück. Als nur wir beide auf die Insel kamen, Zeit für uns hatten. Ich denke an die Restaurantbesuche, die Tage am Strand. An unsere Spaziergänge, den Besuch im Badehaus. Ganz besonders gern erinnere ich mich an den Abend, an dem du mir etwas Besonderes versprachst. Etwas, was ich so noch nie gesehen hatte. Gespannt bin ich dir auf dem Rad über die Insel gefolgt. Es dämmerte schon, aber die Luft war noch warm und wurde auch nicht kälter. Als die Sonne in Gänze untergegangen war, kamen wir an. Am Leuchtturm. Über uns schillerten Dutzende Sterne um die Wette, eingerahmt von den Strahlen des Leuchtturms. Wie ein Zirkuszelt am Himmel. An diesen Abend denke ich gern zurück, er gehörte nur uns.

In Liebe, deine Luise.

Ich schaue aus dem Fenster und muss lächeln, während das Flugzeug die Wolkendecke durchbricht. Vor meinen Augen erstreckt sich eine endlose Weite. Grönland, das Land meiner Träume. Das schimmernde Weiß des ewigen Eises glitzert im Sonnenlicht. Mein Herz schlägt einen Takt schneller.

Der Flugzeugmotor brummt leise im Hintergrund, während wir sanft durch die eisige Luft gleiten. Unter mir entdecke ich farbenfrohe, kleine Holzhäuser, die sich wie bunte Tupfer in die schneebedeckte Landschaft einfügen. Während der Pilot die Landung ankündigt, macht sich eine wohlige Aufregung in mir breit. Ich bin bereit für Grönland, neue Abenteuer und mein Leben.

Rezepte

Yves Norderneyer Sandplätzchen

Schmecken nicht nur auf Norderney!

Zutaten:
200 g weiche Butter
110 g Zucker
1 Prise Salz
340 g Weizenmehl
1 Ei
Vanille / Zitronenabrieb nach Bedarf

Zubereitung:
Den Backofen auf 175 Grad Ober-/Unterhitze vorheizen. Butter und Zucker schaumig rühren. Das Ei unterrühren. Nach Geschmack Vanille oder Zitronenabrieb dazugeben. Das Mehl dazugeben, den Teig kurz durchkneten. Den Teig in drei Portionen teilen und einige Minuten kühlen. Anschließend den Teig zu einer Teigrolle formen. Der Durchmesser sollte ungefähr 2,5 bis 3 cm betragen. Die Rollen in Frischhaltefolie wickeln und noch einmal für ca. 30 Minuten kühl stellen. Mit einem scharfen Messer in ca. 1 cm dicke Taler schnei-

den. Die Plätzchen auf ein mit Backpapier ausgelegtes Backblech legen und 10 bis 15 Minuten backen. Sie sind fertig, kurz bevor sie goldgelb sind.

Ninas Sommerlebkuchen

Achtung, schnell essen, bevor die Schokolade schmilzt!

Die Lebkuchen kann man in verschiedenen Varianten herstellen. Hierfür einfach die Nusssorten verändern, andere Gewürze verwenden oder den Schokoüberzug anpassen. Geht natürlich auch im Winter!

Zutaten:
150 g brauner Zucker
50 g Honig
500 g Nüsse (400 g gemahlen, 100 g gehackt)
400 g gehackte Cranberrys
Zitronat nach Geschmack
50 g Honig
1 Prise Salz
2 TL Zimt
6 Eier
Oblaten (alt. glutenfreie Haferflocken)
200 g weiße Schokolade

Zubereitung:
Den Backofen auf 150 Grad Ober-/Unterhitze vorheizen.

4 Eier mit dem Zucker schaumig schlagen. Den Honig unterrühren. Zitronat mit den anderen beiden Eiern in einem Gefäß pürieren. Die Eiermasse mit den Nüssen, Cranberrys, Salz und den Gewürzen vermengen. Den Teig flach auf Oblaten streichen. Alternativ glutenfreie Haferflocken verwenden. Lebkuchen auf ein mit Backpapier ausgelegtes Backblech setzen. Circa 20 Minuten backen, anschließend auskühlen lassen. Schokolade im Wasserbad schmelzen. Die ausgekühlten Lebkuchen mit der Schokolade überziehen und gegebenenfalls dekorieren.

Livs zartschmelzende Karamellhappen mit Meersalz

Achtung, Suchtgefahr! Im Sommer unbedingt im Kühlschrank aufbewahren und zu einer Tasse Kaffee genießen.

Zutaten:
250 g Butter
500 g Sahne
125 g Wasser
250 g Grafschafter Sirup (hell)
1000 g Zucker
Meersalz
etwas Öl
2 Töpfe, Thermometer, Backpapier, viereckige Backform

Zubereitung:
Die Backform mit Backpapier auslegen und einfetten. Butter und Sahne in einem kleinen Topf erwärmen, bis die Butter vollständig geschmolzen ist. Achtung, nicht kochen! Wasser, Sirup und Zucker in einem großen Topf verrühren. Die Mischung auf 160 Grad erhitzen. Nicht rühren! Vorsichtig die Butter-Sahne-Mischung hinzufügen. Vorsicht, es spritzt, nicht verbrennen! Die Mischung noch einmal auf exakt 118 Grad erhitzen und wieder nicht rühren! Die Masse in die eingefettete Backform geben und etwas Meersalz darüberstreuen. Die Masse muss nun ein paar Stunden stehen. Wenn die Temperatur etwas niedriger ist, kann sie in den Kühlschrank, um dort vollständig auszukühlen. Anschließend in Stücke schneiden und als Bonbon in Butterbrotpapier einwickeln.

Tipp: Die Temperaturangaben müssen exakt eingehalten werden, sonst wird das Karamell zu hart oder bleibt zu weich.

Oma Luises Sandkuchen

Schmeckt grandios zu Kaffee, Kakao oder Tee!

Zutaten:
250 g Margarine
250 g Zucker
200 g Mehl

100 g Speisestärke
1 Päckchen Vanillezucker
1 Prise Salz
4 Eier
3 TL Zitronensaft
1 TL Backpulver
Puderzucker oder Kuvertüre zum Dekorieren
Fett und Paniermehl für die Backform

Zubereitung:
Den Backofen auf 180 Grad Ober-/Unterhitze vorheizen. Margarine, Zucker, Vanillezucker und Salz schaumig rühren. Zitronensaft dazugeben. Dann die Eier nach und nach unterrühren. Anschließend alles gut mit dem Handrührgerät durchmixen. Mehl, Backpulver und Stärke in einer separaten Schüssel mischen und anschließend in die Masse sieben. Alles zu einem glatten Teig verrühren. Eine Gugelhupfform (24 cm) einfetten und mit etwas Paniermehl bestreuen. Den Teig hineingeben. Nun für circa 60 Minuten in den Ofen schieben. (Mittels Holzstäbchen kann überprüft werden, ob der Teig durch ist.) Den Kuchen kurz in der Form auskühlen lassen, anschließend stürzen und mit Schokoladenhaube oder Puderzucker dekorieren, sobald die Temperatur es zulässt. Der Kuchen hält lange und ist sehr trocken, schmeckt aber sehr gut zu einem warmen Getränk.